Thomas Lirer

Alte schwäbische Geschichten

Thomas Lirer

Alte schwäbische Geschichten

ISBN/EAN: 9783743398610

Hergestellt in Europa, USA, Kanada, Australien, Japan

Cover: Foto ©Andreas Hilbeck / pixelio.de

Thomas Lirer

Alte schwäbische Geschichten

Thome Lirers
von Ranckweil
Alte
Schwäbische Geschichten
samt
Chronick
eines ungenandten Authoris
von
Päpsten / teutschen Kaysern und Königen / besonders von
Caroli M. zeiten an biß aufs jahr 1462.

Mit angehängten Anmerckungen
von
Licentiat Wegelin Burgermeister.

Lindau, in Verlag
Jacob Otto Buchhändlers. 1761.

N Gottes namen Amen. In diſer
Cronick würdet durch verdrießlich ver-
meiden langer geſchrifft zu leſen und
lierlich die kürze zu hören begriffen
gar vil mengerley ſchöner alter Ge-
ſchichten. ſo vor mer dann tauſent
jaren geſchehen. zu den Zeiten do die
ſchwäbiſchen Land und andere Land Haiden geweſen ſind.
Und durch wen ſie zu chriſtenlichen Glauben genötbrengt
und gebracht ſeind worden.

Item des erſten wie ain kayſer zu Rom iſt geweſen
der hat Kurio gehaiſſen. nach der geburt Criſti hundert
und vier iar. der iſt mit weib und mit kinden criſten wor-
den. Und darumb von ſeinem Bruder Antiochius und
den Römern von Rom her aus biß in Kurwalhen auff
Dalſatz vertriben worden.

Item was der ſelb kayſer Kurio darnach guts an
chriſtenlichem glauben gethun und was von ym kummen
iſt. Und was er von ſchloſſen und andern dingen ge-
bauwen hat.

Item wie und von wem Ulm das dorff und ander
ſtett gewunnen und gebauwen und mit notdrang zu chri-
ſtenlichem Glauben gebracht ſind worden.

Item wie die ſälig Reichenaw auff iſt kummen. und
durch wen ſie gebauwen und gemacht iſt worden.

Item wie und durch was urſach das tal im Hego
allſo haiſt. Und durch wen ym der namen allſo geben
iſt. und ſtett und ſchloß darinne und anderſwo im Schwa-
benland gebauwen ſind worden.

Item

Item wie von den Römern vil Grafen Ritter und
knecht durch den criſtenlichen glauben von Rom vertriben
ſeind worden. und in teutſche Land kummen. und was
ſie guts darnach getun haben. und warburch ſich der adel
alſo gemeret und geöffnet hat.

Item wie die hertzogen von Schwaben auffkummen
ſeient. und was ſie von ſtetten und ſchloſſen gebauwen
habent. und inſunderheit wie ain hertzog von Schwaben
ainem Römiſchen kayſer halff die römer zwingen und not=
dringen das ſie yn ainig zu ainem kaiſer haben mußten.
und was der ſelbig kaiſer den hertzogen von Schwaben
von ſtetten ſchloſſen und freiheiten gegeben hat.

Item wie ain hertzog von Schwaben ainem kaiſer hälff
wider die vnglaubigen ſtreitten. und durch ſein hilff yn
abgeſiget.

Item wie ain hertzog von Schwaben kriegt ainen
Marggrafen von Bairn. und ſigt ym ab. und zwang
und notdrang yn criſten zu werden. Vnd ſelb zwölffter
auff den Rechberg iar und tag zu beleiben. den gelauben
zu lernen. und muſt do ſchwören den zu vben.

Item wie die kayſerin Helena das heilig kreutz vnd
vil heiligtumbs zu wegen bracht. Vnd wie ſie ain ſtück
des kreutz vnd ſunſt vil Heiligtumbs durch ainen teutſchen
man in teutſche land ſchicket. Vnd den heiligen Berg
ließ bawen. Vnd das ſo vil groſſer zaichen do geſchahen
barburch manig ſtett ſchlöſſer und klöſter gebauwen wur=
den.

Item wie vnd burch wen Weingarten das gotzhawß
Heillgkreutztal und Sefling die frawen klöſter vnd vil
andere ding gebawen und gemacht ſeind worden.

Item

Item sunst vil andrer hübscher sachen vnd getaten so durch die Graffen Ritter und knecht in dem land zu Schwaben durch sie einander geschehen gemacht vnd gehandelt sind worden.

Item sunst auch vil andrer hübscher gethaten so von den schönen Frawen vnd Jungfrawen gehandelt seind. darburch ain iunger man vil außerlernen mag sich besser Ritterlicher vnd ehrlicher wiß zu halten.

Item wie lang von anbeginnen der welt biß zu der Sündflut gewesen ist. Vnd von der Süntflut biß zu vnsers herren geburt. Vnd wie vil Bäbst vnd römischer Kayser von do dannen biß zu des grossen Kayser Karolus zeitten gewesen sind. Was todes sie gestorben vnd wie sie ir yeglicher gehalten hab in seinem regiment. Vnd was guts vnd böß vnder ynen gehandelt ist worden.

Es

ES was in dem Jar nach der geburt
Cristi vnsers herren hundert vnd in
dem vierten iar ain kaiser zu Rom
des nam was Kurio. der het vier
Brüder. ainer hieß Antiochius.
der ander Barochen. der dritt Schweffenhain. der vierd

Elesechen. Vnd het ain weib die hieß Docka. Vnd drei
töchter vnd acht sün. Nun was der vngelaub vast groß
vnd merer vnd stercker dann der cristen gelaub. Vnd dat=

zumal thet Theonestus zu Rom predigen den cristen glau=
ben. vnd kam zu der kaiserin vnd saget ir wie Cristus ge=
martert wär. vnd wie er der wär der alle ding geschaffen.
vnd himel vnd erden gemacht hette. Vnd alle creatur
dem menschen vndertänig müst sein. vnd auch wie Adam
vnd Eva gemacht vnd geschaffen wäre worden. vnd das
sie das gebot gottes vbergangen hette. vnd wir alle dar=
durch verloren wären. Das het Cristus wider gebracht.
vnd wär geborn worden von ainer rainen magt. der lere
vnd predig macht er so vil das er die kayserin zu cristen
gelauben bracht. das sie sich tauffen ließ haimlichen. Da
ret sie mit dem kayser ihrem gemahel wie das sie ain cri=
stin wär worden. vnd sagt ym der cristen gelauben vnd
wer sie zu cristenlichen gelauben gebracht hette. Da sandt
er nach Theonestus. der bracht yn auch zu dem glauben
das er den tauff name. Da het Theonestus ains Bruders
sun der was in dem fünfften iar. der hieß auch Theone=
stus. den het er auch bei ym. vnd leret yn die geschrifft
vnd cristenlichen gelauben. Nun was er gar zumal ain
hübscher knab. den nam der kaiser Kurio zu ym. Vnd in
etwe vil zeit ward des kaisers Bruder gedencken wie das
der kaiser den cristen gar geholffen vnd gelaubig wäre.

Vnd

Vnd do auff ain tag der Senat vnd die gewaltigen in ainem geſprech bei einander warent. do gieng kaiſers Ku=rio Bruder Antiochius. und nam die andern drei Bru= Antiochius
der mit ym. vnd giengen für den Senator vnd die andern
råt. vnd ſagten yn wie der kayſer ir Bruder criſten wåre.
Nun was ainer in dem rat der hieß Amor. der was deß Amor
Geſchlåchtes Columbo. vnd noch ainer der hieß ventrum Columbo
Ventrum
Vrſeum
Vrſeum. die gabent den rat das man nit gahete vnd den
kaiſer horte.   Dann der Bruder het lang darnach geſtel=
let wie er ſeinen Bruder vertribe damit er an ſein ſtatt er=
wellet und kaiſer wurde. den zwaien ward gefolget. der
kaiſer ward beſendet für ſie.   Do hub ainer an zu reden Paule
Vrſeum
vnder yn der hieß Paule Vrſeum vnd ſprach zu dem kai=
ſer.   Ain gelid der obern vernunfft. ain verweſer der vn=
dertanen. ain beſchirmer wittwen vnd waiſen. ain behüe=
ter der gerechtigkeit. ain ſtarcker fluß der barmherzigkeit.
ain vorpild der demütigkeit. und merer vnſers hails.
Mich haiſſend reden die gegenwürtigen euwer gehorſamen
in aller billikeit bitent euch als den grund aller verſtent=
licheit yn zu erlauben vnd zu günnen ain frag zu thun.
Der kaiſer on alles gedencken ſprach.   Alle gerechtigkeit
vnd notdurfftigkeit euch zu fragen vnd mir zu antwurten
ſeien wir zu baiden ſeitten ſchuldig vnd den notdurfftigen
gebunden.   Vnd ain freies billichs vrlaub gib ich dir zu
reden.   Da hub Paule an vnd ſprach. der Senat vnd
der gewalt der höchern römer fragent euch   warum ir
Iheſum und ſeinen nachvolgern ſo gelaubig vnd hilflich
ſeient.   Do antwurt er ym vnd ſprach. deiner vernunft
vnd euch allen iſt zu wiſſen wol nainßwern her kumbt das
leben vnd alle beweglicheit vnd alle creatürliche ding auff
erden vnd die ſele darinne wonet.   Hierumb ſo glaub ich
an Iheſum der vns alle geſchaffen hat. vnd alle creatür=
liche ding dem menſchen vndertånig gemacht.   Vmb vn=
ſert willen von himel auff erd kummen iſt. vnd geborn
worden von ainer raiuen magt vnd marter vnd auch tod
vmb

vmb vnſert willen geliten hat. leben vnd glauben an Iheſum. vnd bin getaufft worden. Do wurdent ſie erzürnet vnd woltent nach ym gegriffen haben. Do wich er vnd

Capito-
lium.

zway der beſten geſchlächt mit ym in ain hauß Capitolium ſcripture genannt. do nam Antiochius die vngelaubigen an ſich vnd wolt yn gefangen vnd getöt haben. da halff man ym darvon mit den zwaien geſchlächten Columbo vnd

Jurgo vnd
Hego.

Vrſeo. Vnd koment mit ym ſeiner ſchweſter ſun Jürgo vnd Hego. vnd auch die kaiſerin vnd ir töchter vnd acht ir ſün. vnd viel von frawen vnd mannes pilde der beſten geſchlächte von Rom. Nun was. der vngelaubigen in der ſtat vnd auf dem land vaſt mer dann der glaubigen. darumb er nit dorfft in dem land beleiben. vnd zog vber das hoch gebierg auß gen teutſchenlanden wertz. vnd fürt mit ym Theoneſtum den knaben. Do ward Antiochius genomen zu kaiſer. vnd Kurio floch vber das hoch gebierg. vnd kam auff den plan dalfatz.

II.
S. Lucius.
A. 80.

Dann bavor als man zalt achtzig iar nach gottes geburt do was ſant Lucius ain geborner künig von Schotten. an der art vnd in dem gebirg wohnhafftig. vnd het ſein zell vnd kirchen dahin gemacht. Do es noch zu ſant Lutzen haißt.

St. Lutzen.
Wunder-
werck.

vnd ain Ber ſchlug ain Ochſen zu tod als er bauwet. do pant er den Beren an deß Ochſen ſtat. vnd muſt ziehen als der Ochs gethun het. Vnd vil ander wunderzaichen die man yetz beleiben lat thet der lieb ſant Lucius. Vnd an derſelben art do warent criſtenleut die dann ſant Lucius bekört het. Vnd do ſo vil walhes von Rom dahin kament von iungkfrawen weibern vnd kinndern. welliſch vnd teutſch vnder einander wohnhafft warent.

rent. Do warb ein befundere fprach darauß. als böfe
römifche wellifch vnd etliche teutfche wort darunter ge-
mifcht. als man die lange zeit bißher gebraucht vnd geret
hat. Vnd hieß man die fprach vnd das land an der art
Kurwalhen. und gieng herab biß an den Bodenfee. vnd Kurwal-
hen.
Settner.
vber fich auff biß an den Settner do Mayland anftöft.
Aber es hat fich darnach faft bekört. und die Kurwallifch
fprach zu teutfch worden. Nun hat auch Appollomor ain Appollo-
mor.
Alban.
Bruders fun der hieß Alban. der was in feiner kintheit
verfchickt worden von feinem vatter die Bücher zu lernen.
Do er nun außfur criften glauben zu predigen. deffelben
was Alban wol gelert vnd ain gut criftenman. vnd kam
zu Kurio dem kaifer in Dalfatz. dannocht was gar we-
nig criften in dem land. und in allen teutfchen landen.

Nun fraget Alban den kayfer Kurio wo feine III.
fün wärent. Do fagt ym der kayfer wie er
gebauwen het ain veften die gab er feinem
elteften fun. vnd nannt die veft Hochen- Hochen-
trentz.
trentz. vnd hieß yn Magne von Hewen. vnd macht ym
ain fchilt getailt. vnd oben daran ain ftern zu ainem
zaichen criftenlichs glaubens ym erfchinen wäre vnd auff-
gangen. vnd folt den glauben meren vnd die leut dabey
behalten. Dem anderen fun bauwet er ain veften auff ain
finbelen velfe vnd berg die hieß er Gutenberg vnd gab ym Guten-
berg.
ain fchilt weiß vnd ain rots kreutz darein zu ainem zaichen.
das er des leidens Crifti nit vergeffen folt. vnd das lob
gottes all tag meren. vnd gab ym den namen Egloff von Egloff von
Warthaw.
Warthaw. Vnd darnach gab er dem dritten fun ainen
berg vnd bauwt ym darauff ain veft die hieß er Starcken- Starcken-
berg.
berg.
B

berg. vnd gab ym ain ſchilt weiß mit ainem roten fanen
zu ainem zaichen das er die criſtenlichen ordnung halten
ſolt. vnd darumb fechten ob es not geſcheche. vnd hieß
yn Anßhelm von Starckenberg. Dem teutſch nach wirt
das geſchlächt vaſt gehaiſſen die von dem rotenfan. Vnd
darnach als ſich die welliſchen Kurwalhen gemeret heten.
do ward der namm in welliſch beköret vnd gehaiſſen von
Montfort.

Die von Rotenfan.

Die von Monefort.

**IV.
Bolando.**

Nun hett der kayſer Kurio ain ſtat gewunnen
ober ain kaſtel. der nammen was Bolando
die was vngelaubig. darein bauwet er ain
kirch in der ere vnſer lieben frauwen. vnd der
heiligen dreier künig. Vnd gab die dem vierden ſun. vnd

Luikirch.

ain ſchilt mit ainer luikirchen. vnd nannt yn herr Wil-
part von luikirchen. Vnd nannt das kaſtel auch luikirch.
Den fünfften ſun macht er zu ainem patriarchen. der was
der erſt patriarch in criſtenlichem gelauben. Vnd macht
ym ain wonung auff ain bergk bey dem dorff Vlm. vnd

Kirchberg.

nannt es Kirchberg. Nun het er vnd fürt gar ain ſälig
leben. das vil herren vnd edelleut ire kinder zu ym theten.
das ſie gaiſtliche zucht vnd erberkeit lerneten. vnd het vil

Patriarch Burgun-dus.

edeler kinder zu ym geſamlet. Vnd hieß der patriarch
Burgundus. Nun was zu denſelben zeitten ain hertzog

Rauenaw. Saturni-nus Her-zog.

in Schwaben. der het ſein wonung zu Rauenaw. das yetz
Rauenſpurg haiſt. des nam was Saturninus. dem ward
geſagt. wie der Patriarch Burgundus den criſten glau-
ben ſo vaſt öffnete vnd meret. das die gemainſchafft der
leut der mer tail ſich an yn körten vnd glaubten. vnd er
wölt den abgöttern vnd ym nit mer gehorſam ſein. Do
ward er ertzürnet vnd ſamlet ſich mit macht vnd legt ſich

Vlm.

iu das dorff Vlm vnd auch darumb in das gew. vnd trib
es ſo lang das der Patriarch bekümert ward. vnd nit
mer

mer zu essen hette. Do vielend sie vber die mauren aus.
vnd entran mit allen den seinen. Vnd satzt der Hertzog
ain richter in das dorff Vlm. der hieß Sigwaldus. vnd ^{Sigwal-}
entpfolch dem wer Jhesum zu got veriäch vnd cristenlichen ^{dus.}
gelauben het ben solt er martern vnd töten.

Vnd zoch aus vnd wolt wider daim. do V.
kam er auf ain Bühel gar mit hübschen
gewächs vnd baummen. dar auff bau-
wet er ain wesen wann er wolt kurtzweil haben. das er
alldo wäre. vnd gab ym den namen Warthausen. Nun ^{Warthau-}
lag ain kastel gar nahent da bey des namen was Bibrach ^{sen.}
do verharret er neun monat. Do was der Patriarch ^{Bibrach.}
Burgunbus mit den seinen geflohen in ainen wald der ligt
an dem tieffen see. darein het er gebauwen ain zell vnd
wonung. darinnen er got dem herzen gar strengklich dienet.
Do kam die klag Kurio vnd seinen sünen für wie der Pa-
triarch Burgunbus von dem hertzogen Saturnino vertri-
ben wäre. do sterckent sie sich vnd zugent auf den hertzogen
mit macht. vnd gewunnent ym das land vnd das dorff
Vlm ab. vnd bauwenten dar ein gotzhauß cristenliches
glaubens. vnd satzten vil priester dar ein. Vnd gabent
es ainem herzen ein der hieß Hercules von Wullenstetten. ^{Wullen-}
seind darnach grafen von Kirchberg genannt. Der solt yn ^{stetten.}
rechte reformatz geben vnd machen. Vnd zugent wider ^{Kirchberg}
auff ben hertzogen mit macht. vnd erschlugent ym vil volcks. ^{Grafen}
vnd zugent wider auff gen Rauenaw vnd nament das mit
gewalt ein. Nun ward Prius kayser zu sant Albanus ^{Kayser}
zeitten. do kam sant Alban zu dem vertriben kayser Kurio ^{Prius.}
auff Dalfatz vnd fraget yn wie er mit seinem weib vnd mit ^{Dalfatz.}

B 2 seinen

seinen kinden daruon kummen wäre. Do saget ym
der kayser Kurio all sach wie es ym ergangen was.
vnd wie der hertzog von Rauenaw sein sun den Pa-
triarchen vetriben het. Do zumal was theonestus zu

Augspurg.
Vrseus.

Augspurg den gelauben predigen. vnd wurden vil cristen
gemacht vnd getaufft. Vnd ließ den säligen Vrseum do.
das er die leut sterckte vnd manet das sie vest beliben an
cristenlichem glauben. Nun was der kayser Kurio vnd
Vrseus zwaier Brüder sün. Vnd ward Vrseus ertötet
zu Augspurg. Nun fur Theonestus aus vnd wolt gen
Mentz. dahin wolt Alban zu ym kummen. als er auch thet.
Judem het sich der hertzog von Schwaben widerumb ge-
sterckt. vnd Vlm vnd was er vor verlorn het wider ge-
wunnen. Darnach nam Kurio zu ym sein sun vnd groß
volck von den cristen. vnd kam yn wider zu hilff vnd zu-
gent wider für den hertzog zu Schwaben vnd gewunnent
ym den sig ab. Vnd ward der hertzog auch erschlagen.
vnd gab die stat Rauenaw seinem sun Rumulo. vnd nannt

Hertzog
Rumulus
von
Schwa-
ben.
Schildt.

yn hertzog Rumulus von Schwaben. Sein schilt was
gülden vnd darinn schwarz lewen. der auch der erst cri-
stenlich hertzog in Schwaben was.

VI.
Vlm.

ALso zugent sie auff Vlm vnd zwungent sie auch
mit gewalt wider zu cristenlichem glauben.
wann sie woltent Hercules von Wullenstetten
nit gehorsam sein. Also gewunnen sie es.
Vnd gab leut vnd gut rechten zehent. vnd alle andere nü-
tzung in das gotzhauß do der Patriarch innen was. das

Reichenaw.

man datzumal nannt die sälig Reichenaw. vnd solt darüber
ain beschirmer vnd vogt haissen. vnd sein ain hertzog von
Schwaben. als hernach stat. Vnd ward bestetigt ewig
vnd ymmer zu halten. Do fieng man an die Auw zu
bauwen vnd ain schön münster zu machen. vnd ward ge-
stifft

ſtifft vnd angeſehen ob ain fürſt ain graff ober ain freier
herr ain kind het. vnd nit ſo vil guts das er ym gehelffen
möcht nach ſeinem ſtand. der möcht ain ſun hinein thun
das er gaiſtliche zucht vnd die buch lernete. biß er zu ſei-
nen tagen käme ſo möcht er dann gaiſtlich werden ob er
wölte. oder in die welt kunten. deß het er ſeinen freien wil-
len. doch ſo ſolt man kainen rittermeßigen noch keinen bur-
ger darein auff nemen.   Nun was der kayſer Kurio vaſt
alt worden. vnd het gebauwen ain waidenliche ſtarcke ve-
ſten die hieß er Dockenburg nach ſeiner frauwen Docka. Docken-
burg.
vnd gab die ſeiner frauwen. vnd ſatzt ſich darauff vnd wont
er bei ir.   Sein ſchilt was weiß mit aim ſchwartzen wind. Schilt mit
ſchwartzen
Wind.
der het ein gelb windpand vnd macht ain kloſter nit fern
dauon das hieß Fiſchingen.   Vnd ſtarb der kayſer Kurio Fiſchingen.
Kurii tod
A C. 172.
do man zalt von der geburt Criſti hundert vnd zwai vnd
ſibentzig iar.   Vnd ward begraben in dem kloſter Fi-
ſchingen.

Item allſo was Jurgo vnd Hego in ainem wei- VII.
ten tal vnd land. vnd bawten auff ainem ſtar-
cken berg ain veſten die hieſſent ſie Heu vnd Hegow.
das land darumb Hego nach ym.   Vnd der
kayſer Kurio het ſein tochter ertöt. vnd vber die zinnen Cleopha.
ausgeworffen/ wann er fand ſie bei ſeinem capelan. die hieß
Cleopha. die ander hieß Magdalena. der gab er künig Magda-
lena. Kurii
töchtern.
Steffan von Italia. der lebt nit lang.   Vnd ſie was bei
ir mutter biß ſie geſtarb.   Darnach nam ſie ain anderen
man. der hieß graff Dolmus von Maliers aus Franckreich. Graf Dol-
mus.
Nun het Hego ain frawen genommen. die was Columbans
tochter. der auch von Rom vertriben was worden. von
des glaubens wegen. vnd bawt deß erſten Kumb.   Der Biſchoff zu
Kumb.
het ain Bruder der was der erſt biſchoff zu Kumb.   Er
het auch zwen ſün vnd ain tochter. ainer hieß Petrus. der
                          B 3   ander

anber Johannes. die tochter hieß Cleopha. vnd was ain
fälige iungkfraw vnd wolt kain man nemen. Nun was
sie gar schön vnd het gar vil anfechtung von den herzen vnd
der welt. Die bat vnser frawen das sie vngestalt würde.
vnd nit vberwunden von der welt. Also ward die felt-

siech. vnd bauet mit irem gut vnd klaineten ain kloster ge-
haissen Wetenfeld. da ligt sie begraben. Vnd Petrum
iren Bruder nam Hego vnd macht yn sein erben. dann
er kain kind het. vnd ward bischoff zu Mentz. Nun was
Wartaw ain groß man. vnd bawt ain vesten die nannt er

nach ym Wartau. vnd bawt auch an den tieffen see ain
turn den nannt er End. Nun was er gar ain seltzam
wunderlich man das ym niemant sein tochter wolt geben.
Vnd starb also on leibs erben.

En britten sun nant er auch nach der vesten
Starckenberg. der nam ains herzen tochter
von Vincentz aus Lamparten. Bey der
het er sechs sun. vnd was gar vast mechtig.
vnd gab dem ainen sun sein schloß. vnd nannt

yn ain herzen vom rotenfan. vnd Wolffrant was sein nam.
sein schilt was weiß ain roter fan darinn. Dem andern
sun gab er ain vesten die nannt er Werdenberg. sein schilt
was rot vnd ain weisser fan darinn. vnd nannt yn ain

herzen von Werdenberg. Dem dritten sun gab er Rei-
negk sein schilt was weiß mit ain schwarzen fan. sein nam

was herz Anßhelm von Reinegk. derselb erbt den turn
End von seim Bruder Wartaw. der nam ains grafen toch-

ter von Badenweiler. bei der het er vil kind. Nun gab
er dem vierden sun ain vesten hieß Schellenberg. deß nam
was Hainrich. sein schilt was schwartz mit aim weissen
fan.

fan. Dem fünfften gab er ain gelben schilt mit ainem
roten fan. der kam an deß römischen Pfaltzgrafen hof. vnd
hielt sich mit so frumer ritterschafft das ym der pfaltzgraff
sein tochter gab hieß Benigna. vnd gab ym ain groß kastel
do vil lands zugehört. deß namen was Tübingen. sein Tübingen.
nam was Wilhelm. der ward gehaissen ain pfaltzgraff von
Tübingen. Do nam er sein bruder zu ym hieß Ruland.
vnd ain hertz saß nit fern von ym auff ainer vesten hieß
Herrenberg. vnd er hieß Balthaser von Herrenberg. sein Herren-
berg.
Klingen.
fraw was aine von Klingen. bei der het er ain tochter.
do bat er yn umb dy tochter. die gab er ym. do starb der
von Herrenberg. darnach ward er genannt ain hertz von
Herrenberg. sein schilt was rot vnd ain gelber fan darinn.
der besaß allso die hertzschafft Herrenberg erblich von sei-
nem weib.

Nun was hertz Wilpart von luikirch von bem IX.
roten fan ain groß fraidig man. Sein weib Wilpart
von Lui-
kirch.
was ain gräfin von Sunnenberg hieß Cleo-
pha. die het bei ym zwo töchter vnd ain sun. Sunnen-
berg.
aine hieß Amelei. die ander Katharina. der sun Hego.
Er gab der ain tochter ain herrn von Rotenburg. die an- Roten-
burg.
Rapen-
stain.
dern ain herren von Rapenstain. Hego starb do er was
im xij. iar. Da bawt er ain vesten in aim tannen tobel.
dem gab er den namen Hochentan. vnd gab sie ainem seim Hochentan.
diener hieß Ruland von Hochentan. der nam ain frawen
deß hertz von Angelberg tochter. die töt er in aim gahen Angelberg.
zorn vnverdient. Darumb wardler von all sein freunden
gehaßt vnd vertriben. vnd fur vber mör vnd starb. Vnd
bo hertz Wilpart von luikirch gestarb do erbt yn der hertz
vom rotenfan. do zoch der hertz vom rotenfan auf ain schloß
genant Dawenfelt darunder lag ain kastel hieß auch Da- Dewen-
fels.
wenfelt.

wenfelt. Nun het der herz von Werdenberg vnd sein
bruder vom rotenfan gar ain grossen vnwillen vnder yn.
das sie nit sicher warent gegen einander. Der herz von
werdenberg bawt ain vest hieß Fadutz wider sein bruder.
nun was Dawenfelt kurtzlich cristen worden vnd woltent
sich nit cristenlich halten als sie solten. darumb ward yn
der herz vom rotenfan feind. Do riet ym der von Werden-
berg das sie vnd das land wider yn wärent so wölt er yn
helfen. Do sie seins bruders willen verstundent do zugent
sie für das schloß vnd woltent den herzen gefangen haben.
Do entran er yn. vnd fiengent seiner diener ain ritter von
Emß hieß Albrecht. vnd bezwungen den das er must den
ersten stain abprechen. den sein vatter gelegt het in de yere
sant Johanns.

Fadutz.

Riter von
Emß.

X.

Nun samlet sich der herz vom rotenfan vnd
kam zu ym hertzog Rumulus von schwa-
ben mit vil cristen. vnd zugent auff Da-
wenfelt vnd gewunnent es. vnd zwungen
sie wider zu cristenlichem glauben. vnd der herz vom ro-
tenfan nam sie wider ein vnd besetzt das mit seinem bast-
hart. vnd verkört ir den namen vnd hieß fürbaß Felltkirch.
Nun was dannocht ain graff von Wegk der was nit cri-
sten vnd was gar mechtig an land vnd leuten. deß ward
hertzog Rumulus innen. vnd sein bruder Wilpart mit ym
vnd zugen für Wegk. vnd die stat darbei hieß auch Wegk.
Deß ward ain Marggraff von Bairn innen. deß wonung
was zu Burgaw. der was seiner schwester sun vnd besamelt
sich so sterckest er mocht. vnd zug auf zu der Filß. Nun
het ain herz von der Filß genannt Helffens ain vesten ge-
bauwen auff ain felß der nam was Helffenstain. seim wapen
nach.

Felltkirch.
Wegk.

Burgau.

Helffen-
stein

nach. wann er ain Helffant zu aim wapen fürt. vnd haiſ-
ſent darnach grafen von Helffenſtain. Der het wonung
auff demſelben ſchloß vnd was ain gut criſten. Do kament
die criſten wol mit vier vndtzwaintzig tauſent manen. vnd
die vngelaubigen heten wol bei acht vndtreißig manen. vnd
ſlugent einander in dem tal zu Hawſen. Da ward ain Hawſen.
kirch in dem tal gebawen in vnſer frawen ere. gehaiſſen
Hawſen. Do ward der Marggraff gefangen. vnd vier
mit dem roten löwen mit ỹm. Vnd wurdent der vnglau-
bigen breitzehentauſent erſchlagen. vnd der criſten viertau-
ſent. Darunder waren zwen herzen von der Filß. der Filß.
Pfaltzgraff von tübingen. ain herz von Stöfel. ain herz Tübingen.
von Gerhauſen vnd ain graff von Achalm. Do begab ſich Gerhauſen.
der Marggraf mit allem ſeinem volck criſten zu werden. do Achalm.
uam ỹn der hertzog auff.

N vn was ain berg nahent dabey hieß Rech- XI.
berg. do muſt derz marggraff vnd zwölff Rechberg.
mit ỹm ſchören do iar vnd tag zu ſein.
Do ward der marggraff mit allen den
ſeinen getauffet. vnd nam zwölf zu ỹm.
do warent die fier brüder vom roten löwen zween von Ybach
ainer von Lomberg. ainer von Portigall. drei von We-
ſterſteten. zwen von Ringnigen. vnd ainer von Mülhaw- Mülhaw-
ſen. Do ergab ſich der graff von Wegk vnd ward auch ſen.
criſten. Do bawt man auff den berg ain wonung. do hielt
ſich der marggraff ſo wol vnd ſo ordenlich in criſtenlichem
glauben. vnd muſt ſein vetter der graff von Wegk ſein ka- Baſtel
ſtel haiſſen Kirchen. vnd bat das man ỹm ain kirchen dar Kirchen
ein bawete in der Ere vnſer lieben frawen an der ſtat do er
gefangen was worden. Das gefiel dem hertzogen ſo wol
das er ỹn zu ỹm nam gen Rauenſpurg vnd bawet ỹm ain Rauen-
veſten ſpurg.
C

veſten darob. die ward gehaiſſen ſant Veitzberg vnd bem-
ſelben nach nannt man den grafen von Weck hertzogen von
Tegk.   Nun het der hertzog kain kind. vnd nam den
marggrafen zu aim erben. vnd gab ym das hertzogtum
auf bei ſeinem leben vnd huldet ym das land vnd warent
ym vaſt hold.   Alſo gab ym hertzog Rumulus ain frawen
was ain gräfin von Soffan hieß Cleua. vnd der marg-
graff hieß Wendel.   Die hyſtori von hertzog Wendel
kumbt hernach.   Item hertzog Rumulus nam zu ym etwen
mengen diener vnd beſant zu ym maurer vnd ander werck-

leut. vnd bauwet ain veſten die hieß er Bienburg. vnd ain
berg lag nahent dabey do lag ain groß dorff vnder. do
bawt er ain ſchöne kirch in der ere ſant Johanns. vnd
macht ym ain wonung darbey mit ſchön reben vnd gerten

vnd mengerhant frücht. vnd nannt es Weingart. vnd das
dorff Altdorff.   Nun het er ainen diener der hieß Gebhart.
dem gab er ain Jaghauß das was vor der Haiden ge-

weſen. vnd nannt es Waltpurg. wann es in ainem tann-
wald lag.   Vnd gab ym ain ſchilt mit ainer grünen tan-

nen. vnd gülden tantzapffen dar ein. vnd hieß yn Truch-
ſäß von Waltpurg.   Er het auch ain andern diener dem

gab er ain veſten hieß Radrach. vnd ain ſchilt mit aim
weiſſen rad. vnd hieß yn Schenck von Radrach.   Ainen

andern gab er ain kaſtel das hieß Martdorff. den
nannt er Marſchalck von Martdorff. ſein ſchilt was rot
vnd drei weiß ſtral darinne.   Dem fierden gab er ain ve-

Kemerling.
4. Aemter
des Her-
zogthums
Schwa-
ben.

ſten hieß Kemerling. vnd gab ym ain ſchilt gelb mit ainem
ſchwartzen ſchlüſſel darinn.   Das thet er das die vier ampt
von dem hertzogthum verſehen wärent.

Und alſo gewan hertzog Wendel zwen ſün. vnd ain
tochter.   Nun het der hertzog geordnet wenn er abgienge
ſo ſolt Bienburg die kantzeley ſein in dem land zu Schwa-
ben.   Vnd Waltpurg truchſäſſen des hertzogthumbs.
Vnd Radrach ſchencken.   Martdorff marſchalck.   Vnd
Kemerling kamerer.   Vnd macht vier vndtzwaintzig prie-
ſter

ſter auff dem berg. vnd erdnet den ir gut. vnd wie ſie ſich
halten ſoltent. als ſie in iren büchern wol verſtünden.
Hertzog Rumulus was alt vnd het ſein leben vaſt criſten‑ Hertzog
lichen gehalten. er was ſchwach vnd het das botegram an Rumulus
den füſſen. Vnd ſtarb nach der geburt Criſti zwaihun‑ ſtarb J. C.
dert vnd zwai vnbtzwaintzig iar. an dem vierden tag 222.
Nouenbris.

Alſo het hertzog Werdel noch zwen Brüder in Bairn.
der ain hieß Ernſt. der ander Ludwig. Die entboten ym
das er ſich verſech die Vngern zügent mit macht die Do‑
naw herauff. In dem kamen mär wie das der kayſer Con‑ Kayſer
ſtantinus käm. der was dannocht nit criſten. Vnd zoch Conſtan‑
ym entgegen vnd verainet ſich mit ym das ſie den Vngern tinus.
ain widerſtand thun möchtent. In der nacht kam dem Panier.
kayſer für. wölte er ſeinen feinden anſigen ſo ſolt er machen
ain weiß Baner vnd ain rots kreutz darein. vnd an der
andern ſeitten ain raine magt vnd ain kind auff ir ſchoß.
mit der ſunnen vmbgeben. ſo geſiget er yn ab. dann es
warent allweg wol dreißig man an ain. Am morgen ſagt
er es hertzog Werdel vnd macht das Baner. vnd zugent Schlacht
den Vngern entgegen. vnd mit ym hertzog Werdel vnd mit den
ſein freund vnd vntertanen des lands Schwaben. Do Vngern.
kament ſie zuſamen. vnd lag der kayſer vnd hertzog Wer‑
del ob nach dem willen gottes.

Alſo zoch der kaiſer wider gen Rom vnd vil cri‑ XII.
ſten mit ym. er ward mit freuden empfangen.
Do kam er zu ſeiner mutter Helena vnd bat ſie Helena.
das ſie ym hülff vmb das kreutz do got ange‑
martert wär worden. Do was zu Rom ain prieſter hieß
Euſebius der ſagt wie das kreutz zu finden wäre. In dem Euſebius.
ſamlent ſich die Vngern wider vnd zugent mit groſſer macht
auff

auff das römisch reich. Do bracht der kaiser vil volcks
zusamen. doch was ir gar wenig gegen den Vngern. vnd
ward sich vast förchten vnd besorgen. vnd thet sich dan-
noch belegern gegen yn in das feld. Nun sprachen die
teutschen zu dem kaiser. es wär besser mit yn ritterlich zu
streiten. dann das sie auff sie zugent vnd yn leib vnd gut ne-
men. vnd thet man das nit so verdürb das römisch reich.

Constanti-
ni fahn
mit dem h.
Crewtz.

Da lag der kaiser derselben nachts an dem pet vngeschlaf-
fen vor sorgen. vnd sach auff gen himel do bedunckt yn der
offenstan. vnd wie er das heilig creütz vor ym sech ston.
Er sach es gar ernstlich an. do sprach ain stimm zu ym.
Constantine verzag nit. hab hoffnung zu dem zaichen. vnd
zu dem der den tod daran geliten hat. Vnd du solt ain
solich zaichen wie vor an dein fan machen. so wirdest du
innen das du yn an gesigest. Er stund des morgens frü
auff vnd hieß ym machen ain zaichen deß heiligen kreutz an
den fan. vnd hieß die seinen frölich wider dy Vngern strei-
ten. vnd manet sie das sie kain sorg heten dann sie soltent
mit dem heiligen kreutz ob ligen. Vnd der fan flog ob den

Strett mit
den Vn-
gern.

seinen. Sie thetent sich nahent zu den Vngern. Da die
Vngern die ordnung vnd den fanen sahent do trauwet ir
ainer nit genesen. Dann welicher sein leben wolt haben
der floch so er best mocht. Derselben zeit wurdent der
Vngern vil erschlagen. vnd behub der kaiser die walstat mit

Landge-
richte.

grossen eren. Do aber der kaiser den sig gewan do rufft er
zu ym die lantz herren aus Schwaben Sachssen Francken
vnd andern teutschen landen. vnd ordnet vnd schuff das in
yeglichem land zwölff richter soltent sein die die land vnd
leut in irer vnainigkeit entschiedent. vnd vber die zwölff
all mal ainer vber die andern damit ain mererß gemacht
möcht werden. Also zugent sie wider mit dem kaiser gen
Rom mit grossen freuden. Do fragt der kaiser den prie-
ster Eusebium von dem zaichen deß heiligen kreutz ob ym
darumb icht wissent wär. Da antwurt ym der priester.
Ym wär wol wissen darvon. es wär got der allerding ge-
waltig

waltig wâr. vnd geboren von der rainen magt Maria.
vnd hat beschaffen anfang mittel vnd das end vnd welicher
Mensch nach seiner lere vnd nach seinem leben thut deß sel
hat freud ewigklich. dann er dem menschen hat geben frei-
en willen. vnd will ym helffen streiten wider die drei feind.
das ist wider sein aignen leib. wider die welt. vnd wider
die bösen gaist. Vnd wer ym nachuolgt deß freud wirt
werden ewigklichen on end. Er ist auch allso mechtig vnd
gewaltig das ym nichts wider sein mag. Vnd sein ge-
walt ist vber alle welt.

Mit solicher lere bracht er yn dartzu das XIII.
er sein mutter Helena bat das sie mit Creug Er-
findong.
ir selbs leib für vber mör vnd besech
ob sie möcht das kreutz finden do Ihe-
sus den tod angelitten hat von den iu-
den. Vnd sagt ir von dem zaichen
wie er den Vngern darmit obgelegen
wâr. Do Helena erkant ires suns ernst vnd gepet do
macht sie sich auff vnd fur vber mör mit vil arbeit gen Je-
rusalem. vnd do sie dahin kam do ward sie gar schon em-
pfangen. Die iuden schanckten ir groß gab. vnd ward ain
geschrai die kaiserin von Rom wâr in dem land zu Jerusa-
lem. vnd in Samaria vnd vberal in Judea. vnd fieng die
mechtigen. Also kament sie all zu ir. do fieng sie an vnd
sprach zu yn. Ir herzen ich bin nit vmsuust herkomen. ir
habent wol in der geschrifft gehört das got nach seiner
barmhertzigkeit wolt geborn werden vnd an aim kreutz ge-
martert. darumb will ich nit enperen ir tund es gern oder
vngern das ir etweuil der weisesten aus euch erwelent die
mir sagent was ich sie frag. vnd tund das heut bei diesem
tage. Do die iuden das erhortent do erschrackent sie gar
C 3   vbel

vbel vnd forchten irn zorn. Sie nament palb vnd erwelten
aus yn sibentzig mann vnd schickten sie zu der kaiserin. do
sie zu ir kament do sprachen si. Fraw Kaiserin was ist
euwer pet. wir habent sibentzig gewelt. vnd sie zu euch ge-
schickt den ist all vnser geheim kund vnd wissent vnd kü-
nent euch das wol sagen. Do sprach die kaiserin. brin-
gent sie mir oder ir mussent euwer leben verlieren. Die iu-
den wurdent gar traurig. sie forchtent die frawen gar vbel.
Sie giengen an ain rat zusamen vnd sprachen. Vnser sach
stat vbel. vnd was die fraw mit uns anfahen will das
wissent wir nit. Vnder den sibentzig was gar ain weiser
mit namen Iudas der was vast alt der sprach. Ich main
ich wiß wol was sie wöll ich main gentzlich sie wöll das
holtz do Ihesus an gemartert ist worden. Do sprachen
die iuden. es lebt niemant der das wiß. Do sprach Iu-
das. do Zachäus gar alt was do sagt er meinem vater
Symon vnd zaigt ym das holtz. do zaigt es mir mein va-
ter vnd sprach. Lieber sun nun hüet dich bei deinem leben
das du niemant das kreutz zaigst. wann es geschicht das
man die iuden wirt nöten das sie es suchen vnd geben.
oder sie müssent sterben vnd den tod darumb leiden vnd ee
du den tod leidest. so soltu es sagen vnd zaigen wie es
Annas in das hör gelegt hat. Mein vatter sagt mir auch
wie das vnser reich von vnser sünd wegen vns werd geno-
men vnd den cristen vndertan. Die kaiserin hört vngern
das sie so lang zu rat giengent. vnd in ainer gähe hieß sie
sy all vahen vnd verprennen oder ir das kreutz zaigen. Da
sprachent sie. Fraw sind uns gnädig. wir zaigen euch ain
vnder vns der es euch zaigen kan. vnd wie es ain gestalt
darumb hat. vnd euch wol vnterrichten kan. Er ist ains
weissagen kind. vnd zaigten ir Iudas. Die künigin nam
yn zu ir vnd het yn vast wol in hut vnd sprach zu ym.
Willtu leben so zaig mir das holtz daran gemartert ward
Ihesus. Da sprach Iudas. das ist mir vnkündig. vnd
stwur mengen aid das er es nit weste. Mit lieb noch mit

laid

laib kund sie yn nit zwingen das er ir das wölt zaigen.
Vnd do die fraw sein hertigkeit sach do sprach sie in zorn.
Du muſt mir es zaigen oder in dem moſigen ſee hungers
ſterben. Er wolt es nit zaigen. Da hieß ſie yn in den
ſee werffen. vnd yn gar wol bewaren. das ym niemant zu
hilff käme. noch niemant zu eſſen gáb. Do lag er ſieben
tag gantz vngeſſen. an dem achten tag ſchrai er mit lauter
ſtimm. varent herein nach mir ich will euch drü ding zai-
gen. Da die fraw das erhort. do ward ſie von hertzen
fro. vnd hieß yn von ſtund an herwider bringen. vnd be-
ſant ir hertzen vnd diener. vnd er gieng von ſtund do er das
kreutz weſt. Da ſie kament an die ſtat. do bat er got den
ſchöpffer himel vnd ertrichs das er ſich vber yn erbarmet.
wann du ſitzt ob kerubin vnd ſeraphin die kör der engel.
vnd haſt alle ding von nicht geſchaffen. vnd all creatur
veriehent dich zu ainem ſchöpffer. nun zaig vns das kreutz
do du deinen feinden an abgeſiget haſt. vnd du kameſt den-
ſelben iuden in dem ſeur zu troſt. Vil inniglichen er zu
himel auffſach. Do er das gebet geſprochen het do gieng
gar ain ſüſſer geſchmack aus der ſtat do das kreutz inn lag
das nie kain man ſüſſern ſchmack befand dann do was do
man das ertrich regen begund. vnd Judas in das ertrich
graben was do das kreutz lag. An derſelban ſtat do er
xx elbogen eingrub do fand er drü kreutz ligen. den ward
da von menigklichem groſſe er erboten. Da weſt Judas
nit welichs das recht kreutz wár. Do ſtarb ain menſch in
derſelben ſtund in der ſtat. do hieß man pald lauffen vnd
den toten darbringen. bann er het groſſe hoffnung er wölt
das recht kreutz finden. Alſo nammen ſie ain kreutz nach
dem andern vnd legten ſie auff den toten. er ragt ſich nit
biß das recht kreutz kam. vnd do man das auf yn legte do
ſtund der tod zu hant auf vnd do er lebendig ward do ſchrai
der teufel auſſer den lüfften herab das es alle menſchen hor-
ten die da warent. Judas du vnſeliger man was haſt du
getan. du ſolt on zweifel ſein ich bring ain an das kreutz

der

der beß gemarterten gottes verlögnen wirt. der kaiser in
meinem namen soll sein. derselb wirt mich an dir rechnen.
Vnd da daſſelbig zaichen beſchach do ſtifft die fraw ain kir=
chen vnd ain münſter an dieſelben ſtat. vnd füret das
kreutz mit ir haim vnd beklaidet es mit gold vnd edelm ge=
ſtain.   Judas ließ ſich tauffen. vnd der biſchoff hieß yn
Cirtabus.   Darnach ſtarb der biſchoff vnd die künigin ſatzt
yn zu ainem biſchoff gen Jeruſalem.   Er ward der welt

Die drey
Negel
Jheſu.

gar lieb.   Da bat die künigin den biſchoff das er ir hülff
umb die drei negel die Jheſu durch hend vnd füß wurden
geſchlagen.   Do der biſchoff ir gebet erhört do nam er zu
ym die prieſterſchafft vnd fur von ſtund an gen Cauariam.
ſein gebet hub er an vnd bat got von himelreich mit gan=
tzem ernſt vnd andacht. das er ym zaigte die drei negel.
Da er das gebet volbracht het do erſchain ym ain liecht
an der ſelben ſtat. do die drei negel lagent. vnd do Cir=
tabus die fand do ward er von hertzen fro vnd kam zu der
künigin helena. die macht gar ain köſtlichen peutel darein
ſie die negel legen wolt.   Vnd macht ain brieff für das
gotzhauß das es allweg frid ſolt hon in allen kriegen vnd
ſolt got darin gelobt vnd geert werden.   Da ſie nun het
geſchaft weß ſie begehret het do fur ſie wider gen Rom vnd
ward gar hübſche ordnung von ir angefangen.   In den
zeiten was ain herr zu Biſſena in der ſtat des nam was

Emerius
von Trier.

Emerius den beſant Helena wann ſie het von ym gehört
wie das er von teutſchen landen wär vnd fragt yn von
wannen er wär.   Er ſagt ir er wär von trier vnd wär mit
dem Margrafen hinein kumen. vnd het vier ſün vnd ain
tochter. ſein weib hieß Marina vnd ſein geſchläct von
Marpach. vnd der zwölff geſchläct ainer von Trier. Da
fraget ſie yn ob er ain criſt wäre.   Ja ſprach er.   Do bat
ſie yn gar tür das er in teutſche land zůg vnd ir ain ſtat
erwelte da ſie das loblich heilitumm ain tail hinſchickte do
es geert wurd. Emerius was ir willig vnd gehorſaz vnd
zoch aus vnd beſach manig end.   Zuletſt kam er in Schwa=
ben

ben auff ain berg der gefiel ym wol vnd macht ain capell
darauff in der ere des heiligen kreutz. Vnd zoch wider zu
Helena vnd sagt ir was er geschaffen het funden vnd ge=
bawen. Da danckt sie ym vnd bat yn zu besuchen ob ye=
mant an das end komen wolt vnd sein wonung do haben.
Da antwurt er vnd sprach. wär ich naißwer zu nütz vnd
euch zu eren so wölt ich selbs darziehen mit weib vnd mit
kinden. dann es mir aus dermassen wol gefelt. deß sagt
sie ym banck. vnd bat yn zurüsten. als er auch thet. Er
kam wider zu Helena do gab sie ym ain michels stück von *Heiligthů=*
dem heiligen kreutz. vnd deß stuls do Jhesus auff gekrönt *mer.*
ward. der kron. seul: gaisel. rut. des schwambs. des
hars Marie. irs mantels. vnd des tuchs ab irem haubt.
des klaides Herodis das Cristus anhet. des klaides sant
Johannsen das er verließ do Cristus gefangen ward. auch
des stains do er auff kniet an dem ölperg. vnd sunst men=
gerlei heiltumbs. vnd ain michel gut von gold vnd silber.
Do zoch er aus vnd bawuet allbo ain schöne wonung vnd
vesten. Do er nun wol gebawen het do kam als gott wolt
ain idmerlicher siechtag in die welt. das die leut niderfie= *Jämmer=*
lent vnd schrirent. vnd gieng yn der safft zu dem mund *licher*
aus das gar vil leut sturbent. *Siechtag.*

Nun was ain stain an dem tieffen see gele= **XIV.**
gen do was ain sälige fraw auff die hieß *Tieffe See.*
Clareta. die lag einer nacht an irem pett. *S. Clareta*
do kam ir für das sich die menschen sol= *von Mers=*
tent antwurten auff den neuwen berg. so wurd der gebrest *purg.*
ain end nemen. Da ward dem volck des landes das ge= *Walfarten.*
offnet. vnd ward ain fast grosser lauf auff den berg. wer

D   dar

Emerius.

dar kam oder sich dar verhieß die genasent all. Da offnet
yn der herr Emerius wie er darkommen wår vnd geschickt
von der künigin Helena. vnd wurdent die stück des heili-
tumß verkündet. In dem land was ain sålige fraw die
het ain besundern willen alle iar gen Rom zu gan. do sie
das so offt thet do ward es dem Babst gesagt. der wolt
sie sehen vnd ließ sie für yn bringen vnd fragen warumb sie
so offt gen Rom kåmme. Da saget sie ym. aus kainer
andern vrsach dann allain wann sie wider haim kåme so het
sie belangen wider gen Rom. Da fraget er sie von wan-

Heiligen berg.

nen sie wår. Da sagt sie ym sie wår von dem Heiligen
berg. Da ließ er ir sagen sie bedörfft Rom nit. sie het hei-
litumbs genug da haimen bei ir. vnd gab ir zu buß das
sie ym deß ertrichs von dem heiligen berg solt bringen oder
schicken. bann er eben so gern auf den Heiligen berg komen
wölt als sie gen Rom. so vermöchte er das an dem leib
nit. Datzumal ward der berg vnd die vesten gehaissen der
heiligberg. vnd sein sün die von dem Heiligenberg. Dar-
umb ward der lauff vil vnd so gar groß das sich aus der-
massen vil volcks an yn begab. vnd ym zinsenten vnd vn-
bertånig wurden. da mit er ser zunam vnd mechtig ward.
Vnd das ward zwen herren dar zumal gar vast vbel ver-

Amelang
von der
Filß.
Gilg von
Kelmüntz.

driessen. der hieß ainer Amelang. vnd was von der Filß.
der ander hieß Gilg der was von Kelmüntz. vnd die zwen
genanten herren nament vil volcks zu yn. vnd all ir gut

Blindheit
des Kriegs
Volcks.

güner. vnd zugent auff yn an dem zwölfften tag deß Mer-
tzen. vnd lagent do vier tag. do ward alles volck plind.
Da was grosser iammer in dem hör. Da kam die sålig
fraw Clareta vnd saget vnd riet yn das sie ain ewigen frid
mit ym machten so kåment sie wider vnd wurdent gesehen.
Do die herrn hörten die botschafft werben do wurdent sie

Wunder-
werck.

eingelassen mit vier vndtzwainzig mannen. vnd für das
heiltumb gefürt. Do wurdent sie von stund an gesehent.
do ward das gantz volck darfür besant vnd wurdent all
wider gesehen. Vnd zwischen yn ewiger frid vnd freunt-
schafft

schafft gemacht. Vnd gab der herz von der Filß sein tochter seinem sun Alban. do bawet er auff den velß do die
fraw Clareta auff saß ain kastel vnd satzt sein sun Alban
darauff. vnd nannt das kastel Merspurg. Die sälig Clareta bauwet ain kloster mit sibentzig mägten. deß nam was
Eßling. Vnd der herzen von der Filß warent drei Brüder. ainer hieß Amelang. der ander Hanns. der drit Wilhalm. vnd Amelangs wesen was zu Gmünd Hannsens zu
Giengen. vnd Wilhalms zu Pfullendorff.

Kastel
Merspurg.

Eßling.
Herren von
der Filß.
Gmünd.
Giengen.
Pfullendorff.

Darnach macht der herz vom Heiligenberg
ain kastel bei aim schön prunnen derwiel
dreier elpogen hoch auff von der erden. das
ward in neun monaten gebawen von dem
gemainen volck umb das brot. dann ain sack mit korn den
ain yeglicher ring trug galt gern drei marck pfenning. Do
nun das kastel gebawen ward do nannt er es Walsee. vnd
gab es seinem sun Alban. vnd nant yn ain herzen von
Walsee. da bawet der herz von Kelmüntz ain stat hieß
Meming. darumb das sich manig mensch do erneret. das
sunst grossen hunger must haben gehebt. oder gar hungers
sterben. Nun het er gar vil korns vnd bawet sunst noch
ain kastel hieß Babenhausen. do was ain herz in Schwaben der het sein wonung zu Dillingen der het deß von
Kelmüntz tochter zu aim weib. vnd was sunst kainer von
Kelmüntz mer. darumb so erbt er yn. Nun dingt er seim
schweher ain schreiber vnd bestalt yn das er yn ertöten solt.
darumb gehieß er ym xx marck silbers. Vnd auff ain tag
an dem abent do gieng der herz auff dem berg bei dem
schloß spatzirn do stieß yn der schreiber vberab vnd vil

XV.
Kastel
Walsee.

1 Kornsack
umb 3.
Marck
pfennig.

Stadt Meming.

Babenhausen.
Dillingen.
Kelmüntz.

Kelmüntzische Mordthat.

ertrichs

ertrichs mit ym. alß ob es sunst mit ym hinab wär gefal-
len. vnd schrai gar laut. O we meines lieben herzen.
Da das die fraw vnd die andern in der vesten erhörten die
schrirent vnd luffent heraus zu ym. do kund er nit mer
reden. vnd starb von stund an.   Do kam sein tochterman
der herz von Dillingen. vnd tet als ob es ym vast laib wär.
vnd nam das gut. land vnd leut ein.   Da kam herz Ja-
cob von Aißlingen seiner swester sun vnd herz Peter von
Wolffsreut auch seiner swester sun die mainten auch erben
sein. das mocht yn dannocht nit gon. vnd wurdent vn-
ainß.   Do er nun dem schreiber sein verdient vnd verhais-
sen gelt solt geben do wolt der schreiber mer haben. do wolt
yms der herz nit geben.   Da kam der schreiber zu dem
herzen von Aißlingen vnd sprach. wölt er yn nit melden
vnd ym ain behausung bauwen dahin er ym wolt sagen. so
wolt er ym vnd seinem vetern zu dem erb helffen. vnd thet er
das nit. so sölt er yn töten. Das sagt er ym zu. vnd bauwet
ym ain vest auff ain hochen berg vnd gab ym die ein.   Da
wolt ym der schreiber nit halten. vnd mustent die zwen
herzen baid ir freund vnd gut günner anruffen vnd nament
zu yn den von Bernegk. den von Rotenburg. Seiffrid
von Stauffn. Wilpart von Erenberg vnd zugent für den
schreiber. do begeret er das man ym das leben friste so
wölt er sagen wie es ain gestalt het.   Sie fristent ym das
leben. da saget er yn gantz wie es ergangen was.   Da
nam yn der herz von Aißlingen vnd fürt yn mit ym. Da
er yn haim bracht do fragt er yn von wannen er wär. do

sagt er ym er wär von Dietrichberen vnd wär des geschlächts
die man nannt von feigen. vnd ain plowen schilt fürten
vnd darin drei grün feigen. er het auch weib vnd kind vnd
wär an zeitlichem gut arm worden. vnd sagt wie sein ver-
dern von Jerusalem wären kumen. vnd von Kaiphas ge-
schlächt geboren. dann Kaiphas het ain Bruder der hieß
Malchus der het vil kind gehebt. vnder den warent zwen
gut maister in der schwartzen kunst. der ain hieß Symon
                                                                der

der ander Dalmar. die kamen baid vber mór. Symon in
ain ſtat genant Gent. Dalmar in Lamparten gen Bern.
alſo iſt vnſer geſchlácht herkumen vber mór. Alſo ward
dem herzen von Aißlingen vnd ſeim vetern von Wolffsreut
geraten das ſie nach dem von Dillingen ſtalten. Das
theten ſie vnd fundent yn in aim kaſtel das hieß Lawingen. Caſtel La-
vnd gleich von ſtund an fúrten ſie yn für den kúnig Sig- wingen.
mund. des wonung was datzumal zu trier. vnd rufften
das recht an. do wurden vil leut darzu berúfft vnd das
recht gab das die zwen herzen den mórder vnd ſchreiber
bringen ſolten. Nach dem ward zu hant geſant. Do ſtund
der herz von Dillingen in groſſem laugnen. Da zaiget der
ſchreiber zu Kelmúntz die brieff ſo er mit ſein ſelbs hand ge-
ſchriben het. nach dem ward pald geſant. do die kamen do
befant ſich warheit das das vbel von dem herzen kumen
was. Do het der herz von Dillingen ain herzen von Hir- Pbilipp
ſchorn bei ym der hieß Philipp dem bat er zu geben ain von Hir-
veſt mit namen Landaw. Das geſchach. vnd ward ge- ſchorn.
haiſſen herz Andres von Landaw. Es het auch der herz
von Dillingen nit mer kind dann ain knaben der was in dem
driten iar. vnd was die fraw verwidemet auff ain ſchloß
hieß Faichingen das gab man der frauen. do gehórt wol Faichingen.
ſechs hundert marck an gold vnd korn zu. Nun ward an-
geſehen das man dem kind ſeins vatters gut warten laſſen
ſolt biß er zu ſeinen tagen kám. vnd ſolt ym vormünder
geben. alſo ward ym geben herz Nidiger von Waſſerburg
vnd Peter von Kulental. Nun ward der von Dillingen Straff des
gericht als er verdient het. do woltent die herzen den ſchrei- Morde.
ber nit tóten laſſen. dann ſie hetent yn deß lebens getróſt.
do ward angeſehen das man yn vermauren ſolt vnd zu eſſen
geben biß in ſein tod. Es ward auch angeſehen vnd ernſt-
lich geſchafft von dem kúnig. wáre das der knab zu ſein
tagen káme das man yn gaiſtlich machen ſolt. wólt er aber
nit gaiſtlich werden ſo ſolt man yn einlegen vnd verſorgen
damit er kain frauen nemen mócht dann ſein plut vnwúr-
D 3   dig

bdg wår. Do ward auch dem schreiber vnd allen sein nach=
komen genomen das sie nit mer solten die feigen füren. sie
möchten aber wol im schilt füren fünff oder neun kalbspla=
tern. vnd solten auch nimmermer nichts eigens haben. vnd
was sie hetent oder zu ewigen zeiten vberkumen möchten
das solt lehen von dem herzen vom Heiligenberg sein. die
dann in teutschen landen wårent. vnd in dem römischen
reich. Vnd welich des namen vnd stammen von feigen
wårent in Lamparten von den herzen von Vincentz. Nun

Sesling.

nam die fraw von Dillingen iren sun vnd bauwt ain kloster
das nant sie Sesling. vnd bauwt ir ain wonung darbei.
vnd was mit irem sun da biß er xiiij. iar alt ward. Do
vberkame die fraw den knaben das er sich begab gaistlich
zu werden die weil sein muter im leben was. vnd darnach
wölt er aber tun was yn sein fürmünder vnd freund hief=
sent vnd rietent. Da macht die fraw in das kloster Lxxij.
frawen. darvber gab sie ain vogt graff Wilhalm von Helf=
fenstain. vnd den frawen gab man zu ainem verseher ain
tum herzen von Wullensteten. Der knab ward gebissen
von aim vnsinnigen hund vnd starb am xv. tag elendigklich.
vnd lebt die muter nach ym viij. iar vnd vierthalb monat.
vnd ward begraben in dem kloster Sesling das sie selbs
gestifft hat.

XVI.

Reichs=
Tag zu Re=
genspurg.

Do nun künig Sigmund starb bo ward hertzog
Ludwig von Sachssen künig. datzumal was
grosser vnfride in teuschen landen. Do
ward ain gesprech gerufft vnd gelegt in ain
stat an der Donaw hieß Regenspurg. da=
hin kament gaistlich vnd weltlich mit grossem gewalt vnd
macht vnd künig Karolus von Behem mit der guten
müntz

müntz vnd ain graff von Mißland. Gabriel von Maten-
berg der kam mit grossem volck. Da was ain graff von dem
rotenfan netz von Montfort ain grosser starcker man der
stund vor dem künig mit andern herren. Da gieng der graff
ein vnd ainer seiner diener mit ym der schlug yn mit aim
stab vnd sprach. Tuck dich du Langer man. Do warff sich
der vom rotenfan vmb vnd nam den grafen der was ain
klein man bey dem hare vnd warff den vndersich vnd sprach.
Streck dich du kurtzer man. Do ward ain grosser auflauff
das mer dann achtzen hundert man erschlagen wurden.
Da ward der künig verborgen in ains iuden hauß das ym
nichts geschech. derselb künig gab den iuden vil freiheit. vnd
die grösten die sie noch hond. Nun ward ain grosser auß-
zug von der stat yederman haim. Do west dannocht niemand
wo der künig hinkomen was. Daß es was niemat mit ym hin-
wegkumen dann allein der Marschalck vnd ain knab. dar-
nach yber drei wochen ward er gefunden bei graff Wetzeln
von Fogburg. do berufft er ain andern tag vnd gespräch
gen Hailprunn. vnd do die herren wider haim kament do
ward graff Hainrich vom rotenfan anziehen vnd beschul-
digen den grafen von Werdenberg mit dem weissen fan wie
er wäre von ym geflohen. Daruon wurdent sie so vnainß
das sie den kampff butent. Vnd solt das beschehen vor
dem künig vnd andern herren die datzumal zu Hailprunn
warent. dann sie hettent vormals auch aiu vnwillen gegen
einander von der schloß vorst vnd iagens wegen. Nun
kam herr Hanns von Werdenberg vnd mit ym herr Tho-
man von Nellenburg sein schwager. vnd herr Sigmund von
Helffenstain seiner schwester man vnd graff Bathaser
von Wegk. vnd Bartholomeß vnd Veit von Rechberg.
vnd Philipp von Westersteten. Peter von Mülhawsen.
Seitz von Grafenegk. vnd Hanns von Griesingen. Claus
von Ramstain. vnd Jacob von Emerchingen. vnd sunst
vil schlechter edelleut. Vnd do bracht graff Hainrich von
dem rotenfan mit ym herren Effram von Arburg. vnd

herren

herren Seiffrid von Aichelberg. vnd Lutzen von Aſch. her=
zen Anders von Klingen. Wolffart von Erenbach. Hann=
ſen von Hochenſtain. vnd Pauls von Schwainhauſen.
Wilbrecht von Hocheneck. vnd ſunſt auch vil ſchlechter
edelleut. Do ſie für den künig kament do rett herz Hain=
rich von Salwerd von haiſſens vnd zugebens künig Lud=
wigs. dem herzen von Werdenberg vnd dem herrn vom ro=
tenfan ret herz Hanns von Ochſenſtain. Vnd bo ſie nun
lang vnd vil retent do begert der künig die ſachen in der
gütlicheit zu richten. vnd mit der min zu entſchaiden. das
wolten ſie nit vergünnen. Vnd do die herzen die mit ym
da warent vnd ander ir freund erſahent vnd iren groſſen
neid erkanntent do wurdent ſie ainß vnd viengent ſie baid
vnd ſatzten ir vnainigkeit in geſchrifft. vnd legten ſie baid
zuſamen in ain ſtuben. vnd ſatztent yetwedern in ainen ſtock.
vnd befalchent yn das ſie ſich mit einander ainenten. vnd
anſehent das ſie von ainem plut vnd von ainem ſtammen ge=
born vnd herkumen wärent. vnd theten ſie das nit biß
morgen vmb die achte ſo wöltent ſie yn geſchrifft zaigen die
ſie müſten halten. Da es nun morgen was do kamen die
herzen vnd freund zu yn do warent ſie vil vnainſer dann
vor. Vnd do die herzen das kanten bo nament ſie die ge=
ſchrifft vnd hubent yn die für. die ſtund alſo das ſie ein=
ander gut freund ſolten haiſſen vnd ſein. von der geſchicht
wegen zu Regenſgurg geſchehen. das ſolt von kainem tail
yetz vnd hernach nimermer gemelt noch fürgezogen werden
in kainen weg. dann von der veſten land ſchloß vnd forſt
wegen ſolt die veſten Werdenberg den rein auff das land
biß an Salganſer herzſchafft gan. vnd vnderſich ab biß an
die pfarrkirchen Grienſtain. daran ſtöſt der herzen von
Reinegk herzſchafft. Vnd deß herzen vom rotenfan veſten
vnd kaſtel Felltkirch oberhalb ſolt gan biß an deß herzen
von Nüburg herzſchafft. vnd vnder herab biß an deß von
Bregentz herzſchafft. Vnd ſolt von yn baiden ain Thurn
gebau=

Mine oder
Vergleich.

Thurn
Vorſteck.

gebauwen werden der folt den vorst enhalb vnd dißhalb
Reins in irer baide land baifen vnd der thurn ward ge-
haiſſen vorſteck.

Non het der herz von Bregentz ain tochter
vnd ain ſun die het er auf der veſten.
vnd er vnd ſein weib warent in dem ka-
ſtel Bregentz. ſein fraw was eine von
Schlüſſelberg. ſo het der herz von rotenfan ain Bruder der
was der iüngſt vnd hieß Malſier der ward der iungfrawen
hold. vnd ſtig ainer nacht ober die mauren zu ir. vnd fürt
ſie vnd die alten frauen mit ym gen Aſpermont. Darab
ward ir vater vaſt zornig. vnd wolt ye die ding nit ver-
zicht laſſen ſein vnd mechtiget ſich vnd zog vber den her
vnd wolt yn beſchedigen. Deß ward ſein vater von Tü-
bingen innen. der het ain ſchweſterman hieß graff Wil-
halm von helffenſtain. vnd ſein tochterman graff Burck-
hart von Wegk. vnd graff Wendel von Ortenburg. die
zugent mit groſſem volck gen Bregentz. vnd für das kaſtel
Lindaw vnd zwungent die vnd irn herzen das ſie mit irem
herzen vom rotenfan gericht wolten ſein. vnd ſich begeben
gen ym vnd verſchreiben. wenn des namen von Bregentz
das mannßpild nit mer wäre ſo ſoltent alle land vnd leut
vnd was er oder ſein nachkumen die dann der letſt des na-
men verlaſſen het erben die deß pluts vnd namen vom ro-
tenfan wärent. Das ward alles mit briefen vnd leuten
geſeſtigt. Nun vber vier iar darnach do was ſein ſun hieß
Hugo in ſeinem kaſtel Lindaw. das lag datzumal nit im
ſee. do het ainer von Emß ain tochter hieß Eva. die was
gar ſchön der nam die vnd macht ſie ſchwanger. do was
ain man in der ſtat geſeſſen hieß Schönſtain. der gab den
von Lindaw den rat das ſie mit irem herzen Hugo retten
                              C   das

das er etweuil geltz von yn nåme vnd ſie frei ſagte. ſo wöl-
ten ſie ym helfen das er ain veſten vnd wonung bauwte
vnd ſein lieb frauwen darauff ſatzte das ſie ſicher wår das
ſein freund ir nit laid tåten.   Das trieben ſie ſo lange das
er mit yn ainß ward vmb xlii. marck. halb gold vnd halb

Bodman.
ſilber. damit bawt er ain veſt hieß Bodman. Do ſein va-
ter ſtarb do nam er ſie zu der ee. vnd het mit ir drej ſün.
Yn woltent die herren von rotenfan nit erb laſſen ſein. er
was gar ainfeltig. vnd der vom rotenfan vberkam mit ym

Megkin-
gen.
um das erb vnd gab ym Megkingen ſeins Bruders auß
der ſåligen Reichenaw fluchthauß. vnd gab dem Abt dar-
umb xxi. marck ſilbers. vnd nam Bregentz ein mit allem
land vnd zugehör.   Sein ſün hieß man die von Bodman.

Eglos.
Bregen-
tiſch Wap-
pen.
Nun het er ain freie herrſchafft hieß Eglos. die gab er herr
Simon von Wolckenberg zu kauffen. der herr von Bregentz
fürt ain hermin kurſen vnd miten dardurch ain gelben
ſtrich vnd drei ſchwartz egli darinn.   Da het der herr von

Wolcken-
berg.
Erenberg.
Wolckenberg ain alte frawen die was aine von Erenberg
vnd het kain kind. do erbt yn der hertzog von Schwaben.
dy lehen erbt herr Lux von Erenberg vnd ſchilt vnd helm

Hertzog
Bundus in
Schwaben
untergeſchob-
nes Kind.
damit.   Do nun hertzog Walthaſer von Schwaben het
genommen hertzog Albans tochter von München die het
in xiiij. jaren kain kind. do het derſelbe hertzog ain jåger
dem getrawet er vaſt wol. vnd legt mit ym an wenn ſein
weib ains kindleins ſwanger wurd das er es heimlich het
ſo muſt ſein weib tun alß ob ſie ſwanger wår. vnd wann
ſein weib genåß ſo ſölt er ym das kind bringen. vnd ſein
weib müſt tun alß ob es ir wår.   Das geſchah. do was
groſſe freud. vnd nant yn Bundus.   Nun hetent des jågers
nachbauren gehört etwas ungeheurs in der nacht die frag-
ten was es wår geweſen. er ſagt yn die jaghunt heten ge-
welffet.   Do der knab xiiij. jar alt was do wolt er nun
bei den jågern ſein. vnd do er was in dem xxij. jar do
ſtarb der alt hertzog. do wolt man dem jungen ain frawen
geben ain hertzugin von Geldern.   In dem ſchlug der jå-
ger

ger ainen am hoff. darumb lag er in dem turn. do kam des
idgers weib vnd begert heimlich mit dem herren zu reden.
das trieb sie so ernstlich das sie der herr ließ eingan. vnd
yederman hinaus. do viel sie ym vmb den hals vnd sprach.
Hertzlieber sun. vnd sagt ym das der idger sein vater wär.
vnd wie es ain gstalt het gantz vberal.   Do erschrack er von
hertzen ser vnd sendet nach seim Beichtuater hieß maister
Cunrad lob. der wolt ym nit raten das er ain frawen näm.
er wölt dann sein sel verlieren.   Da nam er deß herren
vom Heiligenberg sun zu ym. hieß Hugo vnd ließ ym die
hertzogin von Geldern geben. das was mit der lantzher-
ren willen.   vnd mit yn vber ain kumen das er das her-
tzogtum inhaben solt vnd sein lebtag besitzen vnd regieren.
Darnach mochten die lantzherren aber ain welen wie sie
mainten der dartzu füglich vnd gut wäre.   Nun was ain Bundus
stirbt im
Gottshaus
Altdorff.
michel beraitschafft da die nam hertzog Bundus. vnd et-
weuil gelegener güter. vnd kam in das gotzhauß Altdorff
vnd dient got gar ernstlich xxix. iar.   Da er sterben wolt
do besant er hertzog Hug vnd mit ym die allermächtigi-
sten herren des Lands. vnd sagt yn wes sun er wär. vnd
gantz wie es vmb yn ain gstalt het. do ward er gehaissen Wurd Her-
tzog Wolff
genande.
hertzog Wolf vnd ward allso in die gedechtnuß nnd iart-
zeit geschrieben.   Vnd was hertzog Hug den sterbent ge-
flohen auff Bienburg.

XVIII.
Hertzog
Hug.
vn het er zween sün vnd fier töchter.
ainer hieß Hainrich. der ander Ru-
land. die erst tochter Helena, die ander
Clareta. die drit Feronica die vierd
Magdalena. zu denselben zeitten stund Bauren
Aufstand.
ain lauff auff vnder den pauren das kainer mer wolt schuldig
sein dann den gaistlichen den zehend. vnd seinem herrn. xx.
            E 2   pfen-

pfenning vnd ain henen. vnd wolten nun fier gericht deß iars haben zu den fier quotenbern. vnd mainten nun xiij. erwelen vnd die aim herzen zu schicken. Vnd vnder den aim Aman vnd ain richter auch erwelen vnd zu den. xij. setzen. der solt fragen vnd öffnen. die vrtail pieten vnd verpieten wie dann das zu den rechten zimet. Das het ain maister zu Augspurg prediget vnd zuwegen bracht. hieß meister

Meister
Matthäus
Korsang.

Matheus Korsang. Da kament die lantzherzen zu dem herzog vnd wurdent ainß das ain yeglicher herz sein leut vnd vndertan solt besenden vnd mit yn reden vnd fürhalten die heiligen geschrifft der Bebst vnd der Kaiser bestetigung vnd ordnung. vnd welich nit gehorsam woltent sein so soltent ym die andern all helffen sie zu zwingen. Da was ain herz von Klingen do satztent sich die seinen wider. Indem kam hertzog Hugens sun vnd mit ym vil herzen. nun was ain

Haintz von
Stain.

paur der nant sich Haintz vom stain ain herfürbringer der gerechtigkeit vnd ain hauptman. Do kament sie mit einander zu schlahen vnd ward des hertzogen sun erschlagen vnd vil herzen. dannocht lagen sie den paurn ob vnd fiengent den haubtman der sagt yn allen iren geheim.

XIX.
Päpstliche
Buß der
Bauren
Anno 922.

Azumal was ain Babst der hieß Vrban. der gebot aller priesterschafft. das sie den paurn kain außrichtung täten vnd ym sie schickten die wider ir herzen wärent. In dem ward zu ym geschicket der paurn haubtman. vnd ym ward zu buß gegeben das er vnd die vnder ym wärent gewesen soltent zu dem Babst Vrban gon. Sie kament zu dem Babst. do sie nun etwe vil zeit da warent. do gab er yn zu buß das innigklichen gericht do deß geschlächts innen wäre alleweg ewigklichen in xv. iaren der drit tail

gon

gon foltent gen rom. vnd ain yeglicher antragen ain weiß
leine klaid. als lang vntz biß auff die füß vnd vngegürt.
in ſtetten märckten vnd in dörffern. vnd parfüß. vnd ain
ſtab in der hand tragen. vnd die bärt laſſen wachſen. Das
geſchah nach der geburt Criſti vnſers herzen neunhundert
vnd zwaivndzwaintzig iar. Dieſelb ſchlacht geſchach an dem
Rein. Vnd do ward ain kirchen gebauwen vnd gehaiſſen Kirche am
Rein das
Paradiß
genant.
das Paradiß. Vnd Vlrich truchſäß von Dieſſenhoffen
legt den erſten ſtain daran. Nun was ain Römiſcher
Künig abgangen deß nammen was Ludwig. Do nun der Ludwig u.
Cunrad
von Stauf-
fen.
ſelb geſtarb. do warent zwen herzen von Stauffen zwen
Brüder die warent von dem plut des hertzogen von Schwa-
ben. der ain hieß Ludwig vnd der ander Cunrad. Der
mutter was Graff Vlrichs von Helffenſtain des iungen
tochter. Vnd warent die brüeder vaſt vnainß. Vnd
Cunrad het innen Hochenſtauff. do bauwet Ludwig ain Hochen-
ſtauff.
Stauf-
fenegk.
ſchlößlin darbei dem gab er den nammen Stauffenegk.
Nun was ain Graff von Ortenburg bey dem Grafen von
Helffenſtain an dem hoff der erwarb Cordulam der herzen
von Stauffen ſchweſter. vnd fürt ſie in Kerzentland zu
ſeiner mutter die was aine von Senegk. dann ſein vatter
was tod vnd het zwen brüeder vnd zwo ſchweſter. der ain
hieß Herman. der ander Sigmund. Er hieß Dietrich. Cunrads
von Stauf-
fen Pändt-
nuß und
Küſtung.
die ain ſchweſter hieß Anna. die ander Feronica. do ſtarb
der künig. deß ward Ludwig von Hochenſtauffen innen.
vnd eilet bei der nacht an das ſchlos Stauffen zu ſeinem
bruder. Der wachter ſagt es dem herzen. ſein bruder wär
do vnd muſt zu not zu ym. Da gedacht der herz er het
ain hinderhut vnd wölt ym das ſchlos abgewinnen. Da
bat er ſo gar ernſtlich vnd tet das ſchwert von ym. er ge-
lobt vnd fiel ym zu fuſſen vnd ſprach. Lieber bruder ver-
gib mir das ich dich erzürnet han. du muſt künig werden.
Wie ſprach er. wo wöllent wir gut vnd leut nemen. er
ſprach wol. wir haben vil guter freund vnſer veter von Graffen
Hohen-
ſtauffiſche
freund.
Helffenſtain. Graff Vlrich von Weck Graff Danck von
Zorn.

E 3

Zorn. vnd vnſer ſchweſterman graf Dietrich von Ortenburg. Graff Hainrich von Werdenberg mit dem weiſſenfan. Hainrich Juſtinnger. vnd graf Stoffel von Marſtain. Graff Wilhalm vom rotenfan zu Lûkirch. Graff Hanns von Reinegk. Wolf von Klingen. Graff Wilhalm vom Heiligenberg. Nun ward angeſehen auff wen ſie ſorg mûeſten haben der wider ſie wår. vnd yn wee vnd ſchaden tun möcht. Da kam yn Botſchäfft. graf Etzels von Hochenberg tochterman. Graff Marquart von Hapſpurg mainet Künig zu werden. Alſo pald kament mår der Graff von Freiburg maint künig zu werden mit macht.

Völcker vnd Haubtleutbe.

Do ſterckten ſich die herzen all. Nun het der herz von Stauffen gar vil volcks. deß hauptman was der Graff vom roten fan zu Lûkirch. Vn deß von Hapſpurg was Philipp von Liechtenberg hauptman. Vnd deß herzen von Freiburg hauptman was der von Schwartzenberg. do zugent ſie vnd kament zuſammen in dem Seefeld. ward ain ordnung gemacht das wol zway tahuſent man an dem ſpitz warent. Da was herz Gallus von Vnnay hauptman. vnd warent füntzehenhundert man an der rechten ſeiten. vnd ſo vil an der lingken ſeit. Zu der rechten ſeitten was hauptman Paulus von Rechberg. Vnd zu der lingken ſeitten Pat von Künſegk. Vnd deß groſſen hauffen was wol achtzehen tauſent mann. der was hauptman Graff Philipps von Aichelberg der elter. Da giengent

Künig Cunrads Sieg.

die vordern an wie ſie beſchaiden warent. Do ſie nun troffen mit einander bo floch der von Aichelberg. vnd vil volcks mit ym. Do ward der vordern bei ſechshundert erſchlagen. Das ſach der von Lûkirch vnd ſchrai vnd bracht ſie wider umb. vnd kam mit yn wider an die feind vnd behub das feld. Da ward der von Stauffen künig mit gewalt von ſeiner frůmkeit willen vnd bauwet ain ſtat

Göpping.

hieß Göpping. Da nam der herz vom rotenfan den von Aichelberg für umb die flucht die er getun het. Sie hetent zu baider ſeiten vil freund bei yn. Do ret der Graff von

Kampff.

Wegk

Wegk dem vom rotenfan. vnd Seiffrid von Rotenburg dem von Aichelberg sein schwesterman. Das wert vntz an den sechsten tag. Do ret der von Wegk dem vom rotenfan kurtz weß er yn zig vnd auff yn rete. das låg offenlich an dem tag. vnd wolt yn deß weisen mit der hand. vnd ward darumb gekempfft. Da zumal was sit das ain Graf oder ain hertz ain seines genossen mußt bei ym haben. allso het der vom rotenfan graff Wilhalm von Heiffenstain. vnd der von Aichelberg den herzen von Rotenburg. Vnd lag der vom rotenfan des kampffs ob.

Nun het Graff Clemens von Hochenberg **XX.** zwen sün. ainer hieß Ruland. der ander Cunrad. vnd zwo töchter aine hieß Agata die ander Ann. ainer gab er Wilhalm von Wullensteten. der andern Lutzen von Landaw. die Wullensteterin het kain kind. die ander breitzechne. acht töchter vnd fünff sün. ainer hieß Alban. der ander Burckart. der drit Ege. der vierd Hug. der fünfft Ott. Nun gab der Burggraff von Nürnberg dem herzen vom Heiligenberg sein tochter. do stal Ege des heiligen kreutz ain stück vnd ließ fassen. Do ward er plind vnd verhieß sich zu dem wirdigen heilitumb zu dem heiligenberg. do gedacht er. nun hab ich sein auch. vnd verhieß allso was ym von seinem vater würde das wölt er geben an ain samlung. das ym got hülff das er gesehen würd. Da kam ym ain traum in der nacht er sölt das heiltumb wider zu dem andern tragen vnd bringen so würd er gesehen. Da nam er das heilitumb vnd bracht das dem herzen vom heiligenberg wider. vnd begehrt beicht vnd buß auch zeitlich gestrafft werden. Da starb sein vater vnder dem er auß

Graff Clemens von Hochenberg Nachkommenschafft vnd Theilung der Lande.

Heiligtum des Heiligenbergs.

was

was vnd kam ym botschafft das er haim kám sein vater
wár tod. vnd bat den herꝛen vom heiligenberg das er ym
beß heiltumbs ain wenig gáb so wölt er ain wirdigs gotz⸗
hauß bawen vnd seins vaters gut daran geben. Das gab
ym der herꝛ. do kam er zu seinen bruder vnd tailt mit yn
vnd machtent in der sáligen Reichenaw aim múnich vnd
ward Alban vnd Hego zusamen getailet. vnd ward yn ain

Vestte Wir⸗ **tenberg mit** **dem** **Hirschorn** vesten mit dem hirschorn hieß Wirtenberg. Egen vnd
Burckart ward Landaw. vnd nit verꝛ daruon lag ain mair⸗
hoff hieß Bunstal den nam er darzu. vnd lx. marck pfen⸗
nig. vnd ließ seinem Bruder Landaw mit aller zugehörd
vnd fieng an zu bawen. Vnd do der erst stain gelegt
ward do geschahen grosse Zaichen. Das gieng seiner schwe⸗
ster auch zu hertzen. wann er sagt ir auch was er verhaissen
het. do gab sie auch daran was sie het. vnd machtent

Heilig **Kreutzstal.** alldo ain samlung mit sechtzig mágden vnd nanten es Hei⸗
ligkreutzstal. Nun fur sein bruder Alban zu vnd erwarb
das er vnd all sein nachkomen solten füren auff dem
helm ain iágerhorn mit aim gefáß. Vnd die Landaw he⸗

Ritter / **Graffen** **und Herꝛn.** tent die soltent das hirschorn füren. Nun het Vlrich von
Hohenberg ain weib die was herꝛ Hannsen vom Alten⸗
steig tochter ain ainig kind die het ym geschriben. dem
edelman Egen von Landaw. das verdroß yn vast vnd

Titulatur **derselben.** maint sie solt ym schreiben Graff Egen. Dann es was
dazumal vnd auch auch vorher sit wann ain ritter was er
wár ain fúrst.ain graff. oder ain frei so schrieb man ym
herr Hanns. wie der tauffnam was. was er nit ritter so
schrieb man ym Graff Hanns. oder wie er dann hieß. vnd
wann ain edelman ritter was so schrieb man ym ritter
Cunrad. oder wie sein tauffnam was. darumb sind die
grafen die ritter seind gewesen nit grafen genant sunder ist
die ritterschafft vergangen vnd genant herꝛn wie er hieß.
nach viel ergangen dingen. Da nam Ege von Landau
erst ain weib der vater hieß Steffan Graulich. vnd het
neun kinder bei ym. Do starb sein bruder Burckart der
het

het siben kind. beßhalb ererbt er Landaw vnd ward vor
seinem tod seltsiech. Nun was graff Rudolff vom Ho=
chenberg ain frumman aber bekümeret vmb den vnschuldi=
gen tod seins gemahels. vnd tet sein sun zu künig Wen=
tzel von Behem. vnd die tochter versprach er graff Krafft
von Sponheim. vnd aim grafen Fritzen von Zor zu He=
chingen. vnd graff hannsen von Sponheim dem alten en=
pfalch er das land vnd er fur vber mör selb vierd. vnd
satzt auff die vesten Veit von Bernegk. vnd enpfalch ym
die iüngst tochter. vnd allso starb er auf der vart. vnd ligt
in dem kloster der Bruder sant Franciscen orden begraben.
Vnd die iüngst tochter ward hernach geben ainem herzen
von Tirstain. Nun ist ain vesten genant Horb die het er ^{Veste Horb.}
vorgepaut vor etlichen iaren die ward dem iüngsten sun der
hieß Graff Herman von Hochenberg. do ward graff Cun= ^{Hochen= berg. Roten=}
raden alt Rotenburg. vnd graff Alban. Noch heten sie ^{burg.}
ain bruder der hieß graff Eberhart der hanck zu baiden sei=
ten dem ward Bintzdorf geordnet zu laigeding. do was ^{Bintzdorf ein Bet=}
ain witwe die macht ain bethauß dahin vnd xij. schwester ^{hauß.}
in göttlichem dienst vnd die xiij. ain muter vnd verseherin
der andern. Da gabent die herzen etweuil korns. gelt
darzu damit sie irs leibs narung desterbas mochtent ge=
haben. vud ligt derselb herz do begraben.

s was ain graff vom rotenfan hieß   XXI.
Hainrich. der het ain frawen die ^{Graff Hainrichs}
was graff Ortolffs von Dockenburg ^{von Roten=}
tochter. die het zwu töchter. die ^{fan Nach=}
ain hieß Margreth. die ander Fre= ^{kommen= schafft.}
na. Margreten gab er Dietrichen von Klingen. Frenen
F   gab

gab er graff Vlrich von Montfort seinen vetern. doch so
mocht es sipp halben wol gesein. die het bei ym ain toch-
ter vnd drei sün. der ain hieß Wilhalm. der ander Vlrich.
der drit Rudolff. Nun het der vom rotenfan kain kind
mer. vnd was er vnd sie alt das sie kainer kinder mer war-

Montfort. ten warent. Da nam Graff Hainrich seiner töchter sün
zwen zu ym. vnd gab Wilhalm ain schlos genant Mont-
Felltkirch. fort. vnd het do Rudolffen bey ym zu Felltkirch. Nun
gab er ainem Graffen Etzels tochter von Schellenberg.
Bregentz. vnd satzt yn gen Bregentz. dieselbig fraw het fünff sün
vnd ain tochter bey ym. ainer hieß Hainrich. der ander
Hugo. der drit Ruland. der fierd Hanns. der fünfft
Ritter
Jörg von
Lochen.
Montfor-
ter/schlecht
Ritters ge-
nossen. ihr
Wappen. Vlrich. Da nam Wilhalm ritter Jörigens von Lochen
tochter vnd hetent vil kind. die wurdent nun für schlecht
ritters gnoß gehalten. die hieß man Montforter. ir wapen
was dreü schwartze roch in aim gelben feld. Nun starb
graff Hainrich. vnd besaß herr Rudolff das erb. wann
das was seines vetern geschäfft. Da warb der herr ye
lenger ye mächtiger. vnd der ain sun ward Abt in der
Reichenaw. der ander Bischoff zu Saltzburg. Hainrich
vnd Ruland die besassen ires vaters gut. Da kam Hugo
gen Lamparten zu dem herzen gen Vincentz do was er
xxj. iar bei vnd bracht vil parß gelts mit ym. Vnd bey
aim dorff an dem tieffen See fieng er an ain hauß zu bau-
wen auff aim bühel in dem wasser der hieß der Gaiß bühel.
Langen
Argo am
tieffen See. vnd das schloß zu der langen Argo. Nun bawt er wol
drithalb iar daran do ward er wassersüchtig. vnd kam gen
Bregentz vnd starb do vnd ligt in dem kloster begraben.

Nvn was Graff Rudolff gar ain frum man. vnd
het Graff Ludwigs von Phirt tochter die het
zwen sün mit ym. der ain hieß Ulrich der
ander Rudolff. Vnd het Graff Eberhart
von Werdenberg Graff Hannsen zu ym ge-
nommen wann er gar ain untreu man was. vnd graff Ru-
dolff von Montfort was gar ain frumer herz. das man
yn nant den frumen graff Rudolff. Vnd auff ain tag
do warent die iungen herzen baid an dem geidg. do kam
Graff Eberhart von Werdenberg vnd fieng sie baid vnd
fürt sie gen Albegk. Da dem vater die mär kamen do
ward er ser betrüebt vnd rait zu Graff Wolffhart vnd zu
graff Thoman von Dockenburg vnd het iren rat. da was
ir rat das er sich samelet als starck vnd er möcht. das wöl-
tent sie auch tun. Das auch beschach. Da zugent sie
gen Werdenberg vnd zerwüestent ym was sie ankumen
mochten. Da sie nun all darkamen do was der von Bre-
gentz dinnen. vnd mochtent nütz geschaffen. Es halff ym
sein bruder Hainrich. an dem was graff Rudolff vast vbel.
dann er in xiiij. iaren nie kain wort mit ym geredet het.
dann er saß mit hauß zu Pludentz vnd het ains paurn
tochter zu der ee genommen der hieß zebender. Vnd do
was Graff Rudolff in grossem kumer umb sein sün. vnd
verhieß sant Lienhart ain kirchen zu bauwen das sie ledig
würden. vnd hub an zu bauwen. vnd do er ains knies
hoch gebauwen het do het ainer von Westersteten den iun-
gen herzen aus geholffen. vnd het sie baid Graff Wilhal-
men von Helffenstain gen Giengen bracht. Nun kam
der von Westersteten zu dem alten herzen gen Bregentz vnd
sagt ym wie die iungen herzen ledig wärent worden. do ka-
ment die von Werdenberg mit gewalt gen Westersteten.
Da kament die Graffen von Helffenstain. Graff Hanns
F 2 vnd

vnd graff Vlrich vnd berichten es. wann es in irem land
lag. Also ward alle sach gericht. vnd kament die iungen
herzen baid wider haim. Da het sich graf Vlrich zu dem
heiligen grab in der gefengknuß verhaissen. do fur er hin.
vnd nam mit ym Jacob Emser. Marzen von Rainschwab.
vnd Rudolffen von Rosenberg. do starb der herz auff der
fart vnd ward begraben in sant Johanns kirch zu Genaw.
do wolt graff Rudolff der iung ain hirsch iagen zu Beseling
der stach yn zu tod. Da der vatter sach. das er kain sun

mer het. do macht er den von Bregentz warent auch Mont=
forter was vnder der klausen was vnd Tetnang. biß in
den vorst der lantfogtei. vnd wann er sturb so solt Felt=
kirch vnd Maienfeld vnd Sunnenberg die graffschafft halb
als er es erkaufft het vnd Gutenberg. die aigenschafft het
er Vlrich von Sachssen sein lebtag geben. Vnd dann so
er nit mer wär so solten dann die von Dockenburg das
erben vnd hon. vnd machtent es auff das best. vnd wann
kain herz mer wär von Dockenburg so solt es aim herzn von
österreich gefallen vnd werden dann Mailand solt ainer
frawen von Dockenburg werden. ob aine do wär vnd kain
herz. Das ward alles mit briefen vnd allen sachen nach
dem besten vnd aller notdurfft versichert vnd versagt. Auch

gab er dem von Bregentz all sein gerechtigkeit an Wangen
und Lükirch das sie es lösen möchten mit hundert vnd sü=
benzig pfunden Regenspurger. die hettent sie dem herzen
gelihen. Nun do er starb do wolt es yn ain hertzog von
österreich nemen. das wolten die grafen von Dockenburg
nit lassen zu gon. Deß wurdent die von Dockenburg vnd
Bregentz vnainß. do richtent sie ir freund das die von
Bregentz das neu schloß Montfort nemen soltent vnd die
land vnd leut so darzu gehörent helffen beschirmen. vnd
yn des kriegs helffen. Da hieß ainer Wilhalm Montfor=
ter der fieng graff Hannsen von Hapspurg der was deß
hertzogen nechster freund. vnd fürt yn auff Montfort. der
het ain kelner der gab das hauß vber vnd nam man den
herz

herren herauß. vnd kament zu gůtlichen tagen gen sant
Gallen. do kament so uil leut dahin das man sie in die stat
nit wolt lon. do wurdent sie gericht.

Nun do rom gestifft was. darnach was fünffze-^{XXIII.}
henhundert vnd dreu iar das nie kain kaiser ^{Julius der}
do was. Der erst kaiser der do ward zu rom ^{erste Kaiser von Trier.}
der hieß Julius. der was ain teutscher man.
vnd was von Trier bürtig. Denselben kaiser satzt ain her-
von Schwaben mit gewalt. Der hertzog Breme het vor ^{Hertzog}
gekriegt mit den Römern hundert vnd zehen iar. krefftig-^{Breme von Schwa-}
lich vnd on vnderlos. Er bauwet auch mit gewalt für ^{ben.}
Rom sechs stett auff sie. vnd das sie auch gegen teutschen
landen sachen. das auch die Römer auf dem land nit zu
ym mochten kumen. do was die Hohensen. die Teutschen-
sen. Beiwen und Brissen. Mailand vnd Pauy. vnd alles
das opffer das man solt bringen aus Lamparten vnd
Teutschen landen in das hauß Capitolium gen Rom den
heiligen. das můst man bringen den heiligen gen Bern.
Dartzu zwang sie der hertzog von Schwaben. Er bau-^{Bern.}
wet auch ain gotzhauß zu Bern do man das opffer hingab
vnd ward auch gebauwen in den zeiten als das Capitoli-
um zu Rom gebauwen ward. Da kam virgilius zu den-
selben zeiten gen rom der was bürtig von Mantho. der
macht mit sein listen als er wol kund alle land die der rö-
mer warent gewesen vnd sie hetent betzwungen das sie mu-
stent tribut dohin geben. Also santen die römer kaiser
Julium aus mit grossem gewalt der leut vnd auch mit
reichtumb des guts darmit er gen Schwaben für vnd das
land betzwüng vnd auch andere Teutsche land. vnd san-
ten yn aus von seiner witz kunst vnd manheit wegen ^{Do Graffus}
hieß ain her Graffus den santen sie gen Hispania. ainer ^{i. e. Crassus.}
hieß Pontheus den santen sie gen Egypten. Vnd warent ^{Pontheus i. e. Pom-}
dazu ^{peius.}

F 3

dazumal zu Rom. xix. mit den genannten drei herren die
warent gewaltig vber alle land   Der yeder gewaltig was
ain monat vnd sechs tag. vnd was auch der Senat ir
hauptherz gewaltig vber die land die yn vndertänig wa-
rent. vnd dieselben vnd die land gemainklichen santen die
drei vorgenanten herren aus vnd gebutent yn auch bei ir
huld das kainer vnder yn dreien lenger auß wäre dann x.
iar vnd welicher vnder yn ain tag vber das zil aus belib.
der het ir vnd deß lands huld verloren.   Da fur herz Pon-
theus in Egipten vnd bezwang das land vnd satzt do ain
künig mit gewalt. der auch den römern wartet vnd yn
vntertänig was. was sie ym vnd dem land gepütent deß

Rönig The:
lus in Egi:
pten.

warent sie gehorsam zutun. vnd hieß der künig Thelus.
Vnd do fur herz Pontheus wider haim vor den x. iaren.
vnd ward von den römern wol empfangen.   Da fur
Graffus in das land zu Hispania vnd zwang es auch.
vnd satzt ain künig dar mit gewalt. vnd kam auch bei rech-
ter zeit wider haim.   Da fur kaiser Julius gen Schwaben.

Raisers
Julii drey
Feldstreit
mit den
Schwa:
ben.
Füessen
Mündel:
hain.

vnd facht mit den herzen von Schwaben. vnd teten drei felt-
streit. den ain auff dem hasenbühel ob Füessen bei dem Lech.
den andern bei Mündelhain. vnd mochtent kainer den andern
angesigen als mächtig warent sie baid.   Da wurdent sie mit
einander versönt vnd gericht. vnd ward der von schwaben des
kaisers diener vnd gab ym vnd bauwet ym ain stat darumb zu
lieb. das er dar mit seinen leüten wittwen vnd waisen besserte.
vnd die schaden von ym vnd den seinen enpfangen hetten.   Er
galt auch den armen leuten was sie von seinet wegen verlo-

Stadt
Tharcinus.

ren hetent.   Die selb stat ward gehaissen Tharcinus. das
bedeut ain stat der milten.   Julius der kaiser vnd der
herz von Schwaben die furent mit einander in das land zu
Bairn vnd fachtent do mit zwaien herzen von Bairn. do
wurdent die selbigen zwen herzen auch des kaisers diener.
dann sie zwen Brüeder warent.   Vnd het yn der kaiser

Portemont
und
Ygrunn.

baiden angesiget. der elter hieß Portemont der jünger
Ygrum.   Julius der kaiser bauwet yn auch zu lieb ain stat
die

die hieß er Albach. vnd macht yn do ain Margraffthum. Albach.
Er fur auch mit yn durch das land mit gewalt Er bauwet
auch Wienn. vnd betzwang Behemerland Boland. Sachß= Wienn.
sen. Meissen. Osterland. Thüringen. Westfalen. Hes=
sen. Westerzeich vnd darzu Winndischeland. Auch besaß
er Triel dritt halb iar on vnderlos. Triel.

Nun warent in Triel zwölff Hertzogen mit XXIV.
Zwölff
Hertzog zu
Triel.
wesen. vnd er bauwet auff sie mengen
grossen stainberg. Andernach. Buch=
parten. Wesel. Mentz. Oppenham vnd
Altsach. Nun gabent ym zwen hertzogen Triel. der hieß
ainer Gigenthür. der ander Dultzemer. dieselben herzen
satzten Julium den kaiser gen Mentz zu hauß mit weib vnd
mit kinden. Vnd dauon haissent die Mentzer noch heut Mentzer
oder Men-
gentzer
Verräther.
bei tag von alter her mengentzer verräter. Vnd do besatzt
der kaiser die länder vnd Triel. vnd gab dem hertzogen von
Schwaben vnd den zwaien hertzogen von Bairn vrlaub
vnd ließ sie wider haim faren vnd er fur gen Rom. Nun
was kaiser Julius ains halben iares lenger außgewesen dann
die zehen iar. wie es dann die Römer gesatzt vnd geboten
hetent. Also versagten sie ym huld. vnd woltent yn nit
einlassen. do erschrack der kaiser ser vnd ward deß von gan=
tzem seinem hertzen betrüebet daß er mainet er solt deß pil=
lich geniessen das er es allso wol geschaffen hette. vnd ent=
bot es seinem öhem dem hertzogen von Schwaben. vnd
klagt es ym. vnd bat yn fleißigklich ymmer durch seiner
liebe willen das er ym zu hilff käm. vnd brecht mit ym alle
die die er mainet ym guts zu günnen. Vnd kam zu ym
mit ainem gar grossen vnzahlberlichem volck. vnd kament
vnd zügent für die Römer. Da nun die Römer verna= König
Bremia.
ment

ment das der gewaltig künig Bremo kumen was mit so
grossem volck. Do erschracken sie gar ser. dann er het yn
vor auch gar vil laides gethun. vnd von rechter forcht da

fluhent der gewaltigen herren zwen von den zehen. der
ain was der Hertzog Pompeus. der entran vnd floch in
Egiptenland zu dem künig Bartholomeus. den er auch da=
hin gesetzt het. vnd do was er auch sicher. Da floch

herr Cato der ernsthafft richter. vnd entran mit ainem
grossen volck an das mör vnd wolt darüber gefaren sein.
Da eilt vnd zog ym hertzog Bremo nach mit seinem volck
an das mör vnd facht mit ym vnd schlug yn zu tod vnd
vil seines volcks mit ym. Da das die Römer vernamen
do wurdent die acht herren zu rat. die auch gewaltig do
warent das sie Julium den kaiser entpfiengent zu ainem
ainigen herren vnd iren gewaltiger vnd kaiser. Wann der
gewaltig got wolt es allso haben. vnd sie machtent ain
loblich gesang damit sie yn enpfiengen vnd empfahen wol=

tent. Vnd das gesang sprach allso. Got der allmechtig
vnd gewaltiger herr der sei gelobt trülich. wir hettent vor
x. herren den sprachen wir allen herr. vnd must auch yn
das land vndertänig sein. wann wir aber nun ain herren
haben. der soll auch ir aller ere vnd gewalt haben vnd wir=
digkeit in allen billichen sachen. vnd wann er auch der erst
vnd ainiger kunig ist vnd ir herr dem nie gesprochen ward

von vns herr. wann es tutzet dazumal yederman den an=
dern. dieselb ere vnd wirdigkeit gewalt krafft vnd macht
die Julio dem kaiser gesestnet von den römern vnd geben
ward vnd auch krefftigklich besessen. vnd die besaß mit allen
dingen vnd sachen. vnd auch mit all den rechten die darzu

gehorten vnd gehört hond. Dieselben all wie die genant
sind gab der kaiser Julius dem hertzog Bremo. vnd mit
allen den rechten als sie an yn bracht warent vnd auch
von den Römern mit dem cristenlichen gewalt besessen het=
tent vnd der würdigkeit die er an yn gelegt het mit seiner
hilff. vnd gab sie auch ym vnd allen Teutschen herren die

dann

dann von geburt vnd von eren vnd ritterlicher tat wegen
derſelbigen eren wirdig warent.   Daruon hat niemant
die ere noch ſoll ſie niemant haben dann die Schwaben vnd
Teutſch Leut der gnaden beholffen warent von den Rö-
mern.   Vnd ſolich gnab vnd freiheit iſt beſtalt mit gnug-
ſamer vrkund von aim artickel zu dem andern. als man
es findet in der Schwäbiſchen kantzeleie mit vrkund vnd Schwäb.
Tantzley.
mit brieſen.

Item zu denſelben zeitten do iſt geweſen ain mech- XXV.
tiger vnd edler herr von Montfort vnd der Schloß
Montfort.
ſaß ob der ſtat die hieß Cleroa auf ainem Stadt Cle-
ſchloß das hieß auch Montfort ain ritterli- roa.
cher frummer vnd manhaffter man geweſen iſt.   Der iſt
vmb eren willen vnd der ritterſchafft nach weiten vnd in
verre land ausgetzogen. vnd kummen an des groſſen Kai-
ſers hoff des Chans von Kathay. daran hat er ſich et- Chan von
Kathay.
weu vil zeit ſo gar ritterlich vnd wol gehalten.   In dem Kampff ei-
do het ſich ain ſach begeben das die Künigin deß egenann- nes Graf-
ten kaiſers von Kathay auſſerhalb ires hertzen vnd eelichen fen von
gemahels ainen andern geliebet vnd auſſerwelt ir kurtzweil Montfort.
mit ym zu haben.   Das ward ain ritter an dem hoff ſer
vbel vnd vaſt verdrieſſen.   Vnd die Künigin ward gegen
dem Künig verklaget.   Nun iſt dazumal an dem hoff vnd
in dem land ſit geweſen das ain yegliche getzigne fraw der
vneren ſich mit ainem rittermeſſigen mann deß kempflich
gegen dem Zeicher verantwurten vnd ab ir bringen müſt.
das ir auch alſo von dem Künig auff gelegt ward.   Nun
was die Künigin in groſſem ſchwären laid vnd weſt nie-
mant an irem hoff vmb ſolichs anzuſuchen.   auff den ſie
G   trauwen

trauwen vnd glauben ſetzen möcht. Vnd kam deß an den
Graffen von dem rotenfan mit hochem ermanen vnd erſu-
chung vil glimpflicher ſchönen vnd guter wort die teutſchen
hoch in frauwen dienſt herkumen berömen vnd bittlich vmb
aller frauwen zucht vnd ere willen ankumen. ob ym ye kain
gutheit oder erwirdigkeit von kainer frauwen geſchehen
wär oder aber noch zu gegenwürtigen zeiten geſchehen
möcht. ſoliche ir er vnd guten leumbe gegen dem mortli-
chen vnd ere abſchneider iren verſager kempflich zu ent-
ſchuldigen mit vil vnd gar groſſem erbieten das ſelbig bit-
tende. Darvon zu ſchreiben nit not iſt. ſunder ain yeg-
lich ritterlich man ſich des wol beſinen mag. Der frumb
ritterlich Graff beweiſt ſein manheit weißheit vnd herkum-
men vnd gewert der künigin ir gebet. dardurch ward alles
in trauren hinleſſig. vnd ir hertz zu groſſen freuden gemert
das ſie gar zu groſſem danckperlichen vnd in gnaden erken-
nen von ym auffnam. doch alſo er ir zumuthen bei iren
künigklichen treuwen in ainer frag er zu iren gnaden hette
ain warheit zu ſagen. das ſie auch alſo thet. Da fragt
er ſie bei der gelübte ob ſie der tat ſolichs zigs ſchuldig
wär oder nit. Da ſaget ſie ym ia ſie wär deß ſchuldig.
do ſagt er ir zu nit deſter minder wölt er dannocht vmb
irer eren willen vnd ſeinem zuſagen kempffen. Solicher
kampff ward durch den künig fürgenomen vnd angeſchla-
gen. Der frum ritterlich Graff beſamelt ſein gemüete mit
anruffung den allmechtigen got vnd ſeine liebe Mutter bit-
tent vm aller frawen ere willen hilff vnd beiſtand zuton
vnd ward ſich deß beſinnen vnd kempflich gegen dem ver-
ſager der künigin in den kraiß treten. Vnd do er in den
kraiß kam vnd ſich kempflich gegen dem ritter vmb der kü-
nigin ere wegen wören ſolt. forcht er der frawen veriehen
vnd ware tat vnd waich vnd floch yn ain klaine zeit vnd
weil. Das ward den riter verdrieſſen vnd ſich mit ſchelt-
worten an yn legen vnd ſchreien. Ey du böſwicht du
flüchſt. Das ward dem grafen zu hertzon gon ſich deß gegen

ym zu entſchuldigen vnd ſprechen. Du lügſt mich an vnd
biſt an dir ſelber. vnd will heut ob gott will mein ere vnd
frümkeit an dir rechen. vnd dich darumb mit der hilff got=
tes zu tod ſchlahen. Vnd gewan beß den ſig vnd rett der
künigin ir ere vnd ſchlug yn zu tot.

Das kam der künigin zu groſſem gut. als das nit
vnpillich was. mit hochem erbieten vnd vermügen. ym
wandel vnd widergelt zu tun. vnd ym groſſe hab vnd gut
zugeben. Deß er ſich wideret. vnd kainer zeitlichen hab dar=
umb begert noch auch haben wolt. wann er das zu voran
vmb vnſer lieben frawen ere vnd aller frawen ere willen ge=
tun het. Doch ſo het ſie ain tuch das wår als vnſer Herz ᛫Heiligthum
Iheſu criſt von dem ſtammen deß heiligen kreutz geſtorbner des Tuchs
genommen wåre. wår das vnder vnd yber yn gelegt wor= Chriſti.
den bete er ir künigkliche gnad vmb das zu geben vnd nit
anders. Da gab ſie ym mit groſſen eren die mutigkeit vnd
hochem erpieten ſein gnådige fraw zu ſein. Alſo kam er
hinweg vnd fürt das mit ym vnd kam an des Hertzogen
hoff von Saffoy do iſt es beliben. Vnd ſein riterliche getat
an der künigin hof ymer vnd ewig. ym vnd allen teutſchen
zu lob vnd preiß eingeſchrieben. Des ſich ain yeder rit=
termeſſiger man wol freuwen mag. vnd ſchön frawen deſter
pflichtiger hernach dienen wöll vmb den lon zu empfahen
den ſie zu geben habent.

Item wie ain Römiſcher Kaiſer iſt geweſen. vnd genannt hainrich. ain Hertzog geboren von Sachſen. der hat wöllen gen Frankfurt ziehen vnd einreiten. do iſt mit ym geweſen gar vill fürſten gemain herren ritter vnd knecht. vnd alſo do iſt geweſen ain hertzog von Bairen

Kayfer Hainrich

Rangaſtreitigkeit zwiſchen Hertzog Adolff von Bairen und Hertzog Ulrich von Schwaben/ Graff von Rotenfan.

der hat gehaiſſen Adolff. vnd ain hertzog von Schwaben der hat Vlrich gehaiſſen. Vnd iſt geweſen ain Graff vom rotenfan. gar ein ſtoltzer wolgeſtalter man vnd darzu hochuertig. vnd mainet mit dem hertzogen von Bairen gleich zu haben vnd ym gantz kain vortail zu laſſen. Das wolt der hertzog von Bairen nit leiden von dem erwelten hertzogen von Schwaben vnd machten ſich gegen einander auff

Auflauff

mit gar vil leuten. vnd ward ain groſſer auflauff. Da wurden vil guter leut erſchlagen vnd gar vil wund. Es ward do erſchlagen ain graff hieß Philipp von Sen vnd graff Cunrad von Runggel. vnd ainer von Aberſperg aus Bairn. ainer von Derzingen hieß Seitz. Vil grafen ritter vnd knecht wurdent auff Baiden ſeitten wund vnd er-

Tagſatz und Richtung.

ſchlagen. Da ward darunter geret vnd die ſach gericht auff den frumen Hertzogen von Braunſchwig. der den tag ſatzt zu kumen gen Nürnberg. vnd ſolten Baid tail mit yn bringen wer yn darzu gefellig wär. auff den nechſten Zinſtag nach ſant Gallen tag an der herberg zu ſein. Da wurdent die ſach angefangen. vnd der obgenant Hertzog von Braunſchwig ſaß nider die ding zu verhören. Da ſtund der hertzog von Bairn dar vnd ließ ym reden ain Doctor genant maiſter Pauls von Freiſingen wie er von dem grafen vom Rotenfan der erwelt wär an das hertzogthum zu Schwaben jetzund zu regiren anders gehalten wär mit ſein worten vnd geperden. mit gan vnd ſtan anders dann pil-

lich

lich vnd leidentlich wår. vnd wolt sein klag setzen mit ma-
nig artikel vnd gebrauch.

Darwider redet hertzog Vlrich von Schwaben durch
sein redner genannt maister Hanns von Bregentz auch ain
Doctor. vnd maint er wår der der die klag pillich haben
solt wann doch die ding angefangen wårent durch der Her-
tzog von Bairn wann er vnd die sein wårent die. die ym
vnd den sein vil schmach vnd muthwillens ertzaiget. vnd
wurdent zu Baiden seiten vil wort geret vnd geprauchdt die
nit not sind zu schreiben. Vnd wer es das den gantzen tag biß
nach der vesper. Da warb so vil darunder geret das der
hertzog von Bairen sein red solt füren vnd der von Schwa-
ben darnach. damals gieng yederman zu herberg. vnd mor-
gens deß tags solten Baide ●●●●●●●● also zwischen fünffen vnd
sechssen wider do vor dem ge●●●●ten hertzogen von Braun-
schwig sein vnd die sach wider an zu heben. als auch ge-
schach. Vnd do die genannt stund kam da warent Baid
tail wider do. Do stund der Hertzog von Bairn vnd ließ
ym reden. es wår menglich zu wissen das der genant von
Schwaben nit ain geborner hertzog wår. sunder vom va-
ter ain graff vom rotenfan. vnd wår von der muter ain
hertz von Klingen. nnd wår kainer seiner vier ånen ain fürst
gewesen vnd wår erwelt vnd gesetzt von dem kaiser Erhart   Kaiser Er-
dem gott gnådig sei nechst abgangen vnd von diser welt ge-   hart.
schiden. vnd maint auch darbei es wår auch vnpillich vnd
allen Fürsten nit zu leiden das man ain amptman als er
nun wår zu aim hertzogen solt nemen. dardurch er vnd an-
der fürsten von ym anders gehalten werent dann pillich
wår. Vnd satzt dar bei gar mengerlei klag vnd wort.
das alles durch kürtzwillen vnderwegen beleibt zu schrei-
ben. Die klag wert den gantzen tag vntz das es viere schlug.
do gieng der hertzog von Braunschwig vnd yederman an
die Herberg. vnd des morgens zwischen fünffen vnd sechs-
sen wider do zu sein die antwurt des hertzogen von Schwa-
ben

ben zu hören. als auch geschach. Da nun des morgen die=
selb stund kam do warent aber baid tail do vnd wer das
hören wolt.   Da ließ ym der von Schwaben reden den vor=
genanten doctor der sprach.   Yn gedeucht soliche klag vnd
fürnemen gar vnpillich vnd maint es wår mengklich vnd
allen fürsten vnd herren vnd ainer gemainschafft der land
zu guter maß wol zu wissent das kainem seinem vordern
hertzogen zu Schwaben solich schmach von kainem fürsten
nie ertzaigt worden. noch solich verachtung getun het. Es
het auch des von Bairn vater hertzog Ernst sein vordern
hertzog Wendel von Schwaben allweg geschriben vnserm
lieben öhem. als ain fürst dem andern schreibt.   Er wår
auch selbs nun ain graff von Reinegk von seim vater vnd
von der muter ainer von Dockenburg.   So wår der ge=
nant hertzog Adolff von ██████ von seiner muter ain graff
von Ortenburg. deßhalb er maint es wår allen fürsten
darzu tund. vnd es wår nit leidenlich. vnd maint es ver=
stüend es der hertzog von Braunschwig wol. vnd wer das
hört das solichs nun geret ward vnd beschech durch neids
willen vnd nit durch der gerechtigkeit willen als aim für=
sten zåm. auch maint er nach der weißheit die der von
Bairn het so wår nit not all red vnd wort zu achten. vnd
funder so sie das reich leren wölt wie sie sich halten vnd
regieren soltent. vnd seitmals die füeß dem haupt nit ge=
uöllig wöllent sein. vnd in seim fürnemen vnd gefallen re=
gieren vnd leben. so wår laider wenig frieds in dem land.
vnd wirt die gerechtigkeit laider gar wenig angesehen.
Vnd die andern artikel all verantwurte der von Schwa=
ben gar subtile das gar lang zu schreiben wår vnd durch
kürtze willen vnderwegen beleibt. Do sie nun zu baiden
seiten ir red notdürfftiglich geretten do nam ym der vor ge=
nant hertzog von Braunschwig ain gedencken. er wölt iner=
halb dreier monat sein spruch yeden tail in geschrifft schrei=
ben.

In

In derselben zeit het der römische künig ain geschäfft
berüfft vnd die Fürsten bei ym zu Wurmiß am
Rein gelegen. vnd vnder anderm ward näm=
lich geret vnd grüntlich beschlossen nach aller
notdurfft das zu ewigen zeiten nimermer kain hertzog von
Schwaben sein solt. noch genennt werden ain hertzog. vnd
solt das selb ampt versehen werden vnd gehaissen sein ain
lantuogtei. vnd derselb genannt man solt auch gehaisen
werden ain lantuogt von Schwaben auff dem schloß ge=
nannt sant Veitzberg ob Ravenspurg gelegen. vnd sölt in
dem schilt füren drei schwartz löwen vnd auf dem helm ain
pfawenfeder boschen. als dann bißher gewesen wär. vnd
wann ain landuogt abgieng so söltent. xij. zu Schwaben
ain andern welen mit namen fier grafen. fier herren vnd
fier rittermessig. vnd ob die nit ains möchten werden so
solt ain Pfaltzgraff vom Rein ain lantuogt geben ain ge=
bornen man. doch nun auß dem land zu Schwaben. vnd
wurdent die geschlächt genennt Item ain graff von Tegk.
ain graff von Tübingen ain graff vom rotenfan. vnd ain
graff von der Fils. Item ain herz von Stöffeln. ain herz
von Asch. ain herz von Klingen. vnd ain herz von Wolf=
furt. Item die fier geschlächt. ain ritter von Clerenbach.
ainer von Rechberg. ainer von Waltpurg. vnd ainer von
Schellenberg vnd man soll allweg die eltsten des selben ge=
schlächts nemen. vnd wenn ain lantuogt abgienng so solt
man innerhalb in sechs wochen vnd drei tagen ain ander
erwelt werden in der stat zu Rotweil. Das ist also ange=
sehen vnd solt auch ain ewigen bestant haben. vnd haben
es die vergangen kaiser vnd künig allso all conformiert.
wenn der geschlächt ains oder mer vnder den xij. vor be=
stimbten abgienge so sölent die andern vnd die vbrigen ge=
walt haben ain andern zu erwelen vnd erkiesen. doch das
bie

Abschaf=
fung der
hertzoge
von
Schwaben.

Aufrich=
tung der
Lantuog=
tei.

St. Veitz=
berg ob
Raven=
spurg.

Schilt z.
schwartze
Löwen.

Wahl ei=
nes Lant=
uogts.

die an geburt vnd geschlächt den abgegangen gleich seient
vngeuorlich.

Vnd auff das so bestetiget der römisch künig
der schwaben recht vnd freiheit. Also ee
der spruch zwischen den hertzogen von
Bairn vnd dem von Schwaben beschach.
vnder dem ward der hertzog von Schwaben erschlagen von
seinem diener aim der was sein Vogt hieß Walther von
Wolffegk. der fand yn bei seiner swester. Der Wolffegk.
floh gen Werdenberg zu dem herren mit dem weissen fan
der gab ym ein das schlos Vaduz. vnd der hertzog vnd
der von Werdenberg warent lang vnains mit einander ge-
wesen. also zog des hertzogen Bruder aus mit ainem mi-
cheln volck vnd wolt den von Werdenberg schedigen do was
der von Werdenberg ain alt man vnd het fünff sün vnd
zwo töchter. der samelt sich auch mit aim grossen volck. do
was ainer hauptman hieß Almarich von Aspermont. vnd
herr Hanns von Nüenburg. des ward gewar ain hertzog
von östereich hieß Lüpolt der kam selb vnd verricht die ding
zu grund. Also zoch er gen Felltkirch vnd wider haim.
Do ward gesprochen das der von Wolffegk hundert meil
aus Schwabenland solt vnd nimermer dar ein. das tet er.
vnd nam mit ym seiner swester sün Arbogast vnd Andelon
vnd kament mit einander in das land zu Portigall. do
fundent sie ainen riter hieß herr Oswald von Hatstat der
was ir freund vnd halff yn baiden an des künigs hoff.
Nun was Andelon ain knab von xv. iaren den tet man in
das frawen zimer. do ward der von Wolffegk des künigs
truchsäß. Nun stund ain vnglaub auff in ainer insel hieß
Zang den vermaint der künig zu weren. also zog er aus
auff

auff die zänger. do satzten sie sich zu wer vnd ward vil
volcks erschlagen vnd erschossen. vnd der von Wolffegk
auch leiblos geton. do wichent die Zänger in ain andere
insel haist Vegtal. Also gewan der künig die insel vnd Insel
Vegtbal.
zwang sie zu cristem glauben. vnd gab sie wider in den
gewalt des künigs von Boßla. der was auch kürtzlich zu
dem Glauben gepracht worden. vnd zog des künigs volck
wider haim. do kam die pestilentz vnder das volck. do floch
der künig mit sein kinden. wann er ain witwer was auff
ain schlos hieß Ampernesto. Nun het er ain tochter die Elisa Kö-
niges in
was das eltest kind die hieß Elisa. vnd zwen sün ainer Portugal
Tochter.
hieß Anthonius der ander Franciscus. nun belib der künig
nit lang do. er hieß aber die kind da beleiben. als nun die Arbogast
des von
Wolffegk
Schwester
Sohn.
iungen leut da belibent von kürtzweil fiengent sie an zu lauf-
fen in ainem garten. do sprach Elisa zu Arbogast. wir
wöllen dich wellisch leren vnd ler du vns teutsch. Er
sprach. gnädige fraw. gern. künd ich nun etwas anfahen
das euwern gnaden gefellig wäre als ain armer diener vnd
möcht so vil verdienen das mich euwer genad etwas hieß.
Da sprach die künigin. Ain iung man sol allweg geden-
cken in die höche. bann benckt er vnder den panck er kumbt
nimermer darauff. Da sprach Arbogast. wer hoch klimbt
der felt hart. wer dann vber sich hauwet dem fallent ge-
wonlich die spen in die augen. Da sprach Elisa. ich main
du seist mit yn gen schul gangen. wann gelerten leuten ist
gut predigen. Da sprach Arbogast. ich bin vnweiß vnd
ain gantzer tor. got geb mir barmhertzigkeit vnd gnad das
ich ain mensch vber kum das sich vber mich erbarm vnd
mein vnderwind vnd mich lere sein willen vnd zug zu ge-
bürlichen dingen. hierumb gnädige fraw seind mir gnädig
vnd haissent mich etwas thun oder lon in euwerem gefal-
len. Da sprach sie. du bist ain kind man soll dich mit
rutten straffen das stüend dir wol an. Da kam der kamer-
maister vnd sprach er solt gan zu dem Dienst. do gieng er
vnd berait den tisch. vnd gieng zu seinem vetern. vnd sagt

H

vm

ym alle die red die geschehen warent von Elisen vnd ym.
Da sprach er Mein lieber sun gang zu dem dienst. ich hab
dich wol vernomen. du solt mir geuóllig sein. Da sant der
von Hatstat nach aim schneider vnd hieß ym vnd allen
den seinen machen grüne klaider. vnd vbernet mit ruten
vnd auch seim vetern Arbogast mit yn. Als nun die klai=
der gemacht wurden do legten sie die an. vnd gieng Ar=
bogast mit der künigin zu kirchen. do sprach sie von wan=
nen kumt dir das neu klait. Arbogast antwurt. mein ve=
ter hat es mir geben. Da sprach sie. nun ist er doch ain
alter schuler er solt pillich wol gelert sein der kunst vnd mer
schuler vnder ym haben. Arbogast der was iung vnd
ward vor scham rot vnd west nit was er zu ir sprechen
solt. Da sprach sie het ich ain schuler ich hieß yn an den
schaten sitzen vnd das antlüt weiß behalten. wenn aber
ain schiff vber das mór fuer vber die Haiden so müest er
yn engegen kumen vnd sie mit den ruten streichen. Do
west Arbogast aber nit was er sagen solt. vnd sagt es sei=
nem vetern. do sprach er. sie maint wenn die haiden her=
schifften so sólt du dich mit andern in ain schiff setzen. vnd
wider sie fechten. Also kürtzlich darnach kament die már
wie das die Haiden kumen wárent das land zu beschedi=
gen. do eilt Arbogast mit andern in ain schif vnd hielt sich
so ritterlich das sie mainten wár er nit gewesen sie wárent
gen den Haiden nider gelegen.

Arbogasts
ritterliche
Thaten.

XXIX.   Das geschrai kam an den hoff vnd in das fra=
wen zimer. Das gefiel Elisen gar wol vnd
gewan yn vast lieb. Vnd ains tags sprach
sie. Arbogast hastu dein muter noch. Er
sprach nain gnádigé fraw, nun ain vater
der

der hat ain andere frauwen genomen nach meiner muter
tod. Da sprach sie. Du solt on zweifel sein ich will dein
muter sein. vnd was dir an lig so kumb zu mir ich will dir
mit gantzen treüen raten vnd helffen als meinem aignen
hertzen. Des danckt ir Arbogast so hoch vnd er das an
seinem hertzen mocht gehaben. Also gewunnen sie einan-
ander vast lieb. Vnd darnach vber eilff monat kament
die Haiden mit grosser macht. do macht sich Arbogast auff
vnd eilet mit andern in ain schiff vnd facht mit den Hai-
den vnd do gewunnen die Haiden den sig. vnd ward Ar-
bogast gefangen vnd alle die dar inn warent vnd fürten sie
mit yn hinweg. Also kament die rodischen herren vnd
wurffent die Haiden nider. vnd nament yn alle die sie ge-
fangen hettent vnd mainten sie wärent auch wider sie ge-
wesen vnd fürten sie gen Rodis vnd fragten yn sunder wer
er wär. Da sprach er. Ich bin ain teutscher vnd wolt
nit sagen wie er hieß noch wannen er wär. Da fürten sie
yn auff ain schlos genant Schönehab. do lag er in ainem
zimer gefangen. in dem was ain eehalt in deß kunigs hoff
der was auch ain teutscher vnd was bürtig aus ainer stat
hieß Felltkirch. sein namm was Caspar Rimolt der ward
ausgesant vom künig von Portigal zu dem Römischen kü-
nig vnd zu andern fürsten grafen vnd herren vnd gemai-
ner ritterschafft in teutschen landen. vnd rüefft die an vnd
bat sie vmb hilff wider die Haiden. Vnd do er kam gen Graff
Felltkirch. do fand er den grafen auff dem schlos da selbs. Heinrich
vnd der was ainer von Felltkirch der hieß Hainrich mit mit dem
dem weissenfan. der het ain frawen genant Dorothea von weissen
Satz. die het bei ym zwo töchter. aine hieß Künegund die fan/ von
gab er ainem grafen von Ortenburg. die ander hieß Frena Felltkirch.
die gab er ainem herren von Stadeck von Behem. Vnd Töchter
het fünff sün der eltest hieß graff Hainrich. der ander graff und Söhn.
Albrecht. der drit graff Rudolff. der fierd graff Hug.
der fünfft graff Vlrich. Nun was graff Hainrich gar ain
einfeltig man vnd was vbel gesprech. dem gab er ain weib
H 2   ain

áin gråfin von Sunnenberg ain erbtochter ir muter was geborn von Starckenberg. vñd gab ym ain Salgans mit seiner zugehöre vnd nam der vatter graff Albrecht ym zu helffen das Land regieren. wann er vast alt vnd kranck was. vñd schicket graff Rudolffen zu ainem Künig von Behem hieß Carl mit dem ain augen. vnd macht graff Hug zu aim tum herzen zu Straßburg. wan er gebresthafft was an ainem fuß. vnd gab graff Ulrich ain weib. aine von

Wullensteten vnd starb der vater am fünfften tag im Maien als man zalt von der geburt Cristi hundert vnd eilffiar. Da nam graf Albrecht die herrschafft zu hand vnd regiert die. In kürtz darnach was ain pasthart von Sunnenberg

der riet graff Hainrich er wår der eltst er sölt pillich das land regieren. do eefordert er das an sein bruder. do antwurt ym graff Albrecht. sein vater het yn bei lebendigem leib außgericht vñd ym die herrschafft Salgans geben für sein tail. an dem wolt aber graff Hainrich kain benügen haben. vnd kament daruon in grossen vnfrid das sie einander angriffent vñd verderbten vñd schedigten. Das woltent die gemainen freund nit leiden vñd die ritterschafft von Schwaben die schicktent dar herz Hannsen von Waltpurg vnd herz Cunrad von Eckersteten. Seiffrid von Wolffhart

schwending. Dietrich von Helmstorff die machtent ain richtung in maß als hernach stat. das yeder tail sechs geborn man dar gåb die fürsten herzen oder grafen wårent von vater vnd muter. Das solt geschehen in zwaien monaten zu Costentz in der stat. Allso schickten sie baid tail zu iren schwestermannen den grafen von Ortenburg. vnd dem von Radeck. die kamen baid mit vil volcks als gemain freund. vnd kam gar ain groß volck dar. Nun woltent die von Costentz nit wir in die stat lon dann ain Fürsten selb zwölfft. ain grafen selb fünfft. ain herzen selb drit. vnd ain ritter oder edelman selb ander. Allso besaßtent die von Costentz die Stat. vnd gabent darzu zwen hauptman Cunrad Stickern. vnd Bruuen Tetikoffen. vnd wenn der ain abgieng

so stund der ander an. Vnd fieng sich der tag an. vnd
satzt graff Hainrich graff Vlrichen von Teck des muter was
von Nellenburg. Vnd satzt graff Walrauff von Docken-
burg. des muter was von Kyburg. graff Hannsen von
Hapspurg des muter was von Steten. graff Hugen vom
Heiligenberg des muter was vom rotenfan. graff Egen von
Fürstenberg des muter was vom Falckenstain. graff Fri-
derich von Leiningen des muter was von Liechtenberg. Da
satzt graff Albrecht graff Rudolffen von Hochenberg des
muter was von Tierstain. graff Wilhalm von Helffenstain
des muter was von Henenberg. graff Cunrad von Fering-
en. des muter was vom Heiligenberg. graff Erbental von
Landaw des muter was Pfirt. graff Ott von Ettingen
des muter was von Schlüsselberg. graff Hainrich von
Schlüsselberg des muter was von Görtz. vnd rett graff
Hainrich lang Hanns von Bodman. vnd graff Albrech-
ten herr Cunrad von Tengen. Allso wurdent sie durch die
obgeschriben grafen vnd herren gütlich geaint mit irer bai-
der wissen vnd willen. Allso das graff Hainrich die herr-
schafft Salgans mit irer zugehört behüb. vnd die ander
brüder an dem vberigen vngeirrt lon. Aber die gemain
freund retten darzwischen. Es bedeucht sie gut vnd nutz-
ber sein das sie die herrschafft Salgans Werdenberg vnd
die andern schloß besatzt mit aim gemain man der all rönt
vnd nützung ein neme. vnd die gemain schuld darmit be-
zalte. vnd das land ledig macht. Es het graff Hainrich
ain gut betragnuß mit seim gemahel. so solt man graff Al-
brecht geben ain zerung vnd rüstgelt aus dem land zu rei-
ten ritterschafft nach. Vnd des giengent baid tail ein mit
gutem willen. Nun ward das schloß Werdenberg vnd
andre schloß vnd herrschafft enpfolhen vnd eingeben aim
ritter hieß herr Jacob von Altstetten der was ain weitfaren-
der riter vnd ain frum man der solt es fier iar inhalten nach
dem besten als man ym trauwet. derselb von Altstetten
het ain weib die was aines ritters tochter der hieß herr

H 3   Eüglin

Schidrich-
ter Graf
Heinrichs.

Graf Al-
brechts.

Schloß
Werden-
berg.
Altstetten.

Euglin Windenhengſt. Der von Altſteten het auch zwen
ſün. ainer hieß Marquart. der ander Euglin.

Nun rüſt ſich graff Albrecht aus dem
land zu reiten vnd nam mit ym Mar-
quart von Altſteten vnd ritent in das
künigreich Portigal. do kam er gen
hoff. do fand er ain hieß Oſwald von
Hatſtat der ſagt yni wie ainer von
Wolffegk dinnen tod wär. der bei
ſeim vater geweſen wär. vnd der het mit ym bracht ſeiner
ſchweſter ſün Arbogaſt vnd Andelon. die hettent die Hai-
den gefangen das er beſorgt ſie wären ertöt. Nun bat
graff Albrecht den von Hatſtat das er niemant ſagt wer
er wär vnd ym yn ließ befolhen ſein vnd ym deß lands vnd
hoffs ſitten ſagte. Das ſagt er ym zu er wölt das mit
gantzem willen tun. vnd half ym an den hoff. Nun was
graff Albrecht ain waidenlich ſtarck man. vnd was man
thet zu ſchimpff vnd zu ernſt ſo wolt er allweg ainer ſein.
Ains tags do gieng der künig vnd baid ſein ſün auch die
künigin Eliſa mit iren frawen vnd iungkfrawen in den gar-
ten vnd in das zuckerfeld ſpaziren. do ſprach die künigin
zu graff Albrecht. Ach ir teutſcher das euch got vnd al-
len teutſchen hail geb. vnd erſünfftzet gar inigklichen darzu.
Graff Albrecht fiel auff die knie vnd danckt ir als ſeiner
gnädigen frawen vnd wo er für ſie gieng. vnd wo er ſie
vnd ſie yn erſach ſo ſünfftzten ſie gar inigklich. Des nam
graff Albrecht war vnd füegt ſich ainsmals zu ir liebſten
iungkfrauwen hieß Amiſa vnd bat die zu erfaren ob die kü-
nigin ain mißfallen ab ym het ſo wölt er an dem hoff nit
wider ſie ſein. Die iungkfraw ret es mit der künigin. Sie
ſprach vnd antwurt. das er käm zu abent ſo nit vil leut
vmm

vmm den weg wårent so wólt sie ym sagen was ir anlege.
Die iungkfraw sagt es graff Albrecht. der kam als er ge-
haissen ward. do enpfieng sie yn gar gnådigklich vnd sprach.
Das vns anligt das wöllent wir euch sagen als ainem
frumen teutschen vmb das ir yns helffent vnd ratent vnd
hub an vnd sagt ym wie ain tentscher bei ir gewesen wår
vnd yn zu guter maß erzogen het. der von den Haiden ge-
fangen wår worden vnd hinweg gefürt. vnd niemant west
ob er lebendig oder tod wår vnd bat yn um hilff vnd rat
ob er ir möcht gehelffen das sie inne wurd. wie es umb yn
ain gestalt het. so wólt sie ym geben zerung. vnd was
darzu gehörte. vnd dennocht hoch darzu dancken. vnd das
zu guten gnaden nimmermer vergessen.

Also sagt ir graff Albrecht zu. vnd bat den künig
das er ym erlaubte zu dem heiligen grab zu
ziehen wann er ain fart dar schuldig wåre.
Also erlaubt ym der künig. deß was er gar
fro. vnd sagt es der künigin. die gab ym zerung vnd was
ym not was. Also berait er sich vnd rait hinweg vnd
nam mit ym den von Altsteten vnd ain knecht vnd kam gen
Rodis. do het er ain freund der was ain graff von Pfirt
zu dem kam er vnd sagt ym warumb er auskumen wår
vnd wie es ain gestalt vmm yn het. Do sprach sein freund
Ich waiß wol ain gefangen. der ist ain teutscher der will
niemant sagen wer er sei. noch sein tauffnamen. noch sein
geschlåcht nit nennen. vnd ist gar zumal ain hübscher iun-
ger knab. Da bat er sein freund das er yn zu ym ließ.
Das thet er vnd fürt yn zn ym. da bat er yn das er ym
ain wol künden maler besante vnd yn ließ abmalen. das
geschach. ain maler ward besant vnd zu ym gefüert der
malte yn eben gleich nach seiner gestalt vnd nach· aller lib-
maß. Also nam er das gemält tuch vnd macht sich vor-
derlich

derlich wider auff den weg gen Portigal. Vnd do er kam
vnd sein die kúnigin innen ward do was sie gar fro. vnd
sant nach ym das er forderlich on alles vertziehen zu ir
kám. das thet er gar behend. Da sprach die kúnigin.
Sind vns gotwilkumen mein lieber freund. saget vns wie
es euch ergangen seie. vnd was ir vns geschafft habent.
Er antwurt vnd sprach. Ich bin gesund wider kumen von
den gnaden gottes. Aber der von Altsteten der ist gar
tötlich kranck worden. doch so hab ich yn mit mir herbracht.
Da sprach sie. Hat er nit rúwig gemach vnd was ym an-
lig vnd notdurfft sei das soll er vns sagen des wöllent wir
ym genug schaffen. vnd sprach was habent ir erfarn oder
was sind ir innen worden. Da sprach er. gnádige fraw
ich hab euch ain gemál bracht ist es ym gleich so hoff ich
wöll gut már bringen. Da sprach sie. zaigt her. das tet
er. Alspald sie es ansach do ward sie von freuden rot.
vnd darnach plaich vnd sprach. Wo habent ir das ge-
mál genomen. oder wo ist es euch worden. do sagt er ir alle
bing. Da sprach sie ist er noch bei leben so wölt ich mein
leben wagen vnd zu ym kumen möchtent ir mich darzu brin-
gen ich wölt wol groß gut vnd klainet mit mir hinweg
bringen. Da sprach er gnádige fraw was ich mit eren
tun mag do will ich meinen leib vnd gut umb wagen.
Da sprach sie. gedenck ym nach. das will ich euch tun vnd
kument morgen vmb die zeit wider zu mir. Also nam er
vrlaub vnd gieng wider von ir vnd kam zu seinem diener
dem von Altsteten vnd sagt ym die bing. vnd was ym die
kúnigin entboten het er sölt kain mangel haben. Nun was
sant Bernharts orden erst angefangen in der cristenheit.
do het der kúnig anfahen lassen machen ain kloster vnd
darein Lxx. múnich do sprach der von Altsteten. ich waiß
ain guten weg ich will begern das man mich in das klo-
ster leg in ain heimelich gemach darinne ich die ru haben
möcht. vnd wenn das geschicht so gont zu der kúnigin vnd
redent mit ir vnd besehent ob sie mit euch hinweg wölt
faren

Anfang des
St. Bern-
harts Or-
den.

faren wölt ſie das tun ſo weſtent ir gar ain guten weg bar-
mit ſie gar wol daruon möcht kumen. vnd das kloſter lag
nahent bei dem mör. Alſo ward der von Altſteten in das
kloſter gefüert vnd lag mengen tag do.- vndrr dem kam
graff Albrecht aber zu der künigin was ir will wär. Da
ſprach ſie. ich hab mich bedacht das ich mit euch hinweg
will vnd mein iungkfrawen Amiſen mit mir nemen. Nun
was Amiſa ains herzen tochter zu Portigal der hieß herr
Anthoni de Ponaziri. die rüſt ſich mit ir hinweg zu kumen.
Alſo gieng er mit ir zu dem von Altſteten vnd ſagt wie er
es anfahen wölt. Da ſprach der von Altſteten. Gar wol
mein rat iſt ir ſöllent vrlaub nemen von dem künig das ir
nimer ſein diener ſeient vnd ſprechent ich ſei tötlich ſiech ir
wöllent mich haim füeren in mein lufft. dann die ärzt ra-
tent es ſunſt müg ich nit geneſen. ſo wöllent wir dann ain
gut ſchiff beſtellen das mit leuten wol geuertigt ſei vnd for-
berlich von ſtat faren. dann ſo es als zu gerüſt iſt. ſo ſoll
die künigin ain weil vor tag kumen vnd bringen was
ſie mit ir nemen will in mein gemach. ſo wöllent wir in das
ſchif ſitzen vnd hinweg faren. vnd ee man ſein innen wirt
ſo wölent wir gar ain ferzen weg ſein das wir wol ſicher
ſeient mit gotes hilff. Das gefiel graff Albrecht wol vnd
gieng zu der künigin vnd ſagt ir das. do gefiel es ir auch
vaſt wol vnd ſprach ſie wölt es in dem namen gottes wagen
vnd ſaget es irer iungkfrawen Amiſen. vnd ſie nam zu ir
vnmeßigklich vil guts vnd vil hübſcher kleinet. Graff Al-
brecht gieng von ſtund an zu dem künig. vnd nam vrlaub
von ym. Da ſprach er warumb er von ym wölt. wann
er het yn gar lieb vnd ließ yn vngern von ym. Da ſprach
er. genädiger herz die ärzt ſagent der von Altſteten müeß
ſterben. man füer yn dann in ſein lufft. vnd ob es ſich all-
ſo macht ſo kumb ich villeicht wider. alſo gab er ym ain gute ze-
rung vnd köſtlich tuch von ſamet vnd von ſeiden. vnd nam alſo
vrlaub von allem Hofgeſind vnd den iungkfrauwen vnd der
künigin vnd dem von Hatſtat vnd ſagt ym nit von den dingen.

J   Alſo

Also morgens frŭe vor tag saſſent ſie in das ſchiff. vnd kam die kŭnigin mit iren iungkfrawen vnd furent vnd do die ſun wol auffkam vnd vm die zeit als ir gewonheit was das ſie auffſtŭend vnd meß hŏrt. Da kam ir diener ainer vnd ſprach ob ſie ſchier wŏlt meß hŏren. do ſprachent die iungkfrawen ſie wår noch in der kamer vnd Amiſa bei ir. alſpald ſie auffſtŭend ſo wŏlten ſie es ſagen. alſo baitet er noch ain weil vnd kam aber vnd ſprach das man ſie weckte es wår groſſe zeit wie ſie heut alſo lang ſchlieff. do ſprachen ſie. wir haben ſie noch heut nie gehŏrt vnd thŭren ſie nit wecken. Das ſagt der diener dem kŭnig. der ſprach er ſŏlt wider bargan vnd ſie laſſen wecken. das thet der diener vnd kam hinauff zu den iungkfrawen vnd hieß ſie wecken es het es der kŭnig geſchafft. Die iungkfrawen giengent hin ein. vnd wo ſie hinſahen vnd lugten. ſo ſahent ſie niemant. do erſchracken ſie on maſſen ſer vnd weſten nit wie ſie ym thun ſolten vnd ſchickten nach dem marſchalck des hoffs vnd ſagten ym wie es ain geſtalt het. Der marſchalck erſchrack ſer vnd gieng zu den anderen råten allen vnd worden vber ain das ſie es dem kŭnig ſagten. vnd alſo giengent ſie zu dem kŭnig vnd ſagten es ym. Do erſchrack er on maſſen ſer als pillich was vnd ſchuff das man alle die fieng die zu ir gehŏrten frawen vnnd mann. vnd beſunder auch all teŭtſch vnd geſt die an dem hoff warent. alſo ward her: Oſwald von Hatſtat auch geſangen vnd beſunder in ain gemach beſchloſſen. dann die gemain red ward von ſtund an die teutſchen hetent ſie hinweg gefŭret. Alſo ſchicket man vil volcks auff dem waſſer vnd anff dem land ob yemant mŏcht erfaren wo ſie aus wår. Do gieng man vber all ir

behalt

behaltnuß zu ſehen. ob man ichtz mangelte. do warent die
beſten klainet alle hinweg.

Alſo furent ſie da hin vnd kament in
kurtzen tagen gen Rodis. do ward
ſie von dem graffen von Pfirt gar
wol enpfangen der fuert ſie in ain
haimlichen gemach do niemant weſt
wer ſie warent. vnd kürtzlich darnach fuert er ſie auff ain
ſchloß genannt zu der Schönhab. wann der von Pfirt das
ſelb ſchloß beſunder inn het. vnd do es abent ward do
ſprach der von Pfirt vnd graff Albrecht. Wir wöllent
gan zu dem gefangenen vnd yn fragen wer er ſei oder wie
er haiß. vnd ym trowen wöll er es nit ſagen ſo müeß er
ſterben. Alſo giengent ſie zu ym vnd fragten yn was ge-
ſchlächts er wär oder wie er hieß. vnd reten vil mit ym
herte vnd tröwliche wort. Da ſprach er. wer ſie wärent oder
wie ſie hieſſent. er weſt doch nit ob er wär in criſtenlichem oder
haidniſchem gelauben vnd landen. Da ſprach der von pfirt.
Ich haiß graff Hanns von Pfirt. vnd der graff Albrecht
von Werdenberg. Da ward er von hertzen fro vnd ſprach.
Mein vetter ſälig von Wolffegk dem gott genädig ſei der
hat mich her ein gefüert. vnd iſt aus dem land vertriben
worden vmb der von Werdenberg willen. vnd ſprach. Nun
ſchat mir nit was ich gelitten hab ſo ich zu frummen hertzen
kumen bin die mein gewalt habent. vnd ſprach Ich haiß von
meinem geſchlächt Andelon. vnd mein vater haiſt Ruprecht
von Andelon. Da ſaſſent ſie zuſamen vnd reten gar von men-
gerlai. do ſprach der von Pfirt. Wir wöllent euch euwer lan-
gen

gen zeit ainstalls ergetzen vnd euch zu schönen frawen füeren.
Da sprach Arbogast. Ich bin gelb vnd vngestalt. vnd so ich
mich auff das schönest mach so bin ich dannocht nit gar
wol gestalt zu frawen zegon. Also giengent sie aus von
ym vnd schuffen ym ain ▉▉▉▉ter der ym rat thet. Da es
nun nacht ward vnd tunc▉▉ kam graf Albrecht vnd füert
yn zu der frawen vnd saß er zu der iungkfrawen. Nun
was es tunkel in der kamer. do fraget er sie ob sie teutsch
kunde. do sprach sie. nit vil. do wolt er sie angriffen haben.
do sprach sie in ir sproch. er solt die hend bey ym beheben.
do gedacht er wol wie redet sie meiner frawen Elisa so gleich.
vnd ward gar von hertzen traurig. vnd do gedacht sie auch.
wie redet der meinem Arbogast so gleich. Da sprach der
graf Albrecht. Wol auff wir wöllen hinweg gan. Da
sprach Amisa. Fraw wer ist der der an euch gesessen ist.
Sie sprach. Ich waiß nit. wol ret er meinem lieben Arbo-
gast so gleich. das mir gleich an meinem hertzen we ist wor-
den. Also sprach Arbogast zu graff Albrechten Ach lieber
Herr wol ret die fraw nainß wer ainer frawen so gleich das
mir geleich an meinem hertzen wee ist worden. Da sprach
er. Ist dir erst wee worden. ich mainet ich wölt dir ain
lang zeit kurtz machen. Da sprach er. Ich förcht sie imer-
mer die ich main. Da sprach graf Albrecht. Gott ist al-
ler gnaden zu trawen. Vnd morgens früe kam graff Al-
brecht zu Elisa sitzent an dem fenster. vnd lugent dort hin-
yber in gene Beu. vnd wenn ich dann zu euch kum so sa-
gent mir was ir gesehen habent. vnd gieng zu Arbogast
vnd sprach. Gang mit mir dort hin yber vnd sich wie der
wirt ain schöne frawen hab. Vnd do er sie sach do Bran
er vnder den augen als ain feur vnd sprach. Wär es müg-
lich zu reden. es ist aber vnd kan nit gesein. so wär doch
die frau ainer frawen so gleich das ich geren ain leiplichen
tod wölt leiden das ich sie noch west. Da sprach graff Al-
brecht Nun thu es von der liebsten willen die du habest
vnd sing mir ain tageweiß. so du mainst das die liebest vor

hab von dir gehört. vnd gieng damit von ym vnd kam zu
Elisa vnd sprach. Fraw was thund ir. Da sprach sie.
Da sitz ich vnd ist mir weder wol noch wee. Lieber lassent
vns schier hin weg das ich ▮▮ meinem Arbogast. Da
sprach er. frau wir wöllen ▮▮▮▮ en tag hie ruwen vnd
bann hinweg faren. Da ▮▮ ▮ogast an zu singen. do
sprach graff Albrecht. Frau wen habt ir gesehen. Da
sprach sie ains hübschen mans pilde. wenn er nit so plaich
wår so sech er mein Arbogast gleich. vnd do er sang do
sprach sie. er singt ym auch nit vngleich. Da sprach graff
Albrecht. Es ist ain knecht in dem Hauß. Nun was
der von Pfirt gen Rodis gefaren. vnd wartet graff Al-
brecht sein derselben nacht als er kam do wurdent sie mit
einander aus den dingen reden vnd kament vber ain das
er mit yn gieng. allso gieng er mit yn do füerten sie yn zu
ir. vnd do sie yn ansach do erschrack sie von hertzen vor
rechten freuden. deßgleich geschach ym auch. Da fraget
der von Pfirt wie es ain gestalt het. do sagt sie ym alle
geschicht vnd allen handel wie es ergangen was. vnd wie
die bing vmb vnd umb ain gestalt hetent. do het sie yn gern
zu der ee genomen. Da sprach er nain. deß wöll got ni-
mermer das ich euwern gnaden soliche vner erzaigt. aber
dieser ist ain wolgeborner graf von Werdenberg den solt ir
nemen. vnd mag ichs an eüwern gnaden vnd an ym geha-
ben so gebent mir Amisen.

 llso schicket der von Pfirt von stund an
nach seinem kapelan der hieß herr Hanns
Heberlin derselb gab sie zusammen. vnd
über ain wie sie die frauwen dem
von Altstteten wöltent entpfelhen. das er vber mör

fuere

Walfart
nach Jhe-
rufalem.

Sct Kathe-
rinen Grab
auf dem
berg Si-
nai.

füere vnd zu Triest wider zu lente vnd iren allbo
baitete. als es dann auch geschach.   So woltent sie
gen Jherusalem zu dem heiligen grab faren. vnd allda
haimsuchen die heiligen st   e auch albo zu ritter geschla-
gen werden. vnd füro b   r farn zu sant Katherina
grab gelegen auff dem be   ai als sie dann auch theten.
Da sie dar kamen do funden sie bil teutscher allbo. allso
liessent sie yn sant Katherina leben abschreiben das ob irem
grab hangt. als man es dann yetz allenthalb hat.   Da sie
nun allso ir kirchfart geendet hettent vnd gerecht warent
do fürent sie endlich mit irem besten vermügen vnd kamen
gen Triest do was der von Altsteten tod vnd ward do be-
graben in der capellen des patriarchen der was ain Graff
von Görtz hieß Ludwig. alldo noch heut bei tag sein helm
vnd schilt sind.   Allso zugent sie heraus vnd kament in ain

Graff Al-
brechts von
Werden-
berg Ein-
zug mit der
Königin
von Portu-
gal.

stat hieß Saltzburg do ist ain Bistumb vnd lagent do still
vnd schicket graff Albrecht zu dem von Altsteten. der vogt
zu Werdenberg was. vnd ließ ym sagen das er ain küni-
gin von Portigal brecht die sein gemahel wer vnd mit ir
ain groß gut. do solt er zu sein brüdern vnd andern sein
freunden reiten vnd yn zu wissen thun das sie ym entgegen
riten so best sie kunden.   Auch das schlos Werdenberg zu
richten so kostlich vnd best sie künden.   Da was der von
Altsteten der botschafft gar fro vnd west nit das es sein
tod was vnd wie ym sein hertz geschriben vnd entboten het.
Allso ward ym auch engegen geriten wol mit sechß hun-
dert pferden vnd zwai vnd treißig frawen wägen. vnd wol
achtzig vnd hundert speißwägen. darunder warent zwen
Burggraffen von Nürnberg. der ain hieß Friederich vnd
der ander Bernhart. vnd drei graffen von Tegk. vnd zwen
von Helffenstain. vnd etlich von Dockenburg. vnd seiner
sün drei. ainer von Hailspurg. zwen von Feringen vnd
der hinckent graff Wilhalm von Acham. vnd zwen seiner
sün. Diether von Stöffeln vnd sein bruder. vnd do wa-
ren der herzen vnd knecht so vil das man sie nit all ge-
schreiben

schreiben mag. do ward der graff vom rotenfan der zu Lü-
kirch faß des innen vnd entbot seinem schwester sun vnd dem
grafen von Leiningen das sie ⬛⬛ käment. vnd dieweil
man zu der hochzeit wár ⬛⬛⬛ sie schaden tun.   Also
sterckten sie sich vnd zoge⬛⬛⬛ Bodensee gen Hard.
vnd in die grafschafft Rei⬛⬛⬛ pranten vnd nament
was sie hinweg mochten⬛⬛⬛gen. vnd das geschrai kam
in das volck bei der hochzeit vnd was am end vnd auff-
prechen. doch was es mit grossen freuden volbracht. Da
nam graff Albrecht zu ym sein brüeder herzen freund vnd
günner vnd zoch dem grafen von rotenfan gen Tetnang.
das het er von seim weib die was aine von Bregentz. vnd
zerschlaifften vnd zerzarten das stetlin gar biß on ain pfarz-
kirch vnd ward der krieg gar schwár vnd groß. Des ward
ain pfaltz graff vom Rein gewar der hieß Ruprecht. der
ret dar ein vnd pracht es zu ainer richtung. Also do ward
das stetlin wider gebauwen vnd gesetzt zwischen der pfaar-
kirchen vnd der burg. Darnach ward ain herz vom roten-
fan ain lantuogt der macht darumb ain graben vnd bau-
wet es erst recht. Also nam graff Hainrich von Werden-
berg Salgans für sein tail. vnd graff Rudolff sein bruder
der starb zu Behem. vnd graff Vlrich ward zu seim weib
der von Wullensteten die herzschafft Albegk mit ir zuge-
hörde. Vnd do het graff Hainrich zwen sun. der ain hieß
graff Hartman. der ander graff Hanns. vnd das gemain
volck hieß den von Altsteten nun den herzen von Werden-
berg biß in sein tod. Nun het graff Albrecht ain sun der
was das erst kind alspald der neun iar alt ward do schi-
cket er yn in das land gen Portigal seinem ánen auff ge-
nad. vnd ließ ym sagen er het ym den liebsten vnd grösten
schatz gegeben den er vnd sein gemahel hetent auff dieser erd.
vnd das er ym gnádig wár vnd sein vngnad ab ließ vnd
yn verhörte so wölt er ym sagen wie die sach ain gestalt
het vnd an ir selb wár. Also do er das hübsch kind er-
sach do ward er frölich vnd schrieb ym ain gelait zu ynder
                                                        Jim

Krieg zwi-
schen dem
Graffen
von Roten-
fan und
Graff Al-
brecht von
Werden-
berg.

Stádtlin
Tetnang
geschlaifft.

Werden-
bergische
Abtheis-
lung.
Salgans.
Albegk.

Graff Al-
brechts
Sune mit
dem König
von Port-
gal.
Dessen
Sohn
Graf
Hans.

seim haimlichen ??? das er zu ym kâm. Also macht er
sich auff vnd fur zu ym. vnd do er in die stat kam gen
Portigal zu seinem Schwe??? auff gnad. do fragt er yn wie
es ain gestalt het do e??? ??? ist kumen. vnd umb der
frawen iungkfrawen ??? ??? wie gefangen wârent wor-
den. Da sagt er ym ??? ??? ei monat wârent gelegen
vnd ander teutsch vnd ge??? ??? et man yederman ledig
gelassen on den von Hatstat der leg noch. der wâr getzi-
gen worden er het darzu geraten vnd geholffen. vnd wâr
das also so mûeßt er in der gefenknuß sterben. Das lag
nun graff Albrecht hart an. Des morgens schickt der kû-
nig nach ym. allso kam er. vnd do er zu dem kûnig ein-
gieng do fiel er auff seine knie vnd bat den kûnig das er ym
vergâbe ob er yn ye ertzürnt het. Der kûnig antwurt vnd
sprach. Ainer der mainet ain frumer zu sein der sôlt aim
sein er vnd gut nit eupfremden deß diener er wâr. vnd
vnbewart dieplich bei nacht vnd nebel. Da sprach graff
Albrecht. Gnâdiger herr euwer genad vergeß euwers zorns
so will ich euch sagen wie es ain gestalt hat vnd wie es
darzu kumen ist. vnd hub an vnd saget von anfang biß
zu ende wie Arbogast in das land kummen wâr. vnd die
sach gantz auß zu end. Da sprach der kûnig. Got der
allmechtig wil vns mit mengerlai straffen vnd manen das
wir die sünd meiden vnd erkeuent das er allmechtig sei. vnd
hieß den knaben bringen. der hieß graff Hanns der ward
gebracht. Do sprach der kûnig. Das ist meines vnd eu-
wers pluts. got sein liebe muter voran die sich vber mich
erbarmbt hond. vnd vnser herr Jhesu crist vns zu nutz ge-
born vnd erpern werden. vnd hieß yn auf knien vnd sprach
der kûnig. Also will ich gnad freuntschafft vnd liebe zu
euch haben. vnd bittent was ir wôllent. das zimlich sei
deß wôllen wir euch gewern so ferr wir künden vnd mögen.
deß viel er auff seine knie vnd danckt ym hoch vnd vast.
Vnd vor freuden giengent graf Albrecht die Augen vber.
Da sprach der kûnig mer Ich will euch geben ain gab das

Werden-
bergischer
helm.

ist

ist ain zaichen des fribes also das ir vnd all euwer nach=
komen auff euwerm helm vorn an der nffelon ain güldin
ring mit ainem saphir söllent füern. Des danckt ym graff
Albrecht gar hoch vnd was von hertzen fro. Da sprach
der künig. Nun tund euwer gepet. do sprach graff Al=
brecht. So pit ich euwer gnad das ir mir wöllent geben Oswald
her² Oswald von Hatstat ledig mit mir haim zufüern dann von Hat=
er weder rat noch that noch kain schuld an der sach hat. stat erle=
Des ward er gewert. Also lag graff Albrecht dem von diget.
Hatstat zu lieb dennoch xvj. wochen do still biß er erstarckt
vnd des luffts gewonet.   Da fürt er yn mit ym haim.

Nun het graff Albrecht ain tochter hieß XXXVII.
Margreth vnd aine hieß Dorothe. vnd Graff Al=
als er auß was geriten do lag sie den= brechts
noch in der kintpet aines suns hieß töchtern.
graff Vlrich do er nun haim kam do Margreth
vermehlt er die eltern tochter Margreth an Grafen
des grafen sun von Sophay. Dar= von So=
nach het er etwen menig kind. Vnd sein bruder graff phay ver=
Hug was gar ain gaistlicher tumber² vnd kom in sant mählt.
Bernharts orden. darinn starb er. Nun hieß graff Al= Graf Hug
brecht den von Altsteten sein vater biß in den tod dann er Tumberr.
het wol an ym geton vnd fürgeschlagen. das sie die schuld
betzalten vnd die her²schafft allenthalb ledig machet. vnd
het her² Oswald von Hatstat auch bei ym biß an sein tod.
vnd saß graff Albrecht im land vnd regiret es ordenlich
als es aim frumen her²en zimbt.   Item do graff Albrechts
hochtzeit ain end genam. vnd auch die raiß do het Arbo= Arbogasts
gast sein Haußframen auch haim gefuert in die stat Bern. Varter.
Do was sein vater Lantuogt vnd stathalter des stiffts zu
Straßpurg. Nun was mit ym graff Albrecht vnd ander
K   her²en

herzen vil vnd wurdent wol enpfangen von seim vater vnd
aller ritterschafft. vnd das erst kind das sein frau gepar
hieß Albrecht. das ander was auch ain sun vnd hieß La-
zarus. das drit was ain tochter hieß Elisa. vnd kam in
grosse wirdigkeit ere vnd gut dann er vernünfftig was

Graff
Hanß/Al-
brechts
Sohn in
Portugal
gestorben.

frum vnd keck. Nun ward graff Hanns Albrechts sun
der zu Portigal was nun xiij. iar alt do starb er vnd ward
in sant Bernharts kloster begraben. vnd ist noch heut zu
tag do ain stain do schilt vnd helm vnd der ring an dem
Helm anhangt. als manig ritter vnd lantfarer gesehen hat
vnd noch sehen mag.

Vnd ich Thoman Lirer gesessen zu Ranck-
weil das do gehört zu dem schloß vnd
herschafft Felltkirch hab diese ding den
merern tail gesehen. vnd auch vil an
frumen leuten erfragt vnd erfarn. an

warhafften herzen rittern vnd knechten die mich des gar
warlich vnderzicht habent. dann ich auch meins gnädigen
herzen von Werdenberg knecht bin gewesen vnd mit ym
außgefaren gen Portigal. vnd mit ym wider haim kumen.
Vnd ist das buch zum ersten abgeschriben worden in dem
als man zalt von der geburt Cristi xj. hundert vnd im
xxxiij. iar an sant Oßwalts tag.

Der

In Gottes namen Amen. Diese Cronig
ist gemacht auff das aller kürtzest.
darumb das man von langer red nit
vrdrützig werd darin zu lesen von den
Römischen künigen. Vnd besunder
von den die seider dem grossen künig
Karolo zu dem römischen reich kumen
sind. Die habent auch zu dem ersten Gmünd gestifft vnd Stadt
dieselben stat gefreit.

Des ersten ist zu wissen das nach anfang vnd schöpf-
fung der welt zwai tausent iar die welt gentzlich mit der
sündflut des wassers vertilget ward. on allein herzen Noe
vnd die menschen. das gefögel vnd die thier die er bei ym
in der Archen behalten het.

Item nach derselben sündflut aber vber zwai thausent Troy.
vnd sibentzig iar ward Troy durch Paris vnd Helena von
den Kriechen zerstört. vnd vil ander grossen Fürsten vnd
herzen dannen vertriben. der ainer was genant Eneas.
der kam gen Ytalia vnd wonet do biß an seinen tod in
kriegs weise. Vnd nach ym sein nachkommen vil iar.
Vnd sunderlich so kament nach ym zwen brüeder Rumu- Rom.
lus vnd Remus die bawten Rom. Das geschach nach-
dem als Troy zerstöret ward cccc. vnd xiiij.

Item Rumulus ertöt sein ene Ninitor. vnd sein bru- Rumulus.
der Remum. Vnd vnderzoch sich ainig des römischen
reichs. darumb so ward er von dem thurstrall erschlagen.
Darnach do ward Rom wol zway hundert vnd vierund

K 2   fünff-

fünfftzig iar mit Künigen auffgericht. Die Römer vertriebent do die künig vnd erwelten ratgeben vnd gesetzmacher die sie vnd ire kind ausrichtent. vnd darnach erweltent sie aber schöpffer vnd senator die sie vnd ire land versehent. daruon wuchs yn grosser langwerig vnd vnmessig krieg. also das sie in vil iaren nit mer dann ain sumer on anfechten vnd krieg beliben.

Galtier. Item nachdem als Rom des ersten von Rumulo gebauwen ward. vnd, darnach vber vierhundert vnd fünfftzig iar do was rom zehen iar on vnderlos von den aus Gallien besessen vnd zerstört. vnd ward darnach wider gebauwen von kaiser Julio.

Kaiser Julius Item do man zalt von anfang der stat rom tausent hundert vnd achtundsechtzig iar do kam kaiser Julius der erst kaiser zu dem reich. Vnd do er fünff iar regiert do ertöten yn die römer. Vnd nach dem kaiser Julio kam Au-
Kaiser Augustus. gustus zu dem reich. vnd vnder dem kaiser Augusto seins reichs im xi. iar do ward Cristus geboren. zu Bethlehem. Also finden wir das von rom anfang biß zu Cristus geburt tausent vierhundert vnd xv. gewesen sind.

Item das von anefang der welt biß zu Cristus geburt fünfftausent hundert vnd neünvnd neüntzig iar gewesen sind.

Kaiser biß auf Künig Karolus. Item von dem ersten kaiser Julio sind sechs vnd sibentzig römischer kaiser vnd künig gewesen biß zu des grossen künig Karolus zeiten. Vnd derselben künigen vnd kaiser ward ainer erhenckt. ainer verbrent. zwen ertrenckt. zwen ertötten sich selber. vier ben ward vergeben. vnd den andern drei vnd treißig ward vergeben von den Römern vnd von iren freunden. Die andern sturbent rechts tods.

Es

Es ist auch zu wissen das hie vor zeiten teutsche land ain besunder künigreich gewesen ist. In dem reich was hievor ain künig der hieß Granüs der bauwet Ach. dar=rumb so haist es noch allso im latein. König Granus. Aachen.

Es was auch hie vor ain künig des selben reichs bei Mentz gesessen. der hieß Atus. der het ain weib die hieß Pyla. von den zwaien namen do gabent sie irem sun den namen Pylatus. der ward in Judäa gesant von Tyberio. Von dem ward Cristus verurtailt vnd gekreutzigt. Vnd darnach nach vil künigen vnd iaren do kam Pipinus zu dem frenckischen reich das vor das teutsch reich ist genant vnd auch das germanisch. das allmanisch oder theotonisch reich haist. die namen wissent die gelerten wol. Künig Atus. Pyla. Pylatus. Pipinus.

Nach dem Pipino kam sein sun Karolus magnus zu dem teutschen reich. derselb halff die römischen kirchen wi=der den Ailstulffum beschirmen lange zeit. Der künig thet so weißlich biderberlich vnd so cristenlich das ym der stul zu rom vnd mit der römer willen das römisch reich enpfol=hen ward vnd die wirdigkeit vnd auch das kaisertum des selben reichs zu Constantinopel. als es vor der groß Con=stantinuß ain römischer kaiser gewidmet het vnd es den teutschen in des grossen künigs karls person gab vnd ym enpfach das ymermer zu behalten vnd zu besitzen doch mit des Babst conformirung. Das beschach do man zalt von der geburt Cristi acht hundert vnd zwai iar. Derselb kai=ser karolus reigirt bei dem reich xiiij. iare. vnd ligt zu Ach begraben. Karolus Magnus.

Den kaiser Karolus erbet sein sun Ludwicus. vnd regirt xvj. iar. Vnder dem starb sant Gilg vnd ward Vn=gerland des ersten cristen. Der kaiser Ludwig ligt zu Mentz begraben. Der kaiser Ludwig ließ drei sün. Locha=rium. Ludwicum. vnd Pipinum. Die kriegten mit ein=ander vmb das reich das zu derselben zeit mer dann eilff Ludwicus. Sant Gilg. Ludwigs Söhne. Lochärius. Ludwicus. Pipinus.

hundert

hundert thaufent menfchen erfchlagen worbent in iren ge=
fechten.   Doch ward es zu letſt gericht. alſo das Locha=
rius das römiſch reich ſolt beheben. der anber bruder
Franckreich. das darvor Gallia hieſſe. ee das es Karolus
der groß mit dem ſchwert gewan. Daſſelb reich iſt noch
heut des tags vom römiſchen reich vnd von teutſchen lan=
ben geſundert. Dem driten bruber wurben andere land
Locharius.   zu ſeinen handen. alſo das er auch verricht ward. Lo=
charius lebt vnd regiret vnlang barnach vnb ſtarb on ſune
in des Babſts bann.

Ludwig.   Den Locharium erbt ſein bruber Ludwig. der vor mit
ym vnd mit Pipino wol ix. iar kriegt het. vnd regirt xx.
iar. Derſelb kaiſer Ludwig ließ brei ſün. Karolum. Bar=
tholomeum vnd Ludwicum. do kriegt Karolus mit ſein
brüebern xj. iar vnd ward bo vertriben.

Arnolfus.   Nach demſelben regirt ſein bruber Karolus magnus
Babſt Jo=   ſun genant Arnolfus xij. iar ben fraſſen die leuß. Der
hannes ein   kaiſer Arnolffus was vnber bem Babſt der ain fraw was.
fraw.   vnd an offner Straß zu Rom do zerſprang ſie an ainem
kind. als ym der tüfel geoffnet het vor den römern. Die=
ſelb ſtraß meiben noch all Bebſt das ſie nit daran komen
von der ſchant wegen.

Biſchoff   Als der kaiſer Arnolff ſtarb bo regirt ſein ſun auch
Hato von   xij. iar. Vnder bem kaiſer nament die tüfel biſchoff Hato
Mentz.   von Mentz vnd fürten yn gen Sicilia auff ain berg vnd
wurffen yn lebendig in ain feürin gruben. wann er het
graff Albrecht durch haß bem kaiſer hingeben zu töten.

Kaiſer   Den kaiſer Ludwig erbt ſein ſun Cunrad. der regirt
Cunrad.   xviij. iar. vnd an ym ſtarb ſchilt vnd helm ab. Alſo was
kain vatermag mer von ſchilt vnd von helm des groſſen
künig Karolus.

                                                            Item

Item des künig Karolus geschlächt het das römisch
reich mer dann c. vnd xx. innen gehebt. Der letste kaiser
Ludwig ligt zu Fuld begraben.

Item do man zalt von Cristi gebnrt ix. hundert vnd
xxiiij. iar vnd nun kain erb des grossen künig Karolus von
schilt vnd von helm nit mer was. do vnderzugent sich die
hertzogen von Sachssen des reichs. wann sie warent des
letsten kaiser Cunrads nechsten mutter=mag. vnd ward
hertzog Hainrich von Sachssen erwelter künig. Vnd den Künig
Hainrich
von Sach=
sen der
Vogler.
hieß man kaiser vogler. wann ym was gar vast wol mit
dem federspil. Er kam auch nit gern zu dem reich. aber
er nam sich des reichs darumb an das es seinem geschlächt
nit entpfürt würde. Derselb künig Hainrich der regirt
xvij. iar vnd was auch der erst an dem namen Hainrich
in dem römischen reich.

Den erbt sein bruder Ott der erst an dem namen. Ott der
grosse.
der hieß der groß Ott vnd regirt xviij. iar. Vnder dem
kaiser verbrant ain bischof zu Mentz ain schüren voller ar= Bischoff
Hatto.
mer leut. wann das selbig iar was gar grosser hunger in
dem land. vnd darumb so plaget yn gott das er die meuß von mäu=
sen gefres=
sen.
fliehen mnst in dem Rein. Vnd do mocht er dannocht
gottes plag nit entrinnen yn frassent die meuß in dem
Rein. Derselbig groß kaiser Ott ligt zu Maidburg be=
graben.

Den kaiser Ott erbet sein sun. der ander Ott regirt Kayser Ott
der andere.
neun iar. Bei des zeiten was sant Vlrich zu Augspurg.
Vnd sant Cunrad bischoff zu Costentz. Der kaiser verbot
frid prechen. bei abschlahen des haubts. wann das gar Straff des
frid=
bruchs.
gemain was in wälischen landen. welcher den frid prach
dem schlug man sein haübt ab. Vnd hieß ainsmals do
er grossen hoff hielt zu rom. Vnd do die herren ritter vnd
knecht zu tisch gesessen warent. Do ließ er all frid precher
lesen vnd rüegen. vnd nam do dieselben von dem tisch vnd
hieß

hieß sie euthaubten. vnd hieß do die andern frölich essen.
O was freud do mocht gesein. Derselb kaiser Ott ligt zu
Rom begraben.

Denselben kaiser Otten erbet sein sun der brit Otto.
Bube versus. Otto post otto regnauit tercius otto. Der-
selb Ott het ain vnstet weib die warb an ainen Grafen das
er sie leiplich nüsse. das wolt der Graf nit thun. dann er
wolt seinen herzen vnd sich selber nit enteren. Die künigin
gab den Grafen hin gegen dem künig vnd sprach. Der
graf het sie ires leibs vnd irer eren angemutet. Der künig
hieß den Grafen in ainem gähen zorn ertöten. Da begeg-
net ym sein eeliche haußfraw. do sagt ir der Graff sein vn-
schuld. vnd wie yn die künigin so bößlich umb sein leben
vnd vmb sein frümkeit vnd biderwerkeit hingeben het.
Vnd er ermanet sie ser so er ymmer ernstlichest mocht das
sie auff sein sel nach seinem tod mit dem glücnden eisen
sein vnschuld beweisen wölt. Wann das zu den zeiten
vast gewonlich. Vnd darnach ainsmals do berüefft der
kaiser Ott ain gericht vnd darzu all wittwen vnd waisen.
die wolt er all nach dem rechten richten lassen vnd do er das
gericht besetzt do kam des enthaubten Graffen weib mit des
graffen haubt für das gericht vnd rüfft do das gerücht
vmb hilff vnd recht an vnd beweist allbo des Grafen irs
enthaupten mannes vnschuld. vnd sprach den kaiser an vmb
sein haubt. Der kaiser erschrack des gar ser vnd hart. vnd
erwarb ain aufschlag des gerichts zehen tag. darnach acht
tag. darnach siben tag. darnach sechs tag. Vnd gab der
Gräfin vmb yeden aufschlag ain gute vesten. vnd ir na-
men darvon. aine haist die zehent. die ander die acht. die
trit die sibent. die vierd die sechst. vnd ligent in Lümer
bistumb. vnd ee die tag nun volgiengen do befand der kü-
nig des Grafen vnschuld vnd das ym vnrecht geschehen
was. Vnd das die künigin mit aim andern ir vnkeusch
auch gepflegen het. vnd fieng sie vnd ließ sie lebendig in
ain feür werffen vnd sie verbrennen. Vnd do der künig
kains

kains erben mer wartent was von schilt noch von helm.
vnd auch kain erben het der ym von schilt noch von helm
zu gehört do macht er ym mit willen der römer vnd beste=
tigung des Babsts. die ordnung der kur als sie noch die
kurfürsten haben. vnd gab do yn die ämpter vnd dar zu
gewalt vnd macht do ain römischen künig vnd künfftigen
kaiser zu erwelen vnd zu uolfüren ire ampter. als sie noch
heut des tags habent. Derselb kaiser Ott regiert xv. iar
vnd starb schilt vnd helm mit ym ab. Also hetent die her=
tzogen von Sachssen das reich bei xvüj. iaren inn.

Do man zalt von Cristus geburt tausent dreü iar do
erwelten die kurfürsten hertzog Hainrich von Bairen zu Rö=
mischen künig vnd künfftigem kaiser. vnd ward auch der erst
den die kurfürsten ye erwelten. Vnd er hett ain frawen die
hieß Kunegundis. Die zway eelichen gemechet beliebent
keusch in irem leben biß an ir end. vnd sind noch baide hel=
lig. Vnder dem kaiser do was ains armen wagners sun
Bischoff zu Mentz. der hieß Willigis. der het von demüe=
tigkeit wegen ain pflugsrad bey seiner Bettstat hangen.
vnd het darein mit grossen gülden Buchstaben geschriben.
Willigis Willigis gedenck von wannen du kumen seiest.
Vnd darumb so habent die von Mentz noch heut deß tags
ain pflugßrad in iren Baner vnd auch das Bistumb von
Mentz von deß wagners wegen. vnd ist also da mit be=
zaichnet vnd bestetiget. Derselb kaiser Hainrich was der
ander an dem namen Hainrich. vnd regirt. xxij. iar vnd
ligt zu Babenberg begraben.

Do man zalt von der geburt Cristi vnsers herzen thau=
send vnd fünff vnd zwaiutzig iar do erwelten die kurfürsten
hertzog Cunrad von Francken. der regieret fünfzehen iar.
vnd ligt zu Speir begraben. der selb künig Cunrad gebot
wer den fride brech dem solt man sein haubt abschlahen.
Das gebot brach graff Lüpolt von Kalb. vnd do der kü=
nig zu land kam do entwaich graff Lüpolt an den Schwartz=
    L   wald

walb in ain öde mül. vnd mainet sich do zu enthalten mit sei=
ner haußfrawen. Biß das ym deß künigs Huld erworben
wurde. Vnd ainsmals rait der künig vngefarlich an
Schwartzwald für die mül hin. Vnd do yn graff Lüpolt
hort do forcht er der künig der suchte yn vnd floh in den
wald vnd ließ do sein haußfrawen in der mül. Die fraw

Geschichte
Hainrichs
seines
Sohns.

mocht vor schrecken niendert kumen wann es vmb die Zeit
was das sie solt geberen ain kind. als nun der künig ne=
ben die mül kam vnd die frawen in iren nöten hört schreien.
do hieß er besehen was der frawen gepreßt. In den din=
gen hört der künig ain stimm die sprach. Auff diese stund
ist ain kind hie geboren das wirt deiner tochter man. Der
künig erschrack vnd west anders nit dann das die frau ain
Beurin wär vnd gedacht wie er fürkäm das sein tochter nit
ainem Baurn wurd. vnd schickt do zwen seiner diener in die
mül das sie das kind töten soltent. Vnd des zu sicherheit
so hieß er ym des kindes hertz bringen. vnd sprach er müest
es haben zu einer Buß. Die diener musten dem kaiser ge=
nug thun. doch hetent sie gotsforcht vnd woltent das kind
nit töten. wann es gar ain hübsch knäblein was. vnd leg=
tent es auff ain Baum. darumb das etwer des kindes in=
nen wurde. vnd brachten dem kaiser aines hasen hertz. das
warff er den hunden dar. vnd maint er het dar mit für ku=
men der stime weissagung. In den weilen iaget hertzog Hain=

Hertzog
Hainrichs
von
Schwaben
Frau vn=
berhafft.

rich auff dem wald vnd fand das kind ainig. vnd sach das
es ain neu geboren kind was. vnd bracht es haimlich haim
seiner frawen. die was vnberhafft. vnd bat sie das sie sich
des kinds an näme. vnd sich in ain kintpet legt vnd das
kind für ir aigen natürliches kind het. wann es yn von
gott geschickt wär worden. Die hertzogin thet es geren vnd
allso ward das kind getaufft vnd ward Hainrich gehaissen.
vnd das kint dorft niemand anders halten dann für ain
hertzogen von Schwaben. Vnd do das kind allso erwuchs
do ward es künig Cunrad gesant zu hoff. do hieß
Der künig den knaben gewonlicher vor ym stan dann
die

die andern iungen herzen die an seinem hoff warent von seiner klugen weißheit vnd höflichkeit wegen. Nun kam dem kaiser für das ain lömbe wår. das der iung herz nit ain rechter hertzog wår von Schwaben. vnd wie das er ain geraubt kind wår. Do das der kaiser vernam do rechnet er seim alter nach vnd kam in ain forcht das er der wår von dem die stim bei der mül geret hett. vnd wolt das aber fürkomen das er seiner tochter nit zu ainem man wurb. vnd schrib ain Brieff der kaiserin in dem enpfalch er ir als lieb vnd leben wår das sie den Zaiger diß Brieffs hieß töten, Den Brieff enpfalch er dem iungen herzen beslossen das er yn der kaiserin antwurte vnd niemant anders. Der iung herz verstund in den sachen nit anders dann guts. vnd wolt die botschafft vollenden vnd kam vnder wegen in ains gelerten wirtzhauß dem enpfalch er sein teschen von sicherheit wegen darin der brieff vnd anders ding lagent. Der wirt kam vber den brieff von seines wunders wegen vnd do er geschriben fand das die kaiserin yn töten solt do schrib er das die kaiserin dem iungen herzen zaiger diß brieffs ir tochter gebe vnd ym sie zulegte vnuerzogenlich. vnd beschlos den brieff mit dem insigel gar höflich zu on gebrechen. Da nun der iunge herz der kaiserin den brieff zaigt do gab sie ym die tochter vnd legt sie ym zu. Die mår kament für den kaiser do befand der kaiser mit dem hertzogen von Schwaben vnd ander riter vnd knecht wie der iung herz was von graf Lüpolts weib in der mül geborn von dem die stim ym geweissagt het vnd sprach. Nun merck ich wol das gotes ordnung niemant vnderston mag. vnd vordert sein tochterman zu dem reich. Künig Closter Hirschau. Hainrich bauwet vnd stifft darnach Hirschaw das erst kloster an die stat der müle darin er geborn was worden. Also kam künig Hainrich zum Romischen reich. Vnd hieß Hainricus Pius. yn Hainricus pius. er regiert. xvij. iar vnd liegt zu Speir.

Derselb kaiser Hainrich schuff bey lebendigem leibe das Hainrich der Vierd ꝛc. die kurfürsten in gegenwürtigkeit Babst Victor sein sun

künig

Sein Mutter Agnes. künig Hainrich den vierden zu künig erwelten der was ix. iar alt. Sein mutter fraw Agnes richt das reich vnd die land gar herzlich auß biß das er zu sein tagen vnd alter kam das er das reich zu seinen handen näme. Der kaiser Hainrich vberwand ain hieß Friderich der sich wider das reich satzt. Wider den vierden kaiser Hainrich erwelten die kurfürsten zu Pfortzheim hertzog Rudolff von Sachssen. den conformiert Babst Gregorius der sibent. vnd vberwand den mit dem rechten. aber kaiser Hainrich lag in aim streit ob. vnd berüeffet do ain hoff gen Brixen. vnd schuff das der Gwibertus von Rauen zu Babst erwelt ward wider Gregorium vnd regirt i. iar vnd ligt auch zu Speir.

A. C. 1107. Kaiser Hainrich der fünffte.
Kloster Lorch Do man zalt von Cristus geburt tausent hundert vnd siben iar. do kam des vor genanten kaiser Hainrichs sun der fünfft Hainrich zu dem reich. In des kaisers ersten iar do stifft hertzog Friederich von Schwaben Lorch das kloster in Augspurger bistumb. Der kaiser Hainrich fieng sein vater den vierden Hainrich. vnd hielt den in gefencknuß biß an sein tod. vnd vnderzoch sich auch des reichs.
Wie das hertzogthum Francken an Würtzburg kommen. Er fieng auch ain Babst. darumb so ließ yn auch got on leibs erben sterben. vnd ward do mit ym schilt vnd helm zu Speir begraben. vnd kam do das hertzogtum in Francken mit hilff des stuls zu rom an das bistumb zu Würtzburg.

A. C. 1127. Krieg zwischen Locharius von Sachsen vnd Hertzog Cunrad in Schwaben. Vlm zerstöret Miß-geburt. Do man zalt von cristi geburt tausent hundert vnd siben vndtzwaintzig iar. do erwelten die kurfürsten in ainer zwaiung hertzog Locharium von Sachssen. vnd hertzog Cunrad von Schwaben hertzog Friederichs bruder. darumb kriegt Locharius Schwabenland. vnd zerbrach Vlm. vnd behub auch das reich wider den hertzogen von Schwaben, wann der Babst conformiert vnd krönet yn. vnd warff do den hertzogen von Schwaben vnder den Lochario. Da gebar ain fraw von Hispania ain geburt die het vornen

ain

ain menſchen haubt vnd hinden aines hunds haubt. In <superscript></superscript>der zeit ſant Bernhart ain můnich was vnd ain getreuwer <superscript></superscript>vogt der kirchen. Der Locharius regirt eilff iar. <superscript>S. Bern-
hart.</superscript>

Do man zalt von Criſtus geburt tauſent hundert vnd ^{A. C. 1138.}achtundtreißig iar do erwelten die kurfürſten hertzog Fri- <superscript>Kayſer
Friderich
der Erſt.</superscript>derich des vorgenanten kůnig Cunrads bruders ſun. der <superscript></superscript>was der erſt kaiſer Friederich. der gewan Mayland. vnd <superscript></superscript>gab biſchoff Rumolt von Kölen der heiligen drei kůnig <superscript>H. 3. Kůnig
zu Kölen.</superscript>leichnam zu ſold. wann der biſchoff het ym mit groſſer macht <superscript></superscript>geholffen. Der kaiſer was ain guter criſt vnd fůr vber <superscript></superscript>mör durch die wůeſt Rumanei. do ſchanckt ym kůnig Sol- <superscript>groſſer
Schma-
ragde.</superscript>dan ainen michelm Schmaragten was vol balſams. das <superscript></superscript>nam der kaiſer Friederich in angeſicht des kůnigs Solban <superscript></superscript>boten vnd lobt das von ſeiner koſtligkeit wegen. wann es <superscript></superscript>was ains gantzen lantswert vnd ſprach. Da ſei got vor <superscript></superscript>das ich ſo ainig ain ſollich groß ſchenck nem. vnd nam das <superscript></superscript>vaß vnd warff es auff den eſtrich das es zu klain ſtücklin <superscript></superscript>zerbrach. vnd hieß das ſein edel diener aufleſen. als vil <superscript></superscript>dann yeglichem werden mocht. des ward do manig edelman <superscript></superscript>reich vnd ſälig. Vnd vnder demſelben kayſer Friederich <superscript>Drey Son-
nen und
drey Mond.</superscript>wurden aines mals drei ſunnen vnd drei mon geſehen. vnd <superscript></superscript>vnder ym ward das Decret vnd das buch von den hohen <superscript></superscript>ſinnen gemacht. als er wol xxxviij. iar geregieret het. vnd <superscript></superscript>het auch den Haiden vnd allen ſein feinden häilſamlich an- <superscript></superscript>geſiget. Da ertrenckt er ſich an ſant Bartholomes tag zu <superscript></superscript>Armenia in aim klain bach darinn er ſich wuſch. in ange- <superscript></superscript>ſicht aller ſeiner diener. der doch ym kainer zu hilf kam. <superscript></superscript>vnd in der ſtat Thyro bei dem kaiſer wurden drei Bebſt <superscript>Dreyer
Bäpſte
Wahl.</superscript>erwelt. Vnd der kaiſer hielt den vngerechten. Der kůnig <superscript></superscript>von Franckreich hielt Alexandrum den die gerechten hiel- <superscript></superscript>tent. Vnd do die zwaiung xviij. iar geſtund. do behub <superscript></superscript>Alexander den ſtul zu rom. Da bekant der kaiſer ſein vn- <superscript></superscript>recht. vnd darumb ward ym zu buß geben das er muß <superscript></superscript>vber mör faren.

L 3   Do

A. C. 1191.
Kaiſer
Hainrich
der Sech=
ſte
Buller
Land.
Groſſe
Sonnen=
finſternuß.

Do man zalt von Criſtus geburt tauſent hunbert vnd xcj. iar. do erwelten die kurfürſten kaiſer Hainrich den ſechſten. deß vorgenanten kaiſer Friederichs ſun. der be= tzwang Buller land in ſeinem erſten iar an ſant Johanns abent zu ſunwenden. Do erlaſch die ſunn von tertzeit biß zu non zeit. Als nun das erleſchen der ſunnen allweg künfftig vbel tut. do kam gar vil vbels barnach. vnd ka= ment ſolich groß regen doner vnd weterblick der geleich vor nie mer geſehen noch gehört ward. Groſſer vnfrid in den

landen. Man ſach do auch die rappen prinnent kolen in iren ſchnäbeln tragen vnd die heuſer antzünden. Vnd do er acht iar regiert do ward ym vergeben. vnd ward zu Speir begraben.

Do man zalt von Criſti geburt tauſent zway hunbert iar do erwelten ain tail der kurfürſten hertzog Ott von Braunſchweig. vnd der anber tail hertzog Philipp von

König Ort
von
Braun=
ſchweig.
König
Philipp
von
Schwa=
ben.
Königs
Mord.

Schwaben kaiſer Friderichs bruder. Otto ward durch le= gaten deß Babſts zu Auch geſalbet zu künig. Aber her= tzog Philipp widerſtund ym veſtigklich. Vnd künig Oten ſeins erſten iars lag hertzog Philip ains ſtreits ob bei Köln vnd ſchrieb ſich barnach irn römiſchen künig. das ſtond biß in das ix. iar do erſtach yn ain Pfaltzgraff von Wilſpach zu Babenberg mortlich.

Do vndertzoch ſich aber hertzog Ott deß reichs vnd ließ ſich zu Rom krönen. vnd ſchwur der kirchen als ge= wonlich iſt. vnd prach den aid von ſtund. wann er berau= bet die den heiligen ſtul haimſuchten. darumb bannet yn der Babſt Innocencius der drit vnd gebot den kurfürſten

König
Friederich
von
Schwa=
ben.

Mißlauff.

das ſie der kirchen ain anbern vogt vnd römiſchen künig erwelten do erwelten ſie hertzog Friederich von Schwaben kaiſer Hainrichs des ſechſten ſun. Aber künig Ott was ym zu ſtarck das er an das reich nit komen mocht dieweil künig Ott lebt. Von den mißleuffen ſchreibt Babſt In= nocentius dem hertzoggen von Zöringen. vnd beweiſt yn

gar

gar aigentlich das dem Babſt zugehört erkennen vnd er- Papſts An-
maſſung
bey Röm.
Künige
Wahl.
Anfang des
Barfüſſer
Ordens.
kieſen die perſon die dann allſo von den kurfürſten erwelet
wirt zu dem reich ob ſie des wirdig wär. vnd die erwelung
als recht iſt geſchehen oder nit. In dieſen leüffen ward
parfuſſer orden angefangen.

Do nun künig Ott in des Babſts bann geſtarb do
warb der vor genant hertzog Friderich zu rom gekrönt.
Er was auch künig zu Sicilia Er fur auch gen Jheruſa-
lem vnd gewan es mit macht. vnd ſchuff auch das die kur- Künig
Hainrich.
fürſten bei ſeinem lebendigem leib ſein ſun Hainrich zu rö-
miſchen künig erwelten. vnd das er auch zu Ach gekrönt
warb. Der künig Hainrich mißtet wider ſein vater kaiſer Verban-
nung.
Friderich. darumb fieng yn ſein vater der kaiſer vnd ver-
ſchickt yn in das ellend. Darnach ſatzt der kaiſr Fride- Künig
Cunrad.
rich mit kur der kurfürſten ſein ſun Cunrad zu römiſchen
künig. Der kaiſer Friederich bauwet Eſling. Reutling. Eſling.
Reutling.
Hailprun in
Schwa-
ben.
Hailprun vnd ander ſtet in Schwaben. vnd gab yn frei-
heit vnd ſtetrecht. Er was auch vaſt gewaltig vnd gieng
ym wol. deß vberhub er ſich. vnd let ſein böß zunge in
den himel vnd ſprach in gegenwürtigkeit lantgraff Hain-
richs von Türingen vnd auch ander herren ritter vnd
knecht. diß ketzerlich läſterlich drei göt haben die gantz welt Kaiſer
Friederichs
Gottsläſte-
rung.
betrogen. Mörſes die iuden. Machmet die haiden. vnd
Jheſus die criſten. darumb het ich es an den fürſten ich
wölt beſſer weg finden vnd wiſſen rechter zu leben dann ir
noch kainer. Vnd vmb die boßheit vnd gemainſchafft die
er mit den haiden het vnd auch vmb ſein leichtigkeit das
er nit acht ob er ain ſatzung brech oder vmb ander vncri-
ſtenlich getat. da gebot der Babſt den kurfürſten das ſie
ain andern künig vnd künftigen kaiſer erwelten. do erwel- Landgraf
Hainrich
von Türin-
gen gegen
Kaiſer.
ten ſie lantgraff Hainrich von Türingeu wider kaiſer Fride-
richen. Der lantgraff kriegt Schwabenland gar vaſt vnd
belag Vlm. aber er muſt vngeendet dannen ziehen. Der
lantgraff warb riterlich an ſant Oſwaltstag von Franck-
furt geiaget. das thet künig Cunrad deß kaiſers ſun. Dar-
nach

nach fürtzlich starb der lantgraff. do er ain gantz iar vmb das reich gekriegt het.

Hertzog
Wilhalm
von Hol-
land gegen
Kaiser.

Darnach erwelten bÿ kurfürsten hertzog Wilhalm von Holand wider kaiser Friderich. der schuff auch nichts. wann er lebt nun drü iar. do nun kaiser Friderich regirt wol auff xxxij. vnd xi. in des Babsts Bann gewesen was do starb er. Bei dem kaiser stund die kirch wol zwai iar on Bebst. wann er was gar ain grosser wüterich. also das er die karbinel bischoff vnd andere prelaten vnd die pfaffenheit betzwang das sie müstent vor den weltlichen richtern recht nemen. vnd betzwang sie das sie musten kempfen vnd erhanckt vnd ertrenckt etlich prelaten vnd pfaffen. Er brach auch sein aid. Vnd das waren sachen seines absetzens wie obstat.

Kaiser Fri-
derich ein
Wüterich.

A. C. 1250.
Künig
Cunrats
Enthaub-
tung im
Buller
Land.
Hertzog-
thum
Schwaben
ausgestor-
ben.
Das Reich/
ohn Künig
und Kaÿser
XXII. iar.

Do man zalt von Christus geburt. Mcc. vnd L. iar do vndertzoch sich künig Cunrad des reichs nach seins vaters tod. Vnd darnach fürtzlich zoch er in Buller land vnd facht do vmb das künigreich. do fieng yn der künig Mauricius vnd hieß ym das haupt abschlahen. Allso starb das hertzogthum zu Schwaben mit schilt vnd mit helm ab. Dieselben hertzogen hetent das reich wol bei hnudert vnd xxij. iar inen. Darnach stund das reich wol xxij. iar on künig vnd kaiser. vnd was doch guter frid in den landen.

A. C. 1271.
Graff Ru-
dolf von
Hapsburg/
Künig.
Wolfaile
Zeit in
Schwa-
benland.
Künig
Odelcker
von Be-
hem.

Do man zalt von Cristus geburt M. cc vnd Lxxiij. iar do erwelten die kurfürsten graf Rudolf von Hapsburg. der ward künig vnd nit kaiser. vnd macht guten frid in den landen. vnd in dem sechsten iar seines reichs do was es so wolfail in schwabenland das ain schöffel rocken galt zwen schilling heller. vnd ain schöffel dinckels xx. heller. vnd ain schöffel haberns xvj. heller. der künig Rudolff erschlug in dem fünfften iar seins reichs den künig Odelcker von Behem in ainem streit zu tod. Vnd vnder ym do starb

starb ain hertzog von österreich mit schilt vnd mit helm ab. Hertzog=
thum
Österreich
außgestor=
ben.
vnd ward do das hertzogthum von österreich dem heiligen
reich ledig. vnd do lech künig Rudolff österreich vnd die
Behem seinem sun graff Albrecht von Hapspurg. also An Graff
Albrecht
von Haps=
purg verli=
hen
worden auß dem graffen von Hapspurg hertzogen von
österreich. Der künig Rudolff regieret xviij. iar. darnach
stund das reich ein iar on künig vnd on kaiser. Bei des ob= Graff
Eberhart
zu Wirten=
berg.
genanten künig Rudolffs zeiten was ain herr genant graff
Eberhart zu Wirtenberg der leget sich auch wider künig
Ruprecht mit kriegen hertigklich. Derselb graff Eberhart
ward auß seiner muter leib geschnitten als er geborn solt
werden. Sein muter was ain erberge fraw genant Ag= Seine
Mutter
Agnes
nes. ain hertzogin auß Holland. vnd alspald sie das kind
ansach als es von ir geschnitten ward do sprach sie.
Tund hin das kind. dann dieweil es lebt so gibt es allem Ihre pro=
phecerung.
schwabenland zu schaffen mit kriegen. Darnach zu hand
do starb die fraw. vnd wie sie gesagt het das ward alles
war. wann er kriegt dieweil er lebt mit allen römischen kai=
sern vnd künigen die bei sein zeiten warent. Derselb graff
Eberhart ward wol Lxxx. iar alt.

Do man zalt von Cristus geburt. M. cc. vnd xcij. iar A. C. 1292.
Graff
Adolph
von Nas=
saw / Röm.
künig.
do erwelten die kurfürsten graff Adolff von Nassaw zum
Römischen künig. Darwider satzt sich Hertzog Albrecht
von österreich vnd sprach. sie soltent yn pillicher erwelt ha= Streit mit
Hertzog Al=
brecht von
österreich.
ben. wann er mainte das reich solt aber an dem geschlächt
beleiben dieweil doch ainer von dem geschlecht in leben wär
der doch nütz vnd gut zu dem reich wär. Die fürsten main= Das Reich
Fein Erb
ampt.
ten man solt ain auß ain andern geschlächt nemen vnd er=
welen. darumb das man es nit in langer gewör für ain
erbampt hette. Da mainet aber hertzog Albrecht man solt
ym tun als vor auch geschehen wär nach dem dritten Otten.
wann do belib das reich allweg in ainem geschlächt. als=
dann vor geschriben stat von dem hertzogen von Schwaben.
Aber das mocht nit gesein. Do zoch hertzog Albrecht auff Künig
Adolphs
Niderlag
den Rein wider den Künig Adolff. vnd erschlug yn in ai= nem vnd tod.

M

nem veltstreit in dem sechsten iar seines reichs. Der ee ge=
nannt Graff Eberhart von Wirtenberg beweget sich auch
wider den Künig Adolffen. vnd halff Künig Albrecht von
österreich den ee genannten Künig Adolffen in ainem streit
erschlahen. Darnach do hub er an vnd krieget mit Künig
Albrecht als lang biß das er von seinem Bruder Hertzog
Hannsen von österreich zu tod erschlagen ward.

Do vnbertzoch sich hertzog albrecht des reichs vnd stif=
tet do Künigsprunn in Augspurger Bistumb. Vnd do er

allso mit gewalt vnd mit vnrecht in das eilfft iar geregiert
het. do plaget yn got der allmächtig mit seinem aignen
plut. wann er hub seins Bruder sun hertzog hannsen von
österreich sein väterlich erb mit gewalt vor. Vnd do er nun
sein erb muntlich an yn erforderet do antworte er ym vnd
sprach. er solte nach ainem schepelin gedencken das gehör=
te ym zu vnd nit ain solche herzschafft. Hertzog Hanns der
het das für ain gar grosse schmachheit vnd schlug ym sein

hals darumb ab on streit. Vnd ligt bei Künigßfeld ob Ba=
sel. Bei seinen zeiten macht Babst Bonifacius der acht
Sextum Decretalium. Der künig ward auch nit kaiser
wann er ward erschlagen an sant Waltpurgen tag. do man
zalt von geburt vnsers herren M. ccc. vnd viij. iar.

Darnach do man zalt von Cristus geburt. M. ccc.
vnd acht iar do erwelten die kurfürsten Grafen Hainrich
von Lützelburg der ward kaiser zu Rom vnd tet grosse mech=

tige ding. doch so het er krieg mit Künig Ruprecht von
Sicilia. Der Babst wolt sie verrichten vnd schickt brieff
yn baiden vnd ain Karbinal von Rom da hin sie dann zu
tagen komen warent. In den briefen was vnder andern
dingen begriffen wie das die baid Künig von aides wegen
der kirchen treüw vnd warheit laisten soltent. vnd der kir=
chen nutze zu werben vnd iren schaden zu wenden. Das
nam kaiser Hainrich gar verübel auff vnd sprach. er het
niemant kain aid geschworn der yn zu solichen dingen pun=
de.

de. Von den dingen schreibt der Babst in dem Clementin de iureiurando Romain prin. Extra in cle. Vnd ist versehenlich het er lenger gelebt er wär in deß Babsts bann gestorben. Aber ym ward vergeben in Lamparten in ainem kelch do er an vnser frawen tag Assumptionis das sacrament enpfieng. in dem achten iar seins reichs. Darnach stond das reich in vbeln dingen zwai iar. Der yetz genant kaiser Hainrich het nit stoß zu teutschen landen. doch bestalt er mit allen herren. vnd des reichssteten in teutschen landen das sie mit dem obgenanten Graff Eberhart kriegten. Derselb krieg waret x. iar. Vnd dieweil kaiser Hainrich lebt do besassen die herren vnd die reichstet Wirtenberg das schlos. Da nam derselb Graff Eberhart ain vermessen streit mit yn. Er het den streit erfochten do was sein dienern zu gach nach dem raub vnd fielen nach dem gut in die getzelt vnd in die hütten. mit dem verloren sie den streit wider. vnd worden seiner diener vnd auch deß fußuolcks der mer tail gefangen vnd erschlagen. Darnach worden seiner stet ettlich brüchig an ym vnd vielent von ym. welich aber das nit theten die worden ym angewunnen. biß an Vrach Nissen Wirtenberg vnd Seeburg. Als er nun den streit vnd Wirtenberg das schlos zerbrochen ward. Da zugent die stet gen Bütelspach do was ain stifft vnd was der herschafft von Wirtenberg leichlege vnd begrebtnuß do selbst. Da geschach der herschafft zu schmach vnd widerdrieß das die greber do die herrschafft inen lagent zerbrochen. vnd die stain die darob lagen erschlagen worden. Als nun der ee genant kayser Hainrich gestorben was darnach in den nechsten zwaien iaren gewan er all sein stet schlos lant vnd leüt wider. Nach demselben gedacht derselb Graf Eberhart von Wirtenberg wie seinen vordern soliche schmach geschehen wär. vnd solichs zuuerkomen das es nit mer in künfftigen zeitten geschehe do rait er selbs personlich gen rom vnd mit gunst vnd erlaubung vnsers heiligen vaters deß Babsts leget er den stifft zu Bütelspach

Kaiser Hainrich mit gifft vergeben in einem kelch.

Krieg mit Graff Eberhart X. jahr lang.

Schloß Wirtenberg.

Bütelspach der von Wirtenberg Leichlege.

gen Stockart in die stat. Vnd warent zu Bütelspach in
dem stifft nit mer person dann ain Probst sechs Korherzen
vnd auch sechs Vicari. Zu denselben macht vnd ordiniert
der obgenant herz noch sechs Korherzen vnd sechs Vicari
vnd das ain Probst solt haben zwen gesellen vnd helffer
die das volck versehen mit den sacramenten. Allso das zu
ewigen zeitten siben vndzwainzig person sollen sein in dem
stifft on ander kapelon vnd frümesser die auch pfrümbb ha-

bent in dem stifft. Allso kamen die herzen des stiffts zu
Bitelspach gen Stockgarten vnd warb dieser stifft erhaben
vnd bestetiget auff sant Johanns Paptisten tag in dem iar
nach der geburt cristi als man zalt M. ccc. vnd xxviij. iar
nach dem als dieser Stifft erhebt ward. In dem iiij. iar
starb der obgenannt herz Eberhart Graff zu Wirtenberg.
Stiffter des Stiffs zu Stockgarten an sant Bonifacius
tag do man zalt von Cristi geburt M. ccc. vnd xxv. iar.

A. C. 1314.
Zween
Kaiser.
Hertzog
Friderich
von öster-
reich vnd
Hertzog
Ludwig
von Pairn.

Do man zalt von Cristus geburt Mccc. vnd xiiij. iar.
Do erwelten ain tail der kurfürsten hertzog Friderich von
österreich. vnd der ander tail hertzog Ludwig von Pairn.
Yetweder tail het ain tail der Fürsten vnd Reichstet an
ym. Vnd do sie etwe vil zeit mit einander kriegten do ka-
men sie zusamen an sant Michels abent. vnd stritent mit
einander. do gewan Hertzog Ludwig von Pairn den sig.
vnd fieng Hertzog Friderich seinen ohem. Vnd darnach
vber dreu iar do lediget yn sein freund. Er swur vnd
verbriefft sich wider künig Ludwigen nymermer zu thun.

Aber er brach das alles. vnd schrib sich aber ainen römi-
schen kaiser. Darnach nit lang do fraßen yn die leuß.
Derselb künig Ludwig regieret. yn kund aber niemand dar-
zu bringen das er sich dem Pabst erzaigte vnd beweiset
das er recht erwelt vnd darzu kumen wär. als das ge-
wonlich ist. Dauon kam vil vbels. Pabst Johannes hielt
do sein hoff zu Amen. wann die Römer hetent feintschafft
zu ym. Der künig fur gen rom vnd ließ sich do on gunst
des Pabsts ain einfeltigen Pischoff zu kaiser krönen. deß
hulffen

hulffen ym die römer vnd wurffent mit ym auff ain Parfuß Pabſt Nicolaus ein Parfüſſer.
ſen zu Pabſt der hieß Nicolaus. vnd thet ain klaine zeit die
weil der kaiſer Ludwig in wälliſchen landen was als zu
bebſtlichem ampt gehört. vnd do der kaiſer hinweg kam do
erkant er ſein vnrecht vnd enpfieng von dem rechten Babſt
buß darüber. Kaiſer Ludwig nam ein von behem ſein ee=
lich weib die was jx. iar bei ym geweſen vnd gab ſie ſeinem
ſun dem von Prandenburg. das geſchach von Kernten vnd
Triel wegen. die auff die frawen erſtorben warent. der kai=
ſer het zu gelimpff der künig von Behem möcht nit. das
ſolt mit gaiſtlichem recht ausgetragen werden. Er belib
aber in des Babſts ban biß an ſein tod. wann yn ver=
banten drei Bäbſt nach einander. vnd worden gar vil kir=
chen in teutſchen landen von ſeinent wegen verſchlagen. Zunfftrecht vnd Freyheiten in den Reichsſtätten
Aber er macht in teutſchen landen vil guter ſtet. vnd gab
vil ſteten zunfftrecht vnd ander freiheit. das vor nie ge=
ſchehen was in Teutſchenlanden. In dem xxxj. iar ſeines
reichs do gebot Babſt Clemens den kurfürſten das ſie ain Künig Karl von Behem Röm Künig.
andern römiſchen künig vnd künfftigen kaiſer erwelten. Da
erwelt ain iunger Biſchoff von Mentz. wann dem alten
was ſein wirdigkeit genomen von der benne wegen vnd het
der Babſt dem iungen das Biſtumb gelihen. vnd der Bi=
ſchoff von Triel der biſchoff von Köln vnd ain Hertzog von
Sachſſen vnd ain künig von Behem die erwelten künig
Karl von Behem zu Römiſchem künig vnd künfftigem kai=
ſer. Der ſtond do wider kaiſer Ludwig vnd kriget mit ym Krieg mit Kaiſer Ludwig. Deſſen Tod auf dem Geiſjg. Graff Eberharts Sun Vlrich.
zwai iar do viel kaiſer Ludwig den hals ab auff ainem ge=
iäg do er nach aim bern rait. etlich mainten ym wär ver=
geben vnd die vergifft felt yn zu tod vnd ſtarb in dreier
Bäbſt bann. Graff Eberhart von Wirtenberg ließ ain ſun
der hieß Graff Vlrich der was allein herr biß in das ze=
hent iar. vnd ſtarb an ſant Benedickten tag den man
nent translatio. nach Criſtus geburt M. ccc. vnd xliiij.
iar.

N 3   Darnach

Graff
Günther
von
Schwar-
tzenburg/
Gegen-
kaiser.

Darnach wolt künig Karl regiren. aber etlich Für-
sten vnd herren stalten sich darwider. do erwelten etlich
kurfürsten Graff Günthern von Schwartzenburg demsel-
ben hulbenten die stet in der Wederaw vnd die von Nüen-
burg. ym legten auch zu die Pfaltzgrafen bei Rein. Die
hertzogen von Bairn brachten ym vil volcks gen Franck-
furt vnd krönten yn mit gewalt auff sant Bartholomeß
altar. vnd teten sich aus yn gen Ach zu füern mit gewalt
yn do zu krönen. Das fürkam künig Karl mit grosser
hilff der stet auff dem Rein. vnd beß von Wirtenberg des
eegenanten Graff Ulrichs. vnd der von Helffenstain vnd
ander herren von Schwaben die leegten sich gegen ym an
das gestat yenhalb deß Reins. Ains tags ward ain ge-
schrai vnder baiden hören do was der von Wirtenberg
mit den sein der erst vber Rein an die feind. Darnach die
andern künig Karls helffer. Do wurden vil neüwer ritter
gemacht. Man mainet es solt do gestritten sein worden
von baiden künigen. Der von Schwartzenburg entwich vnd
ward lam. vnd man zig deß den ain artzt vnd sprach er
Verglich.
het ym vergeben. das ward verzicht. Also das künig
Karl ym verhieß ab zu ton allen kost vnd schaden die er
auff das reich gelegt het vnd das er ym darzu geb sechßtau-
Luterl.
sent marck silbers. vnd ain gegent haist Luteri zu leip ge-
ding. do gab künig Karl hertzog Ruprecht ain ledlin das
het sein Endlin versetzt dem bischoff von Triel. der herren
was kainer ym ward etwas hübsch geschenckt. wann künig
Karl gedaucht es wurd minder volcks schabhafft gewünn
er das reich mit gut wann mit dem schwert. Dem hertzo-
gen aus Bairn dem halff er aus dem ban vnd erwarb ym
des Babsts huld vnd halff ym Brandenburg wider gewinen
Volckmair
von Bran-
denburg.
Grosser
Erdbidem.
wider ain der nant sich Volckmair vnd sprach er wär des
alten margrafen sun von Brandenburg. vnd nach der rich-
tung für künig Karl gen Ach vnd ward gekrönt. In dem
ersten iar seins reichs an sant Pauls bekörungs tag kam
ain grosser erbidem in Ungern in Behem vnd in teutschen
lan-

landen. vnd verdarb do ain grosse stat haist Villach. darnach kam ain grosser sterb in alle land als nie kain man gehört het. do stund ain lümb auff es hetten die Juden geton. das fand sich auch an vil sachen. wann man fand vil säcklin in den prunnen ligen. vnd fand das auch an vil bösen cristen die man darumb wag. vnd das sie auch veriahen das sie das vmb der Juden sold hettent geton.

Villach. Grosser Sterber von Juden verursacht.

Item do man zalt. M. ccc. vnd L. iar do worden die Juden in teutschen landen erschlagen vnd ertötet. vnd darnach als man zalt von der geburt vnsers herren M. ccc. vnd Lvi. iar do kam ain erpidem das ain tail Basel nider viel.

A. C. 1350. Der Juden Niderlag. Basel.

Item do man zalt. M. ccc. vnd Lx. iar do was künig Karolus von Brag mit ainem grossen volck gezogen in Teutsche land das den von Eßlingen gar ybel kam. Wann sie musten ym geben sibentzig tausend gülbin. von ains auflaus wegen der geschach zu den parfussen als man in dem refental zu rat was. Item vnd musten die von Eßlingen do auch geben dreissig tausent güldin Graff Eberharten von Wirtenberg das der dem kaiser die von Eslingen bekriegt vmb seinen sold. Vnd musten all reichstett vnd alles reich für Esling ziehen. do gaben sie ee das gelt.

A. C. 1360. Eßlingen vom Künig Carolus gebrandschatzet.

Do man zalt von Cristus geburt vnsers herren. M. ccc. vnd Lxvij. iar do kamen die Grafen von Eberstain mit ainem Zeug volcks für das Wiltpad. vnd woltent den herzen von Wirtenberg in dem land gefangen haben. do halff ym ain Baur in der nacht yber die berg allein daruon. darnach ward der Schlegel krieg. das all edel in disem land wider die herzen von Wirtenberg warent. Vnd Esling stond den Wirtenbergischen herzen bei. vnd legeten sich für Haimhain. das sich der adel ergab an Wirtenberg.

A. C. 1367. Wiltpad. Schlegel krieg. Haimhain.

Der

Der obgenant Graff Ulrich zu Wirtenberg verließ
zwen sün. graff Ulrich vnd graff Eberhart. Graff Ul-
rich der verließ kain leibs erben. vnd starb nach seinem va-
ter in dem xxvi. iar an dem nechsten tag nach sant Jacobs
tag in dem iar als man zalt nach der geburt vnsers herren.
M. ccc. vnd Lxx. iar. Graff Eberhart von Wirtenberg des
obgenannten grafen Ulrichs Bruder der was darnach al-
lain herr. Derselb herr graff Eberhart het auch etwe vil zeit
vnd manig iar krieg vnd verlüge mit des reichs steten.

Item do man zalt von der geburt Cristi vnsers her-
ren. Mccc. vnd. Lxxij. do geschach ain streit vor Althein
mit den von Ulm. vnd die Wirtenbergischen herren ge-
wunnent den sig. vnd viengent wol dreühundert der von
Ulm edel vnd auch vnedel. Vnd darnach als man zalt
nach der geburt vnsers herren Mccc. vnd. Lxxiij. iar do
nam der von Wirtenberg grosse schatzung von gemain reich-
steten.

Darnach als man zalt nach Cristus geburt Mccc. vnd
Lxxvij. iar do geschach ain streit vor Reutling. vnd wor-
den vil Grafen Ritter vnd knecht erschlagen. vnd kam der
von Wirtenberg kaum daruon auf das schlos darbei.
Darnach besamelten sich die reichstet mit ainem so gar gros-
sen hör vnd zugent dem herren mit macht vnd gewalt in
das land in mainung ym sein laub vnd leut zu beschedi-
gen vnd sie zu verderben. Vnd der obgenant graff Eber-
hart der besamelt sich auch mit seinem volck vnd auch mit
grosser macht vnd kament zusamen zu Teffingen bei Weil
gelegen vnd hetent ain grossen streit miteinander. Der
von Wirtenberg gewan den sig vnd wurden auch vil von
den reichsteten erschlagen vnd gefangen. die man auch dar-
nach fast an ain zeilen vnd ir etwe vil erstach die gefangen
warent. Auff denselben tag ward auch erschlagen graff
Ulrich des obgenanten graf Eberharts sun. vnd das be-
schach auf sant Bartholomeus abend in dem iar nach Cri-
sti

Graff Ul-
rich von
Wirten-
berg.

Graff
Eberhart.

A. C. 1372.
Vlmische
Niderlag
bey Alt-
baim.

Schatzung
Gemainer
Reichsstät-
ten.

A. C. 1376.
Niderlag
der Wir-
tenberger
vor Reut-
ling.

Schlacht
zu Teffin-
gen bey
Weil.
Niderlag
der Reichs-
stätten.

Graff
Vlrich er-
schlagen.

sti geburt als man zalt Mccc. vnd Lxxxviij.   Darnach in dem Graff Eberhart gestorben zu Stockgart im Iar 1392.
iiij. iar starb der obgenant graff Eberhart zu Stockgart
am nechsten tag vor sant Gerbrutten tag in dem iar nach
vnsers herren geburt als man zalt. Mccc. vnd. xcij. iar.

Item als man zalt von Christus geburt. Mcccc. vnd Hochenzoll.
xxij. iar do ward Hochenzoll von den reichstetten gewun=
nen vnd lagen iar vnd tag daruor.

Item als man zalt von Cristus geburt. Mcccc. vnd A. C. 1422. Mayen= fels.
xLj. iar do ward Mayenfels gewunnen von den reichsteten
an sant Augustinus tag.

Item do man zalt von Cristus geburt. Mcccc. vnd A. C. 1454. Telffin mit den armen iäcken.
xLiiij. iar do was der Telffin von Franckreich mit den ar=
men iäcken in dem land vor Straßburg vnd vor Basel.
vnd do worden sünfftzehen hundert Schweitzer erschlagen
dabei. vnd in dem stechhauß vor Basel. Vnd als sie
haimzugent do erschlugent die von Schletzstat die armen
iäcken das mer tail.

Item do man zalt von Cristus geburt Mcccc. vnd A. C. 1448. Wirtenb. Sieg bey Eßlingen.
xLviij. iar do geschach ain streit vor Eßlingen an aller heili=
gen tag als sich tag vnd nacht schied. vnd gewunnen die
Wirtenwergischen herren den sig vnd nament die walstat
in der nacht ein.   Vnd ward Wather Echinger von Vlm
vnd Jeronimus Bopffinger von Nördlingen erschlagen.
die warent der stet haubtleüt.   Vnd worden auff baider
seit vil erstochen.

Do man zalt von Cristus geburt tausend vierhundert A. C. 1462. Zween Bi= schoff zu Mentz.
vnd Lxij. iar do warent zwen Bischoff zu Mentz. der von
Ysenburg vnd der von Nassaw. Vnd legt sich der von
Ysenburg zu feld. mit ainer wagenpurg wider Pfaltzgra=
fen hertzog Friderich bei Rein. derselb hertzog Friderich ge=
wan die wagenpurg vnd fieng viel edel vnd vnedel. vnd
N   wur=

wurden auch vil erschlageu. Vnd ward darnach ains mit
dem von Ysenburg. vnd halff ym darnach wider den von
Nassaw. Darnach zoch margraff Karl vnd sein Bruder
der Bischoff von Metz vnd graf Vlrich von Wirtenberg
dem pfaltzgrafen in sein land yn zu beschedigen. Da zoch
der hertzog Friderich von Haidelberg zu yn. vnd geschach
ain grosser streit. vnd ward margraff Karl vnd der Bi-
schoff sein Brnder von Metz vnd graff Vlrich von Wirten-
berg gefangen vnd wol fünff hundert ritter vnd knecht vnd
wurden geschetzt.

A. C. 1462.
Mentz
sackman
gemacht.
    Item bo man zalt von der geburt Cristi tausend fier-
hundert vnd Lxij. iar ward Mentz eingenommen von her-
tzog Ludwig bei Rein genant Schwartz hertzog vnd ward
Sackman do gantz gemacht. vnd pfaffen vnd Burger ge-
schetzt vnd erstochen. Nach der geburt Cristi
vnsers herzen. Mcccc. Lxxxvj. iar an
dem xij. tag deß Jeners. ward
dise Cronigk getruckt von
Cunrad Dinckmut
zu Vlm.

Johann Reinhard Wegelin J. V. L.
älteſten Burgermeiſters und Syndici in Lindau

Anmerckungen

über

Thome Lirers von Randweil
Alt-Schwäbiſche Geſchichten.

Es iſt dieſes vor bald dreyhundert Jahren gedrucktes Schwäb. Geſchicht-Büchlein ſo gar rar geworden, daß es ſelten mehr in alten Bibliothecken, will geſchweigen in öffentlichen Buchläden, und eben ſo wenig in einer collection der alten Geſchichſchreiber und Jahrbücher anzutreffen, und dahero unter die faſt gar verlohren gegangene Bücher nicht unbillig zurechnen iſt. Ob nun zwar der Werth und Verluſt deſſelben ſo wohl als des zu gleicher Zeit mit angedruckten allgemeinen Chronick-Büchleins von keiner ſonderbahren Erheblichkeit, ſo iſt doch noch wohl der Mühe werth, daß ſelbiges wider hervorgeſucht und bekandt gemachet werde, theils um der alten deutſchen Mund- und Schreibart, und der beſondern Ausdrücken willen, ſo hier und dar vorkommen, theils aber auch daß gleichwohl viele Spuren von dem alten Adel, von Caſtellen, Veſtenen, Städten, Clöſtern, und mehr andern das Land zu Schwaben anhenden particularitæten darinn anzutreffen, weilen eben nicht allemahl das jenige, was nach der alten Schwäbiſchen ſimplicitæt und Redlichkeit ſchmecket, vor fabelhafft und erdichtet zu halten iſt, wie hinnach von einem Abſchnitt zu dem andern mit mehrern angemercket werden ſolle.

Zum erſtenmahl iſt dieſes Lireriſche Geſchicht- und Chronick-Büchlein gedruckt worden, wie am Ende deſſelben ſtehet:

„nach der geburt Chriſti unſers Herrn MCCCCLXXXVI. jar an dem XII.
„tag des Jenners von Cunrad Dinckmut zu Ulm.

Nachdem aber dieſe Auflag aus damahliger Neugierigkeit zu gedruckten teutſchen Hiſtorien-Büchern hinreiſſend abgegangen, iſt es in ſelbigem Jahr in gleichem format und mit dem nemlichen Schrifften und Figuren nochmahls abgedruckt worden, an deren Ende ebenmäßig ſtehet:

R 2   „gedruckt

„gedruckt vnd vollendet zu Vlm von Cunrad Dinckmut. am dornstag nach vnser
„Frowen hinelfart. · So man zalt nach vnsers herren geburt MCCCC. vnd
„in dem LXXXVI. jar.

Diese erstere edition ist dannenhero mit recht unter die primitias der deut-
schen Druckschrifften zurechnen, weilen die gedruckte Bücher mit deutschen
Schrifften, so viel wissend, ererst mit 1471. in Schwaben den Anfang genom-
men, auch der damahlige Buchdrucker in Ulm Cunrad Dinckmut noch keine
teütsch gedruckte Bücher, wohl aber im Jahr 1483. das Viridarium animæ,
im Jahr 1484. den Speculum peccantis animæ, und in nemlichen 1486ten
Jahr des Terentii Comœdiam, miris ac facetis figuris exornatam, heraus
gegeben hatte. Dahero auch die gantze Einrichtung dieses deütschen Chronick-
Büchleins ruditatem istius ævi durchaus redoliret.

In frontispicio desselben findet sich gar keine rubric, sondern wird gleich
mit den Summarien der Anfang gemachet. Die Anfangs-Buchstaben einer
jeden Abtheilung oder Absatzes seind nicht ausgedruckt, sondern damahliger Ge-
wohnheit nach, dem illuminatori oder miniatori mit Farben zu appingiren
überlassen; wie dann dieselbe in dem Exemplar der Stadt lindauischen Biblio-
theck mit der Feder und mit minio oder mennig würcklich ergäntzet zu sehen seind.
Rubricken und marginalien, wie auch die Zahlen der Blätter oder Seiten, und
derselben custodes ermangeln durchaus. Herentgegen seind die Anfangs-Buch-
staben der nominum propriorum wider den sonst damahligen Gebrauch fast
durchgehends grösser als die andere. Was aber die distinctiones und Unter-
scheidungs-Zeichen betrifft, bestehen dieselbe in der ersten Auflag in lauter Puncten,
und zwar ohn Unterschid und meistens an unschicklichen Orthen, und in der
zweyten mit Puncten und Strichlein, nach dem es der periodus erfordert. Bey
Absetzung der Worte am Ende der Zeilen wird die Verbindung des abgetheilten
Worts durch 2. Strichlein, nach heutiger Art im Schreiben, angezeigt, die
aber in gleicher Höche mit dem Text stehen. An statt des Pünctleins über das
i. ist der griechische acutus gesetzt, und auf dem Buchstaben u. ein gantz geschlos-
senes - was aber diphtongi seyn sollen, nur ein halbes Ringlein. Abbreviaturen
finden sich gar wenige. In der Ortographie hingegen bemercket man noch gar
offt die ruditæt selbiger Zeiten. Das Papier ist wohl dick, wie Pergament,
und die typi grassiores & fere missales. Die erstere zwey Lagen enthalten qua-
terniones, signis alphabeticis & numeris distinctos, die man Signaturen zu
nennen pflegt, die übrigen alle aber terniones, die letstere alleinig ausgenom-
men, welche eine quinternionem oder 5. Bogen in einander compliciret, aus-
macht. Das format ist klein folio, mit einem starcken Rand auf allen Seiten,
und des einten integument oder Band ist von gleichem Alter, von Pergament
aus einem alten missali, des zweyten aber von Holz mit Schweinleder überzogen.
Im übrigen ist das gantze Büchlein nicht mit höltzernen oder geschnitzten (wie
                                                                            sonsten

ſonſten abdicata Xylographia ſub incunabulis veræ typographiæ, üblich ge-
weſen) ſondern mit gegoſſenen Schrifften gedruckt, weilen ein Buchſtaben dem
andern durchaus gleich, und ex una eademque matrice gegoſſen zu ſeyn
ſcheinet.

Das curioſeſte ſeind wohl die vielen in dem erſten Theil untermengte, wie-
wohl gar roh und ungeſchickt in Holtzſchnitt auegearbeitete Figuren, als in wel-
chen vorgebildet werden 1) Kayſer Kurio und ſeine Gemahlin Docka, beede mit
der Kayſer Cron, ſo dann ſeine Brüder, Söhne und Töchter, wie Theone-
ſtus Ihnen zu Rom das Evangelium predigte. 2) St. Lucii Wunderthat in
Churwalhen, da er den Bären an des todtgeſchlagenen Ochſen ſtatt an den Pflug
gebannet. 3) Die Schlöſſer Hewen und Guttenberg. 4) Das Caſtell Luikir-
chen. 5) Wie Kayſer Kurio mit ſeinen Söhnen und Töchtern nach Warthau-
ſen und Biberach kommen. 6) Die Stadt Ravenau und der erſte Chriſtliche
Hertzog in Schwaben Rumulus zu Pferdt, mit Harniſch und Fahnen, darinnen
3. ſchwartze Löwen in goldenen Feld. 7) Wie die Veſte Ulm mit Gewalt der
Canonen bezwungen, und wider zum Chriſtlichem Glauben gebracht worden.
8) Die Veſte Hochentann. 9) Die Kirche St. Veitzberg ob Ravenſpurg.
10) Kayſer Conſtantinus, wie er mit dem H. Creutz im fahnen wider die Un-
gern auszog. 11) Münſter und Kir███████ Kayſers Conſtantini Mutter
Helena zu Jeruſalem an der ſtette erbaut, ████ H. Creutz entdeckt worden.
12) Wie die ſelige Frau Clareta das blind████ wider ſehend gemacht. 13)
Wie der Schreiber ſeinen Herrn von Kelmuntz vom Berg herunter ſtieß. 14)
Die dem Schreiber zu ſeiner Sicherheit erbaute Veſte. 15) Wie der Herr
von Rotenfan die Veſte Bregentz und das Caſtell Lindow mit Canonen beſchoß
und bezwang. 16) Die Schlacht der Bauren mit Hertzog Hugens Sohn.
17) Schlacht derer von Hochenſtauffen mit denen von Habsburg. 18) Kampff
zwiſchen dem Herrn von Rotenfan zu Luikirchen und dem von Aichelberg. 19)
Das neugebaute Schloß zu Langenargen. 20) Kampf und Sieg des Grafen
von Rotenfan umb der Königin von Kathay Ehre willen. 21) Wie die Hei-
den zu Schiff in Portugall kommen, und Arbogaſt gegen ſie ritterlich gefochten.
In dem zweyten Theil, nemlich dem angehängten Chronickbüchlein ſeind gar
keine Figuren, auſſer dem vorangeſetzten Kupfferblatt mit den Bildnüſſen Kay-
ſers Caroli M. mit dem Schwerdt, und zweyer andern Kayſer mit den Cronen,
gegen über aber mit dreyen Päpſten und ihren dreyfachen Cronen und langen
Creutzen in der Hand, gleichfalls in Holtzſchnitt.

Das zweyte mahl iſt dieſes Schwäbiſche Geſchicht- und Chronick-Büchlein
heraus kommen im Jahr 1500. In dieſer edition ſtehet zwar weder Jahrzahl
noch Nahmen des Druckers ſondern zu End derſelben allein ſo viel:

„Getrugt zu Straßburg uff Grüneck.

Es

Es findt sich aber in der allererſten edition, welche der Author beſitzet, von ei-
ner wohl alten Hand dieſe Anmerckung dabey geſchrieben:

„Dieſes Chronicon Lyreri iſt hernach in klein 4. unter dem Titul: Cronica von
„alten Künig und Keiſern von anfang Rom. auch von viel Geſchichten biß zu
„unſern zeiten die geſchehen ſeint. jedoch ohne die holzſchnitte nachgetruckt worden
„zu Straßburg uff Grüneck durch Johannem Knoblauch bey Sant Barbaren
„Kappellen A. 1500.

Es führet zwar der Königl. Franzöſiſche Hiſtoriographus Johann Daniel
Schöpflin in ſeinen Vindiciis Typographicis (welche erſt in verwichenen 1760ten
Jahr zu Straßburg in 4. herauskommen) unter den alten Straßburgiſchen Buch-
druckern Cap. X. §. 19. auch dieſen Johannes Knobloch an, welcher den Nahmen
ſeines Vatters Heinrich Knoblochzers, auch Buchdruckers daſelbſt, ad eupho-
niam in etwas miticirte, daß er um ſelbige Zeit unterſchidliche Bücher gedruckt
habe, als A. 1500. 1507. 1513. und 1514. des Lireriſchen Chronickbüchleins
aber gedencket er nicht, vermuthlich daß ihme daſſelbe gar nicht bekandt geweſen.

Daß dannenhero die hier und dar geäuſerte Vermuthung einer dritten Auf-
lag von ſelbſten wegfallen dörffte, anſonſten iſt dieſe letztere der vorigen dem
Junhalt nach durchaus gleich, auſſer daß die angehängte Chronick mit dem Jahr
1494. ſich ſchlieſſet, und die Figuren gar weggelaſſen ſeind. Doch iſt auf dem
Titul Blatt das Kayſ. Wappen in Holzſchnitt, ſo an einem Baum hänget, und
ein geharniſchter Ritter mit einer Kayſ. Crone auf dem Haubte das Reichs Ba-
nier haltend, deſſen Schwerdt eine Hand aus den Wolcken mit einem Lorbeer-
Reiß verwechſelt.

Dieſes Geſchicht- und Chronick-Büchlein iſt in zwey Theil getheilet. Der
erſte Theil enthält einen farraginem von allerhand untereinander gemiſchten Hi-
ſtorien und Legenden, die ſich mit einem Römiſchen Kayſer, Nahmens Kurio
anfangen, welcher mit ſeiner ganzen Familie und vielen Edlen Römern im zwey-
ten Jahrhundert nach Chriſti Geburt in Rhetien und Schwaben gekommen ſeyn
ſolle (wiewohl Lirer gleich anfangs in der Zeitrechnung ſich gar ſehr verſtoſſen,
indem ein und andere Erzehlungen, beſonders von Theoncſto, nicht in das
zwey[te], ſondern vielmehr in das vierdte und fünffte Seculum einſchlagen) und
biß in das XIVte Seculum hinaus gehen, als aus welchem noch ein und andere
Schwäbiſche Geſchichte und Begebenheiten erzehlet werden. Der zwey[te] Theil iſt
von dem erſten ganz unterſchieden, und enthält eine obwohl ganz kurze Chronick,
die ſich von Erſchaffung der Welt anfängt, und ſonderheitlich nach den Regie-
rungen der teutſchen Kayſer von Carolo M. an biß aufs Jahr 1462. oder nach
der letztern edition biß 1494. den Jahren nach ordentlich eingerichtet iſt.

Wer

Wer aber diese Geschicht= und Chronick=Schreibere eigentlich gewesen,
darüber seind die Authores unterschiedlicher Meinung. Die meisten welche des
Lirers Erwehnung thuen, gehen dahin, daß er ein Scriptor Seculi XII. seye,
weil zu End seiner Geschichten stehet: „ist das buch zum ersten abgeschrieben wor=
„den in dem als man zalt von der geburt Christi XL hundert und im XXXIII.
„jar an Sant Oßwaltstag.

Martinus Crusius *in Annal. Suevic. P. I. L. IV. C. 6.* nennt den authorem homi-
nem idiotam, parum in omnibus fide dignum, und schlüßt *ibid. P. II. L. IX.
C. 16. p. 359.* aus der Kelmüntzischen Begebenheit und Erbauung des Closters
Söfflingen, (wovon hinnach ein mehrers gemeldet werden soll) Ergo aut post
id demum tempus vixit, quod Bruschius ad annum modo 1237. reponit, &
Chronicon, in cujus extrem... ipse nomen suum adscripsit, ab alio dudum
ante, anno scil. 1133. descri... fuerat, cui ipse postea quædam adjecit,
aut Seßlingæ principium quoddam longe ante Bruschii annos fuit. *In Bibl.
Script. Rer. Suevic. Sect. II p. XII.* habe ich, der Author, mein Sentiment da=
hin geduffert: de ipso Authore certo non constat, qua ætate vixerit. Quam-
vis enim in fine prioris Tomi dicatur: ist das Buch zum ersten etc. Recensetur
tamen in eodem Libello historia de nefando parricidio Comitis Ægidii à
Kelmünz, quem gener Comes Hartmannus de Dillinga occidendum cura-
vit, id quod anno demum 1258. accidisse *Brusch. in Tract. de Monaster. sub
voce* Sefflingen *fol. 148.* & Crusius *Annal. Suevic. P. III. Lib. II. C. 10. p. 88.*
testantur. Ne quid dicamus, quod annexum Chronicon parvum ultra me-
dium Seculi XV. sese extendat. Quare libellus iste non tantæ vetustatis,
qualem se mentitur, vel ab interpolatore descriptus & continuatus omnino
censendus est, idque vel maxime quod in vernacula scriptus sit, quæ nec
tantam vetustatem, nec ævum Imperatoris seu Regis Conradi III. redolet.

Wann aber etwas genauers untersucht und investigiret wird, zu welcher
Zeit oder in welchem jahrhundert der Thomas Lirer von Ranckweil gelebet ha=
ben möchte, da er zu end seines Geschichtbüchleins selbsten von sich schreibet:

"Ich Thoman Lirer gesessen zu Ranckweil das do gehört zu dem Schloß
„und Herrschafft Jeßtkirch hab diese ding den merern tail gesehen. und ouch viel
„an frumen leuten erfragt und erfarn. an warhafften Herren Rittern und
„Knechten die mich des gar warlich underricht habent. Dann ich auch meins
„gnädigen herren von Werdenberg knecht bin gewesen · und mit ym ausgefaren
„gen Portigal und mit ym wider haim kumen.

So wird dieser Streitt und die Ungewißheit des Authoris sich bald näher auf=
klären. Gestalten aus nachfolgend=letstern Anmerckung und des baselbst ange=
führten *Wolffg. Lasii* Genealogia Comitum Werdenberg. er gibt sich nicht
undeut=

undeutlich, daß gemeldter Herr von Werdenberg eben der jenige Albertus oder Albrecht gewesen, welchen Lirer als Knecht auf seiner Ritterschafft ausser landts bedienet, die Reyß nacher Portugall mit ihme gemachet, und dasige Königs tochter Elisa entführen helffen, dieses aber um das Jahr 920. zu welcher Zeit Graf Albrecht florirte, geschehen seye; woraus natürlicher weise folget, daß Lirer nicht erst im XII. sondern schon im Xten jahrhundert gelebet, und die Schwäbische Geschichten nur biß dahin aufgezeichnet habe, herentgegen die neuere Geschichten und legenden entweder theils von demjenigen, welcher das Lirerische MSCt teste ipso Chronico anno 1133. das erste mahl abgeschrieben, oder welches am wahrscheinlichsten zu seyn scheinet, von dem erstmahligen Herausgeber selbsten compiliret, und samt der angehängten Chronick eingeschaltet worden seyen, indeme der zwar altfränckische stylus durchaus, vom Anfang biß zum Ende gleich, doch aber mit der Schreibart ???? des X. noch des XIIten Seculi übereinkomt, und daher allerdings zuglauben, daß das im lateinisch-oder altteutscher Sprach verfaßte MSCt entweders der decopist oder vielmehr derjenige, welcher die neuere Geschichten eingeschoben und den libellum ediret, nach seiner damahligen Mund-und Schreib-Art eingerichtet habe. Dann Ægid. Tschudi schreibt in seinem teutschen Libello de Rhætia Alpina (davon hinnach ein meh-
,, rers) Carolus M. habe zum ersten die teutsche Sprach in lateinischen Buchsta-
,, ben und die teutsche Schreibung in übung gebracht, nicht aber zu versiegelten
,, Urkunden, sondern allein büchle, rymen und anders zuschreiben, so einer mit
,, sin selbs geschefft hat, biß man erst ohngefehr ums jahr 1200. angefangen, et-
,, lich notwendig hendel in tütscher sprach auch zu verbriefen. Es will auch fast das Ansehen haben, als ob dieser Author aus der Schwäbischen Reichsstadt Gmündt gewesen seye, weil er derselben gleich im Anfang der Chronick an einem so gar affectirt-und unschicklichen Orth gedencket, daß sie von alten Römischen König zu dem ersten gestifftet und gefreyet worden seye. Wiewohl Felix Fabri in Hist. Suev. Cap. XXI. in hinnach beyfügendem Appendice den Ursprung gemeldter Stadt gantz anderst erzehlet.

Wann aber auch die Frage ist de fide & authoritate Lireri, ob und in wie weit sowohl seinen als der andern eingemischten Geschichten und Erzehlungen glauben beyzumessen? so mag wohl überhaubts Aristophanicum illud λήρον ληρεῖς auf denselben appliciret werden, und finden sich dahero auch viele von neuern und ältern Historicis, welche diese Geschichte vor lauter Gedicht und Fabelwerck halten, die allein dem Adel in Schwaben zu hofieren, wie sich ins besondere Stumpfius ausbruckt, ersonnen seyen, als da seind: Felix Fabri (welcher schon im Jahr 1486. im Dominicaner - oder Prediger - Closter zu Ulm Mönch gewesen, und erst An. 1502. gestorben ist; vid. Herrn Hoffraths und Prof. Hæberlin zu Helmstädt Diss. Hist. sistens vitam, itinera & scripta dicti Fabri, in Thes. rer. Suevic. Volum. IV. Diss. XV. §. 8. pag. 186. seine historiam Suevorum aber 2. Jahr hinnach, als das Lirerische Chronick-büchlein das erstemahl daselbst heraus-

herausgekommen, nemlich An. 1488. zuschreiben angefangen, und An. 1490. noch damit beschäffriget gewesen, vid. d. l. §. 12. p. 190.) schreibt daselbst L. I. Cap. 20. in pr. Reperi in quodam libro theutonicè conscripto historiam satis jocundam, sed veritati minus consonam, de origine Nobilium Germaniæ, & præcipuè Sueviæ, quæ videtur esse composita ad demulcendos aures Nobilium, & signanter Dominorum Comitum de Montfort, quorum originem principaliter deducit. Hoc autem dubium me reddit, & suspectam mihi historiam facit, quod annorum numerus & Sanctorum nomina & factorum tempora communibus Chronicis & Sanctorum legendis non concordent &c.

Franciscus Irenicus *in Exegeſi Germaniæ an. 1518. Hagenoæ in fol. editâ, Lib. III. Cap. 80. f. 87.* ubi : Sunt et privati quidam annales Suevorum, qui à Curio Romano ipsos (Duces scil. Sueviæ) deducunt. Bebelius Poeta illud irridens, à nullo, inquit, Curionis Imperatoris fieri mentionem, & anile commentum esse testatur. Nullus Imperator à rerum Scriptoribus appellationem Curionis assumsit, ut liquido constat. Gilg, oder wie er sonst genennet wird, Ægidius Tschudi von Glarus, Landtvogt zu Baden in seiner A. 1538. zu Basel gedruckten Beschreibung des Alpgebürgs, sub rubr. Die Uralt wahrhafftig Alpisch Rhetia samt der andern Alpgebirgen/ nach *Plinii, Ptolomei, Strabonis,* auch andern Welt- und Geschicht-Schreibern warer Anzeigung in 4to. schreibt : „daß von Stifftung „der Stadt Chur viel fablen von einem Römischen vertriebenen Keyser, des na- „mens Curio, fürgewendet würden, die auch etwan in truckten büchern uffgan- „gen, eine erdichte unwarhaffte matery. Dann allen erfarnen der historien „wüssend ist, daß nie kein Keyser Curio gewesen, noch vertrieben. Sebastianus Münsterus entlehnte nicht nur in seiner das erste mahl A. 1550. herausgekomme-nen Cosmograghie L. V. C. 191. aus dem Tschudi die nemliche Wort, son-dern bestätiget auch solches hinnach in der lateinischen Ubersetzung des Tschudischen Büchleins, so er A. 1560. sub Tit. *de priscâ ac verâ Alpina Rhetia cum cætero Alpinarum Gentium Tractu &c,* in 4. eben daselbst herausgegeben, Cap. XV. in pr. mit den Worten, daß præter figmenta & nænias in istis Annalibus Lireri nichts enthalten seye.

Johannes Stumpff in seiner Schweitzer Chronick, welche das erstemahl im Jahr 1546. ediret worden, will Lib. V. C. 19. behaubten, „diese Lirerische „Chronick seye allein dem Adel zu hofieren ohn einigen grund der wahrheit gedich- „tet, und könne er dieselbe nit in einem stuck mit den warhafften alten büchern „gleichförmig finden; und L. X. C. 16. in pr. „Diese Lirerische Chronick seye „nit ein Chronick sondern ein fabelwerck, durch einen höfflichen schmeichler er- „dichtet. Ingleichen auch GOLDASTUS, wann er in seiner A. 1606. erst-mahls heraus gekommenen Collectione Script. rer. Alamannic. T. I. P. I.

in

in Cunradi Fabariensis Casus ad verba: *Castrum potuisset obtinere cum Burgo* *Wile.* schreibet: Castrum scil. Tokkenburg, de cujus origine suaviter nugatur nugivendus ille & ferrei oris scriptor, *Thomas Lyrer Ranckwilensis* in Chronico Sueviæ, quæ tota, quanta quanta est, fabulis constat & mendaciis consutis, ut non injuria ad demulcendum aures Nobilium compositum scripserit *Felix Fabri* Dominicanus Vlmensis, *Hist. Suevic. L. I. C. 20.* & mendacissimum Scriptorem appellet Vir Nobiliss. *Johannes à Schellenberg, Hyffinge, Stouffe & Randeckiæ Dominus.* It. Tom. II. P. 2. in Catalogo Script. in fin. ubi: *Thomas Lyrer Ranckvvilensis numerum Scriptorum Alamannicorum facere posset, si absque fabulis esset, quibus totam suam historiam inquinavit. Tradit plerorumque omnium superioris Alamanniæ Comitum & Baronum origines. Vixit circa annum 1200, ut ex narratione ejus colligitur.*

Und diese so gar widrig= und ungemäßigte Beurtheiligungen, welche einer dem andern ohne genauere und gründliche Untersuchung nachgeschrieben, und damit dieser Schwäbischen Chronick gar allen fidem abgesprochen, sind ohnzweifentlich die wahre Ursachen, warum dieses Büchlein so frühzeitig in Verachtung und endlich gar in Vergessenheit gerathen, da doch der erste Censor, nemlich F. Fabri angeführten orths selbst noch beygefüget: multis signis notare possum, quod historia prædicta non est omnino conficta & absolute falsa, sed in rebus gestis est vera quidem, aliam tamen colorem & alia tempora assignat & alias causas. Æstimavit enim compositor, quod nemo cum industria lecturus esset eam, ideò honestius quo potuit rem facti coloravit alio tempore & causis, quod ei indulgemus, quia possibile est mihi simile contingere. Der= gleichen signa und Beweiß hat auch Fabri in der nemlichen Schwaben Historie und derselben L. I. C. XI. würcklichen beygebracht, als: vom H. Theonesto und seinen Gesärthen Vrso und Albano, ingleichem von der in Vten Seculo erbauten Kirchen in Kirchberg 2c. sonderlich aber von den Begebenheiten Kaysers Conradi, des Grafen Lupolts von Calw, Hertzog Heinrichs von Schwaben und des Römischen Königs Henrici, wie auch von Erbau= und Stifftung des Closters Hirschau, und mehr andern, welche er daselbst mit gleichen Umständen und von gleicher Zeit erzehlet, wie sie in der = dem Literischen Geschicht=Büchlein an= gehängten Chronick ad annum 1025. erzehlet werden. Und obzwar Crusius d. l. den Lirer hominem idiotam & indoctum nennet, so sagt er doch P. II. L. 9. zu Anfang des 16ten Capitels von ihme, „er habe geschrieben, so gut er „gekondt, oder wie er gewolt, übrigens habe er keine Zeit=Rechnung beobachtet, „sondern vielmehr alles verwirret, daher er in vielen Stücken keinen Glauben „meritire, sondern vor gantz ungeschickt zu achten seye. Deme auch der Wür= tenbergische Rath und Professor D. Jo. Vlrich Pregizer in Suevia S. ad an. 1133. beystimmet in verbis: eodem anno *Thomas Lyrer* Ranckwil. sub ditione Rhætica Veldkirchensi, Germanicum rerum Suevicarum Chronicon descripsit, qui fuit Idiota, & scripsit ut potuit vel voluit, tempora non ob-
servavit

fervavit & confudit, ineptus & in pluribus non fide dignus, uti recte judi-
cat de illo Crusius l. c. C. 16. ubi tamen auctorem hunc, cum multorum
Nobilium in Suevia familiarum multorumque ibi locorum & rerum geſtarum
meminerit, non plane abjiciendum putavit.

Es ſeind aber auch noch mehr andere, die Lirern und ſeinen interpolatori-
bus in gewiſſer Maß das Wort ſprechen ; des Andreas Knichens *in Tr. de jure
territ. C. IV. n. 172. & 318.* des Martini Mageri *in Tr. de Advocatia armata
C. XI. n. 84,* des H. Conringii *in Cenſura Diplom. Lindav. C. XIV. p. 268.* W.
E. Tenzelii *in Vindicat. ejuſd. Hiſt. C. XII. n. 12 p. 280.* des Gabriel Bucelini
in Chronologia Rhætiæ Sacra & Profana ad an 133. p. 47. ubi : Lyrerum , ſcri-
ptorem mente & ſtylo ſimplicem , etſi multi nihili faciant, *Brombachius* ta-
men & plures alii non omnino abjiciendum exiſtimant, ſed aurum è ſcoria
extrahendum & ſeparandum eſſe. und mehr andern nicht zu gedencken, hat
inſonderheit B. Heiderus in ſeinem groſſen Opere Apologetico oder in den ſo ge-
nandten Actis Lindav. eorumque documentis Lit. aaa. p. 611. ſqq. ex pro-
feſſo ſich die Müh gegeben, in einem beſondern Diſcurs zuerweiſen und darzuthuen,
daß in dieſem Schwäbiſchen Geſchicht- und Chronick-Büchlein mehrerley pun-
cten gefunden würden, welche an ſich ſelb (obwohlen etwan an der Zeit und
anderer Umſtände halber verſtoſſen) mit andern beglauten Geſchichtſchreibern ge-
nugſam übereinſtimmeten. Deme ich dann auch billich *in Bibl. ſcript. rer. Suevic.
Sect. II. p. XIII.* meinen beyfall in ſubſtantia dahin geäuſſert, non omninò ſper-
nendum, nec omni fide hiſtorica privandum eſſe Chronicon hocce Suevicum,
maxime in rebus, quæ vel in vita ipſius vel non adeò longe ante ipſius æta-
tem in Suevia geſta ſunt, & cum aliis quoque Authoribus & Annalibus pro
ratione temporis & circumſtantiarum conveniunt.

Und deme iſt auch allerdings alſo : dann obſchon der erſte Theil dieſes Büch-
leins nicht in Form einer Chronick geſchrieben, ſondern vielmehr die Geſtalt einer
ganz unformlichen rapſodie und eines Miſchmaſches von allerhand, nullo plane
ordine vel temporis rerumque geſtarum ratione habita, erzehlten Schwäbi-
ſchen Geſchichten und Legenden hat, ſo iſt doch deßwegen denſelben nicht gar
aller fides abzuſprechen, beſonders in Anſehung der jenigen Hiſtorien, welche
entweders zu lebzeiten des Lirers und ſeiner nachgefolgten Interpolatorum oder
nicht gar lang vorher geſchehen, und in den Haubtumſtänden gleichwohl mit an-
dern glaubwürdigen Scribenten übereinkommen, und nur etwan der Zeit und
der neben Umſtänden halber differiren. Zumahlen Lirer am Ende bezeuget,
„daß er dieſe dinge den merern tail ſelbſten geſehen, und auch viel an frummen
„leuthen erfragt und erfahren, an wahrhafften herren Rittern und Knechten,
„die Ihn des gar warlich underricht ꝛc. aber auch billeicht manche Fabel und
manchen Bären angebunden haben.

Dieſes

Dieses nun ex Libello ipso mit ein und andern Historien zu beleuchten, so wird allvorderist dem Lirer als eine pur lautere Fabel und lähres Gedicht aufgebürdet, daß ein Kayser, Nahmens Kurio, A. C. 104. durch die Predigt des H. Manns Theonesti zum Christlichen Glauben bekehret, und deswegen von seinem Bruder Antiocho und dem Rath zu Rom genöthiget worden seye, mit seiner Gemahlin Docka, 4. Brüdern, 3. Töchtern, 8. Söhnen, und vielen vornehmen Geschlechtern von dar zu weichen, und sich über das Hochgebürg Teutschland wärts gen Dalfatz in Pündten zu salviren, allwo er so wohl als in andern Alemannischen Gegenden viel unterschiedliche Vestinen, Castelle, Schlösser, Städt und Clöster vor seine Söhne erbauet habe, von deren Nachkommen die Grafen von Rotenfan, von Montfort, von Tübingen, von Werdenberg, Feldkirch, Bregens, und mehr anderer Adelichen Familien in Schwaben entsprossen seyen. Ob nun zwar zu Zeiten Julii Cæsaris die Curii oder Curiones von Geschlecht vornehme Römer gewesen, so findt sich doch nicht, daß jemahls ein Kayser weder dieses noch seines Bruders Antiochi Nahmens gewesen seye, und scheünet dahero allerdings, daß der ungelehrte Author das Wort Imperator pro Cæsare oder Kayser, und nicht pro Duce oder Heerführer genommen, und diesen Unterschid verstanden habe. Fr. Irenicus angeführten Orths schreibet, Curio Proconsul quidam seye schon zu Pompeji Zeiten quà primus Romanorum Imperatorum omnium an die Donau gezogen, wie Festus Ruffus, Aurelius Victor & Justiniani Cæsaris enarrator copiosissimè bezeugeten; her entgegen erzehlet F. Fabri in Hist. Suev. Lib. I. C. 31. daß erst nach Christi Geburt 44+ der fürnehmste unter dem Adel zu Rom, Nahmens Curio, non multum dissimilis Curioni, von welchem Cæsar. 3. Comment. Meldung gethan, mit Hülff und Rath Papsts Leonis und des Bischoffs Theonesti, den Römischen Verfolgungen zu entgehen, mit seiner Gemahlin Docka, 4. Brüdern, 8. Söhnen, 3. Töchtern und vielen Befreundten, und starckem Troß von Rom iu die Pündt gewichen seye, allwo er das Volck durch den H. Lucium schon längst bekehrt angetroffen, und viele Schlösser und Vestinen auf denen Gebürgen gebauet habe, wo noch die ruinen von den stärcksten Mauren zu sehen, von diesen edlen Römern aber der meiste Adel in Schwaben entsprossen seye ꝛc. Dahero auch Bucelinus in vor allegirter Chronologia Rhetiæ ad A. C. 133 schreibet: Certum est, Curios Romæ & opibus & auctoritate valuisse, & forte hoc temporis fuerit aliquis vel Rhætiæ Præses, vel exercituum Rhæticorum Dux, cujus ab nomine, uti Augusta ab Ælio Hadriano Ælia, sic et Curia à Curio sit cognominata. Und ad A. C. 135. quod haud improbabile censeri debeat, quod de Curio Lirerus scripsit, vel quod ipso annuente seu dissimulante Christi negotium promotum sit in Rhatia, vel quod ipse Christiana Sacra amplexus de provincia plurimum meruerit, cum simplicis ingenii Scriptori & rebus gestis pluribus Sæculis propiori adstruenda sit potius fides, quam in dubium vocanda, nedum detrahenda.

So meldet auch unser alte Schwäbische Lirer im sechsten Abschnitt, daß Kurio unter andern ain Waidenliche starcke Vesten gebauet, und dieselbe nach seiner Frauen Docka nahmen Dockenburg genennet, und mit ihr daselbst residiret habe, allwo er A. C. 172. gestorben, und in der von ihme ebenmäßig ohnweit davon im Thurgow erbauten Kirchen oder Closter Fischingen begraben worden seye. Welches nicht gar ohne grund seyn muß, weilen viele bewährte besonders Schweitzerische Scribenten bezeugen, daß die Graffschafft Toggenburg vor zeiten eigene Grafen von gar altem und vornehmen Stammen gehabt, F. Fabri aber noch weiter geht, und austrucklich schreibet, daß sie Docca, Curii eines fürnehmen Römers Frauen abstammen; wiewohl der sonst bekandte Schul-meister von Lucern Oswald Myconius von der im wappen geführten Deggen schlüssen will, daß diese Graffen ursprünglich aus Engelland hergekommen seyen, wann er in Comment. Philolog. Hist. ad Glareani Carmen seu Descriptionem Helvetiæ in Thes. Hist. Helvetic. p. 9. ad Voc. *Doggius.* also schreibet: *Doggios lingua nostra Doggenburger appellamus à Dogg, vocabulo Anglico, quo Canis significatur. Ferunt enim Doggii canem in insignibus. Non nescimus, quid de hoc nomine referat Historia Suevica (Lireri nempe) Dein à quibusdam Tuco-niam regiunculam Ipsam nominatam. Sed quam apte, videant Ipsi.* Wie dann auch nach Zeugnuß Stumpfii und andern das Closter Fischingen für das älteste Closter in der Schweitz gehalten, und dessen Anfang von dem schwären Verfolgungen der Römischen Kayser wider die Christen hergeleitet wird; Wie hievon in Idea S. Congregationis Helveto-Benedictinæ edit. St. Galli 1702. in fol. & in Lexic. Hist. Univers. Basil. sub hoc articulo mit mehrerm nachgesehen werden kan.

Theonestus oder vielmehr Theomnestus ware sonsten Bischoff zu Philippis, aber zur zeit Kaysers Theodosii und mit end des IVten Seculi vom Mayländischen Bischoff Ambrosio nebst dem H. Albano nacher Augustam in dem Land der Vindelicier und Rhætier (allwo sich Kurio anfangs aufgehalten) verschicket worden, um diese Lande von der Arrianischen Ketzerey zu reinigen. Wie dann Lirer selbsten auch im zweyten Abschnitt des Albani gedenket, daß er ein Brubers sohn des Apollomor, wolte schreiben des Appollodor gewesen, und als wohlgelehrt und guter Christenman nacher Dalsaz zum Kurio gekommen seye. F. Fabri aber hievon deutlich schreibet in gemeldter Schwäbischen Historie L. I. C. XI. Anno Domini 444. vel paulo minus vel plus venit in Sueviam *S. Theonestus* cum *Urso* & *Albano*, & aliis discipulis, pulsi de Macedonia ab Arrianis, & Sueviam jamdudum ad fidem conversam invenerunt hæresi Arriana depravatam, pro cujus extirpatione laborabant. Unde etiam *S. Ursus* in Augusta Sueviæ occisus fuit ab hæreticis, & *S. Albanus* in Moguntia A. D. 455. Wie auch Crusius d. l. Lib. VI. Part. I. C. 6. p. 169. Illo tempore, i. e. Imp. Theodosii, legitur S. Ambrosius, Mediol. Episcopus, Augustam Vindelicam ab Arianorum hæresi repurgandi causa, S. Albanum & quendam

Phi-

Philippensium Episcopum, Theomnestum, misisse. Quibus severè in eos errores invehentibus, Arianos se vehementer illis opposuisse, ac quendam ipsorum Comitem, Ursum, occidisse. Albanum & Theomnestum inde Moguntiam profectos, ibi etiam contra Arianam hæresin acerrime pugnasse, donec uterque martyrii coronam acceperit.

Es wird zwar auch dem Lirer gemeiniglich, doch zur ungebühr, beygemessen, daß die Fabel von seinem Kayser Kurio ein und andern Geschichtschreibern der neuern Zeiten Anlaß gegeben habe, die Erbau- und Stifftung der Stadt Chur diesem erdichteten Kayser zu zuschreiben, Lirer aber gedencket dessen mit keinem Wort. Dahero auch die mehrere den Ursprung und Nahmen dieser Stadt vom Kayser Constantio, Constantini M. Sohn, mit weit besserm Grund herleiten, und demselben die Erweiter- und Benahmsung dieses Orths zuschreiben, als welcher schon lang vor seiner Zeit da gestanden, und Ymburg oder Ebodurum genant worden. Wie dann am wahrscheinlichsten ist, daß schon vor Christi Geburt dieser Orth als eine von den fruchtbarsten und gelegensten Gegenden von den alten Rhätiern, und hinnach von dem Römischen Landpflegern, endlich von Constantino selbst je zu Zeiten bewohnet, und Curia im teutschen, Hoff, benahmset worden seye, allwo die Bischöffe noch biß auf den heutigen Tag ihr Hofflager oder Hoffstatt haben, und dahero der Hoff genennet wird. Conf. Tschud. de Rhætia Alpin. Cap. 15. Strumpf. Hist. Helvet. L. X. C. 16. Crusius in Annal. Suevic. L. V. Part. I. C. 4. p. 139.

In dem nemlichen Abschnitt erzehlet Lirer, wie St. Lucius, ein gebohrner König der Schotten oder Britten, schon vor dem so genandten Kayser Kurio, in eben dieses Land gekommen, eine Zell und Kirche in dem Gebirg erbauet, und viele Wunder allda gethan habe; welches auch andere Historici, in specie mehrallegirter Tschudi und sein Epitomator Münsterus, it. Strumpf. L. X. C. 15. und mehr andere mit deme bestätigen, daß St. Lucius nach Christi Geburt 176. Jahr zu des Papsts Eleutherii und der Kaysere Marcii Antonini & Lucii Veri Zeiten, um Christlichen Glaubens willen sein Königreich verlassen, und ins Rhätier Land gekommen seye, dahero die St. Luci-Staig und die erste Capell bey Chur annoch den Nahmen habe. Wiewohl andere diesen ersten Apostel in Rhätien vor des Apostels Pauli befreundten oder vor des Simonis von Cyrene Sohn ausgeben wollen, von welchen in Epist. ad Romanos Cap. XVI. v. 21. & Act. Apost. Cap. XIII. v. 1. Erwehnung geschicht. vid. etiam Guler in Rhætia L. III. f. 33. b. Crus. Annal. Suevic. L. IV. P. I. C. 8. p. 83. & P. II. L. 10. C. 4. in f. und ins besondere Job. Bapt. Plantinus in Helvetia antiqua & nova, Cap. XXI. in Thes. Hist. Helvet. p. 39. ubi: „ circa A. C. CLXXVII. Lucius „ quidam ad Christianismum conversus (hunc Britanniæ Regem fuisse, fin- „ xit Sigismundus religiosus in Chronico Augustano) in Rhætia & Tigurino „ pago strenuum se Evangelii præconem gessit, ibique martyrio affectus est, „ referente

„referente Guillim. & Münſtero L. III. ſcribit aliter *Aventinus*, antiquitatis
„diligentiſſimus inveſtigator *in Annal.Bojor.* Lucium Cyrenenſem Pauli com-
„militonem & cognatum in Vindelicia, Rhætiis, provinciisque Hiſtro con-
„terminis, Chriſtianæ pietatis ſementem feciſſe.

Nicht minder bezeugen vorerwehnte Rhätiſch Geſchichtſchreiber Tſchud. d. l.
Cap. 11. & 12. Guler. L. I. fol. 4. & L. III. fol. 26. b. Cruſius d. l. Lib. II.
P. I. Cap. I. p. 25. und andere, daß die Römiſch-oder Welliſch-und alt Rhä-
tiſch-oder teutſche Sprach, und das Land an der Art i. e. in der Gegend der
Stadt Chur in den Thälern, welche biß an den Bodenſee herab gangen,
Churwälſch und Churwahlen genennet worden ſeyen, und noch alſo genennet
würde.

In folgenden Abſätzen erzehlt Lirer ſowohl das Geſchlecht-Regiſter von
Kurionis Söhnen und Nepoten als alle die jenige Veſtinen, Schlöſſer, Städ-
ten, Land und Herrſchafften, die er ihnen erworben, gebaut und ausgetheilt, aus
welcher einzigen Wurtzel hinnach ſoviel Gräflich-und Adeliche Häuſer in Schwa-
ben entſproſſen, und von den Nachkömlingen fortgeflanzet worden. Welche
bannenhero um ſo weniger vor abſolute falſch und erdichtet angeſehen werden können,
als ſelbige guten theils aus Lazii Genealogiſchen Tabellen deren Grafen von
Montfortt und Rotenfan, Bregenz, Veldkirch, Werdenberg, Herrenberg und mehr
andern beleuchtet, und wenigſtens nach den Haubtumſtänden verificiret werden
köndten. Und ſchreibet Gabriel Bucelin. d. l. ad A. C. 811. hievon alſo:
Montfortiorum Comitum celebre ſub Carolo M. nomen in tota Germania in-
notuit, & potentia per Rhætiam crevit, uariis hoc tempore arcibus con-
ditis. Quæ cauſa multis fuit opinandi, ſub Calolo primum è Galliis Rhæ-
tiæ immigraſſe, etſi *Lirerus* fictitio ſuo Cæſari Curioni, quod alii Carolo,
adſcribat. Wie auch Ægid. Tſchudi in ſeinem erſt neuerlich A. 1758. von Jo.
Jac. Gallati Patricio Glaron. und Pfarrherrn zu Verſchis ꝛc. ex MSCto zu Co-
ſtanz edirten Buch de Gallia Comata. L. II. P. I. C. 2. §. 7. p. 293. in ver-
bis: „die untern und beſten Land von Rhätien bey dem Rhein biß an Bodenſee,
„Sarganſer-Land, Werdenberg, Vaduz, Eſtnerberg, Veldkirch, Walgäw,
„Rheinthal, Bregenz, haben alles die gewaltigen Grafen von Werdenberg und
„Montfortt (ſo ein Stamm geweſen) eingehabt, man hat ſie im teutſch von
„Werdenberg, in welſch von Montfort genennet. Ihr Wappen iſt ein Fah-
„nen; Sie haben auch viele Veſtinen auſſert Rhætia durch angefallene Erbſchaff-
„ten eingeholt, als Tetnang, Rotenfels, Heiligenberg, Sigmaring, Tübin-
„gen, Herrenberg, in Germania gelegen, und als ſie in weite Lineas der
„Blutsfreundſchafft gekommen, haben ſie die Farben des Wappens mit denen
„Jahnen geändert.

Von

Von Curionis Söhnen werden vom Lirer nachfolgende nahmentlich an-
geführet, als:

1. Magnus von Hewen und hochen Prenz, aliàs hochen Trims. Von die-
sen Schlössern vid. Guleri Rhætia L. VII. f. 86. b.

2. Egenolf von Warthau, Gutenberg und dem thurn End am tieffen see.
Guler. ibid. fol. 211. b. & 229.

3. Anshelm von Starckenberg mit dem Rothenfan, hinnach Montfortt
genanndt, von welchem alle hinnach gemeldte Nepoten herstammen.

4. Wilpart von Luikirchen, dessen Sohn Hego starb im XII. Jahr seines
Alters, und ward sein Erb der Herr von Rothenfan.

5. Burgundus, erster Patriarch des Christlichen Glaubens, zu Kirchberg
und Reichenau. Guler. d. l. L. f. f. b.

6. Rumulus oder Romulus, der erste Christliche Herzog in Schwaben,
mit den 3. schwarzen Löwen im Schildt.

Von Curionis Enckeln werden angegeben:

1. Wolffrant Herr von Rotenfan mit dem weissen Schild.

2. Herr von Werdenberg mit dem weissen Fahn im rothen Schild. Guler.
L XIV. fol. 216. & L V. f. 64.

3. Anshelm von Reineg! und dem thurn End, mit dem schwarzen Fahn.

4. Henrich von Schellenberg mit dem weissen Fahn im schwarzen Schild.
Guler. L. XIV. f. 219.

5. Wilhelm Pfalzgraff von Tübingen, mit dem rothen Fahn im gelben
Schild.

6. Ruland s. Roland, Herr von Herrenberg, mit dem gelben Fahn im
rothen Schild.

Von diesen Montfortt- oder Rotenfanischen Graffen ist auch nachzusehen
Crus. Annal. Saevic. L II. P. III. C. 10. p. 82. sq.

Ob und in wie weit aber die Historien vom Patriach Burgundo, von dem heidnischen Hertzog in Schwaben Saturnino, von Kurii Sohn Rumulo, dem ersten Christlichen Hertzog in Schwaben, und mehr andern Grund haben oder nicht, läßt man dahin gestellet seyn, wenigstens äusert sich in andern Schwäbischen Chronicken und Geschichtschreibern, von dergleichen Nahmen und Historien nicht die mindeste Spur; ausser daß zu Zeiten des Kaysers Probi ein Saturninus von nation ein Gallier gewesen, welcher von den Römischen Soldaten in Orient zum Kayser aufgeworffen, aber darüber in Palestina erschlagen worden. vid. Crus. d. l. Lib. V. P. I. C. 6. p. 118. sq.

Was hingegen Lirer in dem IVten Abschnitt von dem Castell Bolando und der Kirchen zu Luikirchen meldet, davon schreibet Merian in Topographia Sueviae, Voc. Leutkirch. „auf dem Hochberg nächst bey dieser Stadt, soll vor Zeiten „ein Schloß, zum Rotenfan oder Bolanda genannt, gestanden seyn, welches „der Römer Wilpart, eines Römischen vertriebenen Herrn, des Curii (den „Thomas Lirer in seinem Schwäbischen Chronico einen Kayser nennt) vier-„ten Sohn, gewonnen, gebauet und Leutkirch soll genandt haben. Und ist ver-„muthlich, daß die erste Kirch daselbst ist gebauet worden, alß das Schwaben-„land zu dem Christenthum ist bekehret worden. Wie dann auch von der Kirch auf Kirchberg, welche der Patriarch Burgundus erbaut haben soll, F. Fabri in mehrberührter Suev. Hist. L. I. C. XXI. schreibet, daß sie zu eben der Zeit, da Theonestus, Ursus und Alvanus in Schwaben den Christlichen Glauben gepre-diget, gebauet worden seye, davon die Jahrzahl selbiger Zeiten, nemlich 444. in einem Stein gehauen noch daselbst gefunden werde; wie auch gedachter Me-rin. d. L in Appendice p. 61. Voc. Kirchberg. „er habe in einer geschriebenen „Chronick gelesen, daß An. 455. diese Kirch oberhalb Wiblingen neben dem „Schloß gebauet worden seye, welches noch ein ausgehauener Stein in der Kir-„chen anzeige. Pirckheimer und Bertius halten diesen Ort für der alten Via-„na. Soviel ist gewiß, daß die Graffen von Kirchberg uralten Herkommens, „von welchen ehemahls die beeden Gebrüdere Otto und Hermannus das Bene-„dictiner Closter zu Wiblingen gestifftet. vid. Lucæ uralter Grafen-Saal. „pag. 343.

Die in dem VIten Abschnitt dem Patriarchen Burgundo besonders zu ge-schriebene Stifft und Erbauung der so genandten seligen Reichenaw ist ebenmä-ßig eine Legende, welche in der Historie nicht den mindesten Grund zu haben scheinet; Immassen ältere und jüngere Historici aus einem in Bibliotheca pu-blica Lindav. noch unversehrt vorhandenen und schon von B. Heidero allegirten Chronico Diuitaugensi einhellig behaupten, daß diese in dem Zeller-oder nie-dern Bodensee gelegene Insul zur Zeit Königs Dagoberti von einem Fränckisch-Burgundischen Grafen (woher Lirer sonder zweiffel des Kurionis Patriarchen Burgundum genennet) mit Nahmen Sintlas besessen, von ihme die Sindels-

P   Au

Aw benennet, und durch deſſen Vorſchub um ohngefehr das Jahr 724. von S.
Pirminio ein Kirchen und Cloſter dahin gebauet, dieſer auch zum Abt daſelbſt
verordnet worden ſeye. Es iſt dieſe Reichenauiſche Chronick von Gallus Ohem
wehl. Caplan des Gottshauß Reichenow zu Ende des XVten Seculi und erſt
nach edirung des Lireriſchen Chronickbüchleins verfertiget, und dem damahligen
Prælaten und Abten, dem letſten Grafen von Weiſſenburg dediciret, und in
3. Theil abgetheilet worden. Der erſte handelt von den Stifftern, Kaiſern,
Königen und Herren, ſo ihre Gottsgaben dahin geopffert haben. Der zweyte von
den Regierern und Aebten, und der dritte von des Gottshauſſes geiſt- und welt-
lichen Freyheiten, auch der Fürſten, Edlen und andern ehrlichen Dienſt- und Le-
henleuthen, mit all derſelben nach der blaſon gemahlten Schild- und Wappen.
Und im übrigen an alten Schreib- und Redens-Arten, an Anfangs-Buchſtaben,
wie auch rubriquen mit mennig und anderm, jenem Lireriſchen Chronick-Büch-
lein faſt durchgehends gleich.

Es ſchreibet aber gedachter Author hievon ſo gleich im Anfang: „Iſt mir
„ohngefehr ain tütſche cronic von Kaiſer Kuri ſagend zuleſen worden, dieſelbig
„Cronick dann under anderm vßwiſt, wie Kaiſer Kury in den jaren hundert und
„vier gezalt durch verjechen chriſtenlichs globen vertriben, ainen ſun Burgun-
„dum genant, ain erſten patriarchen gehept. Der dann zum erſten die Kichen
„Otve geburwen vnd alda gewonet habe. Wiewol nun die cronic liepplich vnd
„kurtzwilig (beſonder dem Adel zu Schwaben) zeleſen iſt. So kan ich doch ſy
„mit den latiniſchen Hiſtorien vnd cronicka nit mit der warhait vberbringen wann
„die latiniſchen von kainem kaiſer kury genant ichtzit ſetzend. Darum lanß ich
„das tütſch fallen, vnd ker mich zu dem latin. Der ſeligen Kilchen richenowe
„erſind ich zwen, ainen in der Gaiſtlichhait Priminius vnd den andern in der
„Weltlichhait karollus martellus genannt anfenglich Stiffter. By vnd vmb die
„jare als man von Chriſtus gepurt ſiebenhundert vnd vier vnd zwainzig zalt
„(im Mertzen iſt der erſt ſtifft brieff geben, der noch im Gotzhauß iſt) iſt in
„hochturſchen Landen vnder der ſtatt Coſtentz an dem ringepirg des landes Tur-
„gow vff dem ſchloſſ Sandeck ain hoch edler man ein Land Vogt der kron franck-
„reych mit namen Sintlas geſeſſen. und ſo weiter.

Jedannoch aber bezeuget Bruſchius (welcher vermuthlich von dem 50. Jahr
vorher heraus gekommenen Lireriſchen Chronick-Büchlein keine Wiſſenſchafft ge-
habt, weil er deſſen in ſeiner Monaſteriologia nirgends gedencket) ſub Art. *Augia
Dives.* gleichergeſtalten wie Lirer bey dieſem Artickel, daß dieſes uralte Gottes-
hauß anfänglich allein vor Fürſten, Graffen und Freyer Herren Kinder (mit
Ausſchluß der Rittermäßigen und Burgers-Söhne) geſtifftet worden ſeye, mit
dem inſtituto, daß ſie in demſelben wohl erzogen und unterwieſen, hinnach aber
ihnen frey geſtellet werden ſolle, prodire iterum, & vel uxores ducere, vel
aulas Principum & militiam ſequi; oder wie ſich Lirer ausdruckt: „daß ſie
„Gaiſt-

„Gaißliche zucht und die bücher lerneten, biß sie zu ihren tagen kämen, so möch-
„ten sie dann Gaistlich werden, ob sie wolten, oder in die welt kommen rc.
deßwegen auch Gabriel. Bucclin. *in Aquila Imperii Benedictina p. 243 Edit. Ve-
net. de A. 1651.* graphice schreibet: Augiense Monasterium septingentis & am-
plius annis solis ferè Principibus, solis omninò illustribus patuit, neque
monachos solum sanctè instituit, sed plerosque Sueviæ Proceres juvenilibus
annis excepit, aluit optiméque institutos communi Patriæ & Imperii bono,
in aream orbis, cœlo terrisque spectandos eduxit. Wie ingleichen, daß alle
Zehenden und Nußungen der Stadt Ulm von Carolo M. und seinem Vatter
Pipino dahin vergabet worden seyen. Wiewohl die Unrichtigkeit des von Nau-
clero, Crusio, Magero und andern hierüber zum Vorschein gebrachtem Dona-
nations-Diplomatis Caroli M. von Conringio, Tenzelio und erst neuerlich
von Hæckelio Ulmensi in seiner unter dem Vorsiß weyl. Herrn Prof. Buders
in Jena abgehaltenen Diss. Inaug. de Diplomate supposititio, quo Ulmam
Villam Regalem à Carolo M. Anno 813. Cœnobio Augiensi donatum, asser-
tum fuit 1755. genugsam dargethan worden. Die im VII. §. den Lirern er-
zehlte Begebenheit der Cleophæ, des Curli Tochter, und seines Caplans, hat
auch Joh. Wolff, als eine historische Wahrheit angenommen, wann er in sei-
nen Lect. memorabil. Tom. I. fol. 903. schreibet: Imperator Cono præcipi-
tem per muros dejecit filiam suam deprehensam apud Capellanum.

Beym Xten Absaß ist anzumercken, daß D. Achilles Gassarus dem Lirer
ebenmäßig beygestimmet und geschrieben, es habe Feldkirch um die Zeit Papsts
Gregorii M. Vawenfeld geheissen, nachdem aber dieser Ort vom Christlichen
Glauben abgefallen, und durch seinen Herrn den Grafen von Rotenfan oder
alt Montfortt mit Hülff eines Herrn von Schwaben wider bezwungen worden,
habe man es erst Feldkirch genennet. vid. *Münster.* Cosmogr. L. V. C. 200.
Luce in des H. R. Reichs uralter Graffen-Saal. P. I. p. 687. *Prugger.* Feld-
kircher Chronick §. 1. p. 5. Ingleichen daß nach Zeugnuß ejusdem *Münsteri* ib.
C. 274. das Schloß Teck vor Zeiten geheissen habe Weck, deswegen die al-
ten Besißere desselben getheilte Wecken in ihren Wappen geführet hätten, nach-
dem aber einer von diesem Geschlecht den Christlichen Glauben angenommen, und
eine Kirche daselbst gebauet, seye derselbe von den Christen als Herßog von Teck
verehret worden; wiewohl andere die erste Grundlegung dieses Schloßes dem
Kayser Probo oder den Tectosagen zuschreiben wollen. vid. Crus. Annal. Sue-
vic. P. III. L. I. C. II. de etymologia nominis *Eck & Deck* seu *Teck.* derselbe auch
eod. Cap. II. meldet, daß Albert, Herr von Teck am allerersten die Herßogli-
che Würde erhalten, und im Jahr 1175. unter Kayser Friderich dem ersten ge-
lebet habe. S. auch Christ. Frid. Sattlers Geschichte des Herzogthums
Württenberg rc. Ersten Absaß §. 7.

Wegen

Wegen Helffenstein ist nicht minder ohnstrittig, daß es ein uraltes Schloß in Schwaben gewesen, davon die alten Grafen von Helffenstein sich geschrieben, von einem Elephanten, wie Crusius P. III. L. I. C. 11. *Spenerus in Hist Insign.* L. I. Cap. 35. §. 9. & 10. p. 247. und mehr andere melden, und dahero auch nach Lirers Vorgeben einen Elephanten, oder Helffanten, wie man es hiebevor geschrieben, im Wappen geführet haben, auch von andern Historicis die Grafen an der Dilß genennet worden; von welchen Burcardus, Hugobaldi Comitis Dillingensis Sohn, vid. *Laslus de migrat. Gent. L. VIII. p. 425. & in Genealogia Comitum Helpbenstein.* pag. 427. oder wie andere wollen, Ethico Warini Sohn, aus dem Agilolphingischen Stammen, dieses Schloß oder Veste in faucibus montium erbauet hat. Wie man dann auch finde, daß Graf Friderich dem ersten Turnier zu Magdeburg und dem zweyten zu Rotenburg an. 942. beygewohnet. vid. *Spener. d. l. §. 1. pag. 145. & Luca* Graffen = Saal. P. I. pag. 995.

In dem XIten Absatz narriret zwar Lirer, wie Hertzog Rumulus eine Veste des Nahmens Bienburg, darinn die Cantzley des Landts zu Schwaben seyn sollen, und nahe dabey eine schöne Kirche in der Ehre St. Johanns, samt einer Wohnung mit Reben, Gärten und mengerhant Früchten erbauet, und es Weingart, und das Dorff darunter Altdorff genennet habe. Welches alles aber in der Historie keinen Grund zu haben scheinet, indeme weder von der sogenandten Veste Bienburg noch der Altschwäbischen Cantzley einige vestigia anzutreffen, dem Gottshauß Weingartten auch von bewehrten Historien Schreibern ein gantz anderer Ursprung zugeschrieben wird, als welches von seiner ersten fundation an nicht Weingarten sondern Altomünster geheissen; dann A. 743. solle nach Mabillons und nach der meisten teutschen Scribenten Meinung An. 720. der H. Alto, aus dem König!. Schottischen Geschlecht, durch vorschub des Majoris Domus und nachmahligen Königs Pipini zuerst eine Zelle daselbst erbauet haben, die dieser König hernach erweitert, zu einem Closter gemachet, und demselben den Nahmen Altomünster gegeben, auch den gottseligen Altonem zum ersten Abt darein gesetzet, A. 776. aber in dem Flecken Altdorff daselbst ein Frauen Closter gestifftet, und A. 879. mit Altomünster vereiniget. Womit dann auch der Weingartische Asceta und Historicus Buccelinus *in Germania sacra.* P. II. fol. 92. und Raderus *in Bavaria s.* Vol. I. fol. 68. wohl übereinstimmen. Des Bruschii sub. Rubr. *Vinearum Monasterium* fol. 158. de Monast. Germ. beygebrachte Legende von der Irmentrude und ihrem Gemahl Isenbardo, Warini Graffens von Altdorff Sohn, welche zu den Zeiten Pipini und Caroli M. zur Danckbarkeit vor die Wunderbarliche Erhaltung ihrer gebohrnen eilff Söhnen den Grund zu diesem berühmten Gottshauß geleget haben solle, läßt man dahin gestellet seyn, weilen Bruschius selbsten gestehet, daß er diese Geschichte nicht aus alten Schrifften sondern ex relatione non falsa multorum Senum, die es von ihren Voreltern gehöret und erfahren, entlehnet habe. Doch
ist

ist gewiß, daß dieses reiche und ansehnliche Closter nicht von einem Schwäbischen Hertzog Rumulo, sondern von den Altdorffischen Fürsten und Graffen, und ins besondere von Welphone IV. reichlich dotirt und mit Gütthern begabet worden seye. Dahero Goldast. *in Gloss. ad Heppidani Annales Cap. II. in Collect. Script. rer. Alamannic. T. I. P. I. p. 105.* wohl anmercket: Videntur Warinus & Ruadhardus, Cameræ nuntii, quos vocat Ekkehardus, ejus stirpis fuisse, unde postea Guelfi nati sunt, Comites Grauenspurgenses, quorum quartus monasterium Altorfense, quod hodie Weingarten, fundavit, teste *Conrado Vrspergens.*, quem non videtur legisse nugacissimus & imprudentissimus Scriptor *Thomas Lyrer*, fundationem ejus ad Romulum Regii generis Romanum referens.

Deren 4. Aemter des Hertzogthums Schwaben, als: der Truchsässen von Waldburg, der Schencken von Rabrach, der Marschallen von Marcktdorff und der Cämmerer von Kemnat, welche nach Lirers Bericht in dem nemlichen Abschnitt von Hertzog Rumulo eingeführet und verordnet worden, gedencken zwar auch andere Historici, ob und in wie weit aber solches so wohl in Ansehung des Stiffters als der Zeit Rechnung nach gegründet seye, muß man in Ermanglung anderer glaubwürdigen Urkunden billich dahin gestellt seyn lassen. Doch sagen die Authores des Baßl. allgemeinen historischen Lexici sub Art. Truchsässen von Waldburg. daß der Ursprung dieses alten Geschlechts in Schwaben von Gebhardo, welcher zwar nicht im IIIten wie Lirer schreibt, sondern im IVten Seculo des Hertzogs Rumelii getreuer Diener gewesen, und deswegen von ihme zum Truchsässen von Waldburg gemachet worden, gemeiniglich hergeführet werde, welches sie sonder zweiffel aus denen von Heidero in Actis Lindav. allegirten Collectaneis MSCtis des berühmten Historici Matthæi Erb-Marschalds, oder des M. Jacobi Merckens Chronick vom Bißtumb Costanz, sonderheitlich aber ex Lazii Genealogia Comitum de Druchburg p. 432. hergenommen, als welch letzterer austrücklich schreibet: Gebehardus à Rumulo quodam Sueviæ Duce legitur donatus Castro Waldburgo, cum ejus esset Dapifer, qui primis temporibus tres aureos pini botros in cœlestino clypeo gerebat, cujus posteri Ducum quoque Sueviæ insignia meruerunt, tres videlicet atros leones in aureo clypeo. Mit welchen sich Münsterus in Cosmogr. L. 5. Cap. 231. ebenmäßig conformiret, wann er daselbst meldet, „etliche hätten hievon geschrieben, daß zu den Zeiten Kaysers Constantini des ersten in Schwaben geregiert habe Hertzog Romulus, als ein Fürst des Landts, der hatte einen treuen „Diener, Gebhart genant, dem gab er das Schloß Waldburg samt der zuge- „hörigen Herrschafft, und einen blauen Schildt und drey guldene Tannzapffen „darinnen, macht ihn auch zu seinem Truchsässen, daher er und seine Nach- „kommen die Truchsässen von Waldburg genant wurden ꝛc.

Von der Veste oder Schloß Caminata, Kemnat (so Lirer Keinmerling nennet) ist bekandt, daß es in alten Zeiten ein vortrefflicher Sitz der ex Rhætia Curiensi entsprossenen Freyherren von Kemnat gewesen, welches nach der Hand an die Edlen von Benzenau in Bayern, endlich an das Stifft Kempten kommen. Crus. P. II. L. II. C. 6. & P. III. L. II. C, 7. p. 74. Lazius L. VIII. in Genealogia Camerariorum & Dapiferorum Ducatus Suevici. p. 458. Wie ingleichem, daß nach der alten Eintheilung des teutschen Reichs in Quaterniones, der Marschall von Marcktdorff, einem Städtlein in Ober Schwaben gegen dem Bodensee zu ohnweit Mersburg gelegen, eines von den vier Erbämtern des Hertzogthums Schwaben besessen habe. M. Steinweg in MSCto & Lexic. Hist. Basil. in Supplem. voc. Marcktdorff. Die Schencken von Radrach nennet Crusius Equites auratos, und referiret sie unter die benefactores Parthenonis Lewenthalensis nahe bey Buchorn. loc. alleg. p. 74.

Zu End des XI. und im XIIten Absatz erzehlet Lirer die historie vom H. Creutz, wie sich selbiges dem Kayser Constantino in dem Feldzug wider die Ungern des Nachts vor ihm presentiret habe. Die Authores seind zwar dißfalls diverser Meinung, die meisten aber behaubten, daß Christus gedachtem Constantino im Schlaff erschienen, und ihn ermahnet habe, das Zeichen des Creutzes in seine Fahne setzen zu lassen; womit Lirer in substantia allerdings übereinkommt, quoad circumstantias loci ac temporis aber von demselben abgehet, doch auch den Bischoff Eusebium anführet, und ihn einen Priester nennet, der Constantino das H. Creutz erkläret habe. Wie dann nach Innhalt des XIIIten Absatzes nicht minder gewiß, daß Helena Constantini Mutter um das Jahr 326. die H. Oerther besucht, und auf dem Berg Caluaria das Creutz Christi und die 3. Nägel gefunden, auch viele Kirchen daselbst erbauet habe.

Herentgegen scheunet die Historie des XIVten Abschnitts von der säligen Clareta, von dem Emerio, von dem Heiligenberg, dasigen Heiligthümern und Wunderwercken rc. eine pure Mähr und legende zu seyn; dazumahl die von den interpolatoribus Lireri wiewohl durcheinander und ohne einigen Unterschid der Zeit mit eingemischte neuere Geschichten immediate darauf den Anfang nehmen. Dahin gehört vorzüglich die in dem XVten Absatz eingeschaltete Begebenheit der von dem Graf Hartman von Dillingen an seinem Schwäher Ægidio von Kelmüntz verübten Mordthat, und des von der Kellmüntzischen Tochter Wilburgis darüberhin gestifft- und neuerbauten Closters Söfflingen, als womit die interpolatores einen anachronismum von mehr als anderthalb hundert Jahren begangen, weilen sie vorgeben, daß solches parricidium und die darauf erfolgte Söfflingische fundation unter der Regierung Kaysers Sigismundi geschehen, und der von Dillingen von diesem Kayser solcher That halber bestraffet worden seye, wie er es verdienet habe; da doch bekandt, daß Kayser Sigismund ererst im XVten Seculo, nemlich A. 1410. zum Kayser erwehlet, und A. 1436.

1436. mit tod abgangen, die Historici aber durchgehends bezeugen, daß obige Mordthat und Stifftung allschon in währenden großen Inter-Regno geschehen seye; Lazius schreibet mehr angeführten O. the Lib. VIII. p. 424. *in Genealogia Comitum Dilling.* hievon umständlich also: Hartmannus VI. legitur habitasse in Vahingo oppido Würtenbergiæ, & in matrimonio habuisse Egidii Comitis de Kelmunrz filiam, Williburgim nomine, ex qua tres filios suscepit & duas filias: quorum Hartmannus VII. fuit Episcopus Augustanus, qui magnam partem Comitatus una cum Dillingensi oppido Episcopatui adjecit. Idem una cum matre Wuilliburgi castrum Seuslingen convertit in cœnobium Sanctimonialium, ubi prædicta Wuilliburgis, interfectis Patre & marito, residuum vitæ vidua transegit. Quippe cum Hartmannus VI. maritus Egidium Socerum interfecisset, ab Henrico Treuirensi Præsule locum tenente Imperii in Interregno *post mortem Chuonradini* apud Treuirim publico judicio condemnatus capite affectus fuit, circa annum 1250. — Præterea filiorum unus Hartmanni, annos vix natus quatuordecim, à cane rabido morsus interiit. Unde consternata iterum Williburgis mater habitum monasticum induit & primam egit Abbatissam in Seuelingen prope Vlmam. Quæ obiit Anno Domini 1281. Es fehlet aber auch Lazius in der Zeit-Rechnung gar sehr, weil A. 1250. Conradinus noch nicht einmahl auf der Welt gewesen, sondern erst A. 1252. gebohren worden. Wie dann auch aus dem Catalogo derer Ertzbischöffe von Trier zu ersehen, daß um das Jahr 1250. nicht Henricus von Fenstingen, sondern Graf Arnold von Isenburg Bischoff daselbst gewesen, und jener diesem erst im Jahr 1259. oder 1260. im Bistumb succediret seye. Mithin ist auch falsch und unerfindlich, wann Bruschius in seiner Monasteriologia in art. *Seflingum.* fol. 148. vorgibt, daß quæstionirtes Clösterlein schon A. 1250. von Hartmanno Grafen und Bischoff von Dillingen und Augspurg aus der Stadt Vlm nacher Seßlingen transferirt, ererst aber A. 1258. ermeldtes parricidium von seinem Vatter gleiches Nahmens verübt, und darüber von dem Ertzbischoff Heinrich zu Trier zum Tod verurtheilet worden seye; indeme weder gedachter Henricus in anno 1258. schon Ertzbischoff zu Trier und Vicarius Imperii, noch Hartmannus A. 1250. sondern Sibotho Graf von Gundelfingen Bischoff zu Augspurg gewesen, und diesem auf beschehene resignation erst im Jahr 1252. in solcher Würde nachgefolget ist.

Und dieses letztere behauptet auch Crusius *in Annalibus Sueuic.* P. III. Lib. I. Cap. XIII. p. 40. & 41. & in Libro Paralipom. Cap. V. p. 17. so wohl als daß von dieser Bischoffs Vatter, Grafen Hartmann dem VI. die Mordthat an seinem Schwähr, dem Grafen von Kelmünz, erst post mortem Conradini verübet, und von Henrico dem Ertzbischoff zu Trier abgestrafft worden seye, als werbon er letstern Orths austrucklich und ordentlich schreibet: Hartmannus Episcopus 1252. Augustanus. Patrem habuit Hartmannum (qui Vaichingæ habitavit, oppido Wirtembergiæ) & matrem Williburgam, Ægidii Kelmynczii

myntzii Comitis filiam. Calamitofa fult hæc. Nam maritus Hartmannus
Ægidium focerum interfecit, & viciffim ab Henrico Treuerenfi Præfule (poft
mortem Cunradini, ultimi Ducis Sueviæ, locum Imperii in Interregno te-
nente) Treueri publico judicio condemnatus, capitis pœnam luit. Tunc
Epifcopus Hartmannus & mater Willliburga caftrum ante Vlmam Sœflin-
genfe in cœnobium S. Virginum converterunt. Ibi ipfa reliquum vitæ con-
fumfit. Aus welchen relationen dann (andern zugefchweigen) von felbften fich
ergiebt, daß wegen diefer Kelmünkifchen Mordgefchicht die Hiftorici zwar mit
dem Lirer in den Haubtumftänden wohl übereinſtimmen, nicht aber daß diefel-
be und die darauf erfolgte translation und Stiftung des Clofters zu Seßlingen
ererft im XVten Seculo unter Kayſer Sigismund ſondern ſchon im XIIIten A.
1268. oder 1269. geſchehen ſeye. Wiewohlen anbey auch nicht zuverhalten, was
der Wettenhauſiſche Mönch Franciſcus Petrus *in Suevia Eccleſiaſtica ſub hac
voce p. 749.* aus einer *ex ipfo Cœnobio* Seffing. ihme mitgetheilten neuern Re-
lation *de prima ejus fundatione & origine* anführet, daß nemlichen diefes Clo-
fter nicht von der Gräfin Wilburgis ſondern von ihrem Ehemann Grafen
Hartman ſelbſt, mit Willen und conſens ſeines Sohns Hartmans, Di-
ſchoffs zu Augſpurg und ſeiner töchtern, der Wichildis, Gräfin von Zollern,
Wilburgis, Gräfin von Helffenſtein, und Agnetis, Gräfin von Hailigenſtein,
fundirt und erbauet auch ſchon von anno 1258. her bewohnet worden ſeye.

In dem XVI. Abfaß machet der Lyreriſche Interpolator einen gleichen
Fehler und Miſchmaſch in der Zeitrechnung, bey Erzehlung der zwiſchen Graf
Hanß von Werdenberg und Graf Heinrich von Rotenfun oder Montfort ſich
ereigneten Streitigkeiten, wann er angeführet, daß nach Abſterben Königs Sigiſ-
mundts Hertzog Ludwig von Sachſen (wolte ſagen von Bayern) zum König
gemacht, und diefer Handel unter ihme auf einem Reichstag zu Heilbronn ge-
ſchlichtet worden ſeye. Welche Richtung zwar wegen beederſeitigen Schlöffer
und Forſten (als welche mittelſt eines neuerbauten Thurns oder Schloſſes am
Rhein, ſo man Vorſteck genandt, i. e. Forſt egk, wie es Stumpf. ſchreibet,
zwiſchen Werdenberg und Altſtätten gelegen, voneinander ſeparirt worden, die-
ſer Thurn auch nach Zeugnuß Guleri in *Rætia* fol. 216. b. & ſq. anno 1488.
noch geſtanden, und von Merian *in Topographia Helvetiæ p. 19.* in Kupffer vor-
geſtellet iſt) nach Ausweiß der noch vorhandenen Montfortiſchen Archival-Ur-
kunden, an und vor ſich ſelbſt ihre gute Richtigkeit hat, die aber nicht erſt
nach Kayſers Sigismundi ſondern nach Kayſers Henrici VII. Tod, und bey
der mit A. 1314. angefangenen Regierung Kayſers Ludovici Bavari vorgegan-
gen iſt.

Im XVIIten Abſchnitt hat zwar dieſe Hiſtorie der gäntzlichen Loßkauff-
und Liberirung der Stadt Lindau von denen Graffen von Bregenz, und der-
ſelben translocirung ab dem veſten Land in die nächſtgelegene Inſul des Bo-
denſees

denſees, nicht minder ihre gute Richtigkeit, wie in denen vielfältig verhandelten Stadt Lindauiſchen Actis, ins beſondere aber aus dem in Theſ. rer. Suevic. ejusque Vol. IV. ſub N. XXII. ſub. Tit. *Lindavia in Lacu Acronio, urbs Suevia antiquiſſima.* edirten Schediasmate aufs neue umſtändlich bewähret worden iſt. Gleichwie aber auch dieſe Stadt Lindauiſche Redemtions-und transmigrations-Umſtände mit dem Alter des Lirers ſich nicht vergleichen, ſondern nach Anzeig ältern und neuern Scribenten dieſelbe erſt gegen das Ende des XIten Seculi einſchlagen. Inmaſſen hievon Beſoldus ex allegato fragmento MSCto ſo wohl als Lazius aus andern geſchriebenen Collectaneis (deren auch Beſoldus gedencket) das Jahr 1066. und 1076. angeben, als wovon jener in Theſ. Pract. adaucto Voc. *Lindau* ausdrücklich ſchreibt: ,, A. 1076. iſt Lindau das Caſtell, ,,das bo noch nicht in der See ſtund, conſilio des Schönſteins vom jungen ,,Graf Haugen von Bregentz (der doch Montfortiſch war) frey erkaufft wor-,,den, um 52. Marck, halb ſilber halb gold, von welchem geldt darnach Bob-,,man das Schloß erbauet worden. Dieſer aber, nemlich Lazius *de transmigrat. Gent. L. VIII. in Genealogia Comitum Brigantinorum. p. 442.* Hugo, Hugonis filius, ſub Henrico III. floruit. Quo tempore Cives Lindouiæ liberantes ſe à poteſtate Comitis 42. marcis argenti, relictis ædibus in Inſulam Lyndouienſem ſe receperunt. Alii autumant, Lyndouienſis Civitatis fuiſſe occaſionem, quod cum compreſſiſſet nobilem à Bodinen, fugiens iram patris, Lyndouienſes accepta pecunia exemiſſet A. 1166. welch letztere Jahr Zahl aber ein manifeſter Druckfehler iſt, und ohnſtrittig heiſſen ſolle 1066. weilen Graf Hugo nicht erſt im XII. Seculo ſondern allſchon unter König Henrico III. und vermuthlich auch noch unter Henrico IV. (da jener ſchon 1056. dieſer aber erſt 1106. mit tod abgangen) floriret hat. Und damit conformirt, ſich auch der P. Ransperg ehemahliger Prior des Gottshauſſes Mererau bey Bregentz in Chronico Montfortico MSCto, welches er ex Collectis des P. Columbani und ex Actis ac Documentis · Cœnobialibus ſchon vor mehr als hundert Jahren compilirt und zuſammengetragen, wann er daſelbſt ſchreibt:

,,: Thomas Lyrerus ſonſt ein alter Scribent der hiſtorien, ein Diener des ,,Grafen von Werdenberg, ſagen etliche, diejenige geſchichten, ſo er ſelbſten ge-,,ſehen, und erfahren, ſeyen nit zu verwerffen, und kan man nit leignen, daß ,,doch etliche ding, ſo er geſchrieben, in wahrheit alſo, wie ers beſchreibt, ſich ,,begeben haben. Alſo ſagt er zu unſerm Vorhaben dienlich, daß nemlich Graf ,,Hugo, ein Sohn des herrn in Bregentz, ſo ja unter dieſe zeit Pfaltzgraff Hugo ,,der zte geweſen, wohnte zu Lindau, das iſt Eſchach. Dieſer Hugo verliebte ,,ſich in ein ſchöne Perſohn, deſſen von Embs tochter, und ſchwengerte dieſelbe. ,,Deſſen er ſich billich vor der tochter herrn Vatter befürchten mueſt. Alſo hat er ,,aus rath aines burgers von Schönſtein genandt, Lindau das alte, umb 42. ,,Marck angenommen goldt und ſilber zu halben thail erlegt, ledig gemacht, ,,und mit demſelbigen gelt ein Caſtell anfangen zubauwen, darauf er möcht von

Q

,,der

„der tochter Vatter vnd befreundten ſicher ſein, auff dieſe weiß ſeye das Schloß
„Bodmen auferbauen worden. Demnach aber der Vatter von Embs abge-
„leibet, hat er obernandte tochter zu der ehe genommen, vnd 3. Söhn von ihr
„erzeiget. Sonſten wardt er einfeltig, vnd von denen herrn von Rothenfah-
„nen (iſt ohn zweiffel Montfort) erlangt er aſylum ſchutz vnd freyhait in der
„Reichenauw, vbergibt ihme deſſentwegen Bregentz ſamt der Landſchafft ꝛc.
Alſo verdienet herentgegen der jenige anonymus, welcher im jahr 1133. das Lireri-
ſche MSCT das erſtemahl abgeſchrieben, vnd ſonder zweiffel dieſe poſt fata Li-
reri ſich zugetragene Lindauiſche Begebenheit eingeſchaltet hat, deſto mehrere Glaub-
würdigkeit, weil er kaum 60. oder 70. Jahr darnach gelebet, und die Lireriſche
Geſchichten abgeſchrieben hat.

Die in eben dieſem Abſatz angehängte Hiſtorie von Bundus eines Jägers
Sohn, und Hertzogen in Schwaben, ſcheint ein pures Mährlein zu ſeyn,
weilen weder von einem Hertzog Walthaſar, noch einem ſolchen Bundus,
noch Wolff, wie er hinnach ſoll genennet worden ſeyn, noch auch von einem
Hertzog Alban von München einig hiſtoriſche Spur zufinden.

Die Hiſtorie des folgenden XVIIIten Abſatzes von M. Mattheuß Dorſang,
ehemahligen Prediger in Augſpurg, beſtätiget auch Martinus Cruſius in Annal.
Suevic. wann er P. II. L. VIII. C. 13. in pr. ſchreibet: Anno 1094. fames in-
gens, ideoque diuitum ſpoliatio & expilatio per inopem & egenam plebem.
Florebat quippe circa hoc tempus in urbe Auguſta quidam Magiſter Ma-
thæus Chorſangius, Eccleſiaſtes ea libertate, ut poſtquam ſatis pro theo-
logica vehementia Pontificum tyrannidem pro Imperatore taxaſſet, Nobi-
lium item & Dominorum, extraordinarias de jejuna plebecula exactiones
centauricamque crudelitatem in concionibus ſuis inſectatus eſſet; tantum
non ſeditionem imprudens per totam Sueviam inter ruſticos concitaueric.
Jngleichem in Paraleipom. Cap. XVIII. p. 79. Magiſter Matthæus Chor-
ſangius circa Chriſti 1094. vehemens Auguſtæ concionator, pro Imperatore
in Pontificiam tyrannidem inuehens, & Nobilium nimias de plebe exactio-
nes exagitans, ita ut fere imprudens ſeditionem ruſticorum contra Cehtau-
ros in tota Sueuia excitaſſet.

Dieſe unter Papſt Vrbano ſich zugetragene Begebenheit wird zwar im
nächſtfolgenden Abſatz ins Jahr 922. geſetzt, um welche Zeit Lirer auch noch
in vivis geweſen, alldieweilen aber aus der Päpſtlichen Hiſtorie bekandt, daß
Papſt Vrbanus I. ſchon im IIIten Jahrhundert geſtrebt, Urbanus II. aber erſt
mit end des XIten Seculi, nemlich A. 1087. auf dem Päpſtlichen Stuhl ge-
ſeſſen, und A. 1099. mit tod abgangen, ſo iſt widerum klar, daß auch dieſe
Geſchicht nicht von Lirern, ſondern von andern unterſchoben worden ſeye. Und
gleiche Beſchaffenheit hat es mit der daſelbſt angeführten Stifftung der Kirche
und

und nachherigen Frauen Closters, das Paradiß genandt, ohnweit Dießenho-
fen am Rhein gelegen, woselbst zwar nicht A. 922. zu lebzeiten des Lirers, noch
auch erst mit Gelegenheit des im Jahr 1094. von M. Chorsang erregten Bauren-
Kriegs, sondern zur Zeit Kaysers Ottonis A. 992. diese Kirche erbauet wor-
den, da die Bauren im Schwabenland und Thurgöw das erstemahl wider ihre
Herrschafften wegen der starcken pressuren und Herrnsteuren sich empöret.
Dann da es an dem Orth, wo nun das Closter stehet, zu einem Treffen kom-
men, wurden zwar die Bauren geschlagen, es bliebe aber auch eine grosse An-
zahl vom Adel auf dem Platz, weßhalben der erschlagenen Bluts-Freunde eine
Capell dahin bauten, die sie im Paradiß nannten, woraus erst im XIIIten
Jahrhundert das Closter erwachsen ist. Stumpf. L. V. C. 75. b. Lexic. uni-
vers. Historic. Basil. Voc. Paradis. ibique alleg.

Von der laut gemachter Erzehlung in §. XIX. nach Absterben Kayser Lud-
wigs über die Königs-Wahl, anfangs zwischen den beeden Gebrüdern von
Stauffen, Ludwig und Conrad, unter sich, hinnach zwischen ihnen und Gra-
fen Marquart von Habsburg entstandenen Unruh und Strittigkeit, ist in andern
Geschichtbüchern kein Spur noch Anzeig zu finden, auch sonsten alles verkehrt
angeführet ; Dann 1) der Vorfahrer Königs Conradi III. von dem hier die
Rede seyn soll, nicht Ludwig, sondern Lotharius oder Luderus geheissen. 2)
Ware nicht Ludwig sondern Friderich von Hochenstauffen Königs Conradi
Bruder, herentgegen 3) Ludwig seines Vatters Hertzog Friderichs Bruder,
welcher auch 4) des Bergschloß Stauffeneck erbaut haben soll.

Die Erzehlung im XXten Absatz vom Ursprung des Closters heilig Creutz-
thal in Schwaben ohnweit Riedlingen gelegen, komt in den Haubtumständen
mit derjenigen wohl überein, welche Bruschius de Monast. sub Rubr. S. Crucis
Vallis so wohl als Crusius d. l. P. II. L. 10. C. 4. & P. III. L. I. C. 12. aus
anderwärtig geschriebenen Nachrichten gemachet haben. Wiewohlen neuerlich
in dem Allgemein-Historischen Lexico Edit. Basil. Voc. heilig Creutzthal. ex
Idea Chrono-Topogr. Congregat. Cistert. S. Bernardi p. 13. angeführet wird,
daß dieses Closter anfänglich nur ein Beguiner-Hauß in dem nächstgelegenen
Dorff Altheim gewesen, aber A. 1204. (Bruschius gibt das Jahr 1230. an)
von Graf Egone von Landau auf den jetzigen Platz übersetzt, und ihme der
Nahme H. Creutzthal gegeben worden seye. Dann weilen ermeldter Graf sol-
ches Creutz auf den H. Berg Andechs heimlich entwendet, und darüber zur Straff
blind geworden, habe er auf erfolgte Restitution und gethanes Gelübd, ein Frau-
en Closter zu stifften, einen Theil von solchem Creutz so wohl als das Gesicht wi-
der erlanget. Dahero gantz gewiß, daß dieser Graff Ego der eigentliche Stiff-
ter, und seine Schwester Heilwig die erste Abtißin gewesen, und nach ihrem
A. 1240. erfolgten Ableiben in der Grufft der Grafen von Landau und Gru-
ningen daselbst begraben worden seye. Wovon auch Lazius c. l. Lib. VIII. p.

428. ex fragmento Genealogiæ Comitum de Gruningen, Asperg, Landaw
& Wulnstetten testiret, in verbis: *Ludovicus ex Agatha Hohenberg Comitis-*
sa Egonem tulit alterum fundatorem S. Crucis Riedlingæ Neccari. Egon reliquit tres
filios: Hugonem, Hartmannum & Egonem secundum, cujus error Hallwilgildis
Abbatissam egit S. Crucis Riedlingensis Cœnobii &c.

Die in dem XIIten und XXIIIten Abſatz angeführte Genealogie der Graf-
fen von Montfortt, Feldkirch und Bregentz, komt weder mit der A. 1675.
vom P. Arzet S. J. auß denen Hauß-Urkunden edirten Montfortiſchen Stamm
Taffel noch andern Genealogiſchen tabellen des noch florirenden hochgräfflichen
Montforttiſchen Hauſes nicht durchaus überein, angeſehen daſſelbe nicht directe
von dem angerühmten Grafen Heinrich von Rotenfan. ſondern von Rudolpho
Grafen zu Montfort und Bregentz ſeit A. 1200. herſtammet, und waren die
Grafen Wilhelm Ulrich und Rudolph nicht des Grafen Ulrichs, ſondern Hu-
gonis Söhne. So iſt auch das Schloß Langen Aegen nicht von Graf Hugo
mit dem aus Lamparten gebrachten geldt, ſondern erſt A. 1332. von Graf
Wilhelm, Herrn zu Bregentz, mit Vergünſtigung Kayſers Ludovici IV. er-
bauet worden. vid. Stumpf. L. V. C. 9. Prugger. Veldkirch. Chronick §. 3.
p. 20. herentgegen ſind des alten frommen Grafens Rudolphi VI. (als welcher
erſt A. 1373. mit Tod abgangen) ſeine beeden Söhne geweſen Graff Rudolph
VII. und Vdalricus oder Ulricus III. wie unſer Geſchichtſchreiber wohl anfüh-
ret, von welchen der erſtere eine Gräfin von Mätſch und der andere eine Fürſtin
von Padua zur Ehe gehabt, beede aber ohne ſucceſſion abgeſtorben ſeind.

Ob und in wie weit übrigens die Umſtände wegen der Gefangenſchafft die-
ſer Grafen gegründet ſeyen, muß man in Ermangelung anderwärtigen autenti-
ſchen Nachrichten dahin geſtellt ſeyn laſſen, ſo viel iſt gewiß, daß in gemeldter
Fehde, ſo ſich im Jahr 1352. angeſponnen, nicht die Söhne ſondern der Vatter
gefangen, dieſer aber gegen jene wider loßgelaſſen, und die Söhne erſt nach 4.
Jahren auf gethanes Gelübd eine Wallfarth zu dem H. Grab und zu Aufer-
bauung einer Kirchen zu Ehren des H. Leonhardi der Gefangenſchafft wider
erlediget worden; welche Gelübde ſich auch hinnach A. 1372. und 1374. er-
füllet haben. vid. allegirte Feldkircher Chronick p. 22. & 25. Sprecher. *in*
Pallade Rhætica Lib. III. ad an. 1352. Bucelin. *in Rhætiæ Chronologia ad d. 28.*
p. 275. wo er von dieſer Fehde meldt: *A. C. 1352. congreſſi ſunt hoſtiliter*
in Montana (loco Alpeſtri ſupra Ilantium oppidum) Rudolphus Cemes Mont-
fortius & Vdalricus Waltherus Baro Bellmontius. Hic victoriam non ſo-
lum retulit, ſed & Montfortium captum in vincula conjecit cum plurimis
aliis. Facta hæc cædes eſt 4. Iduum Maij & Rudolphus Montfortius Veldt-
kirchii Comes non prius ex captivitate dimiſſus, quam filios duos Rudol-
phum VII. & Vdalricum III. obſides daret. Mit den beeden Städten Wan-
gen und Leutkirch hat es ebenmäßig ſeine gute Richtigkeit, daß ſie nicht nur
schon

schon A. 1330. von Kayser Ludwig an den so genandten Edelman Grafen Hugo von Bregentz, des Grafen Rudolphs Bruder (der auch ohne Leibserben abgestorben) pfandsweise überlassen, vid. gründlich. Historischer Bericht von der Kayserl. und Reichs Landvogtey in Schwaben rc. in den Beyl. N. 7. 8. 9. & 114. 115. sondern auch hinnach von Graf Rudolph dem jüngern, weil er keine Erben hatte, A. 1375. die Stadt umb Herrschafft Veldkirch an Hertzog Leopold von Oesterreich käufflich überlassen worden.

Bey dem XXIVten Abschnitt fangen widerum die literischen Erzehlungen an, und was er in diesem und dem folgenden XXVten Abschnitt narrirt von der Stadt Rom, dem Kayser Julius, seinen Feldzügen und Schlachten in Teutschland, besonders in Schwaben, denen von ihme erbauten teutschen Städten, von denen den Schwaben und teurschen Leuthen ertheilten Gnaden und Freyheiten, den beeden Hertzogen in Bayern Portemont und Ygrum, und dem gewaltigen König oder Hertzogen Bremo, und mehr andern Sachen, scheunen pur lautere Fabeln zu seyn, welche von damahlig unverständigen Leuthen dem leichtgläubigen Lirer beygebracht worden. Wiewohl Aventinus in seiner Bayrischen Chronick L. I. p. 62. der zweyten teutschen edition, des Ygrums oder Ingrams Königs in Bayern auch gedencket, daß er 52. Jahr lang nach seines Vatters, König Beyers Tod regieret, die Stadt Regenspurg erbauet, und die 3. Flüß, den Regen, die Nab und die Donau zusammen gezogen habe; Fr. Irenicus aber schreibet L. III. C. 80. f. 89. von dem *Bremo* oder *Brenno*: Suevia olim sub Regibus moderabatur, & Morauinus Rex Suevorum consectabatur, qui Brennum genuit, Ducem Suevorum, non Gallorum, ut Hermanni Naucleri, Strabonis & aliorum authoritatibus confirmavimus. Alludit Ligurinus, huic sententiæ etiam accessit Gotfridus, cujus verba sunt:

Incoluit centum primæva Suevia pagos,
nec urbes nec castra colens, sed rura vel agros.
BRENNUS Dux fuit eorum, simul Allobrogorum.

Wie dann nicht minder die im XXVI. und XXVII. Absatz folgende Erzehlung einer zu denselben Zeiten (quo autem anno vel Seculo ist villeicht dem Lirer selbst nicht bekandt gewesen) sich zugetragenen Begebenheit mit einer Königin von Kathay und einem Grafen von Montfort, dessen Kampff und darmit erlangten reliquie von dem Tuch Christi rc. mehr einem Roman als einer wahrhafften Geschicht gleich sihet.

Die jenige Rangs- und Vorzugs-Strittigkeiten, welche sich nach Lirers Erzehlung im XXVIII. und XXIXten Absatz, bey der A. 919. angefangenen Regierung Kaysers Henrici I. eines Sohns Hertzogs Ottonis Illustris ereignet haben sollen, da neulich Hertzog Adolph von Bairen wider den Hertzog Ulrich

Q 3

von Schwaben geklaget, daß er kein gebohrner, sondern nur von Kayser Erhart erwehlt, und gesetzter Hertzog wäre, und doch gleichen Vortheils und Rangs sich anmassete; worüber grosser Auflauff entstanden, und viele Graffen, Ritter und Knecht erschlagen worden seyen; mögen zwar in facto sich wohl ereignet haben, ohwohl andere Historien-Schreiber derselben gar nichts gedencken, sondern allein so viel anführen, daß beede Hertzoge Kaysers Henrici Aucupis Wahl anfäng- lich zwar sich widersetzet, demselben aber, weil sie gesehen, daß gegen seine Macht nichts auszurichten, sich gar bald unterworffen hätten; so hat sich doch Lirer in dem geirret, daß er nicht nur Everhardum, des Kaysers Conradi I. Bru- der, als Kayser angegeben, welcher doch nach desselben tod dem Henrico die Reichs Insignia selbst gutwillig überbracht, sondern auch den damahligen Her- tzog in Bayren Adolff an statt Arnolff, und den Hertzog in Schwaben Ulrich an statt Burcard angegeben hat.

Daß aber auch juxta §. XXX. König Henrich auf dem in derselben Zeit ge- haltenen Reichstag zu Worms wegen dieses von dem Hertzog in Schwaben be- zeigten Hochmuths beschlossen und verordnet habe, daß zu ewigen Zeiten kein Hertzog mehr in Schwaben seyn, sondern solches Amt durch einen Landvogt fort- hin versehen werden, und derselbe seine Residentz auf dem Schloß St. Veitsberg haben, und 3. schwartze Löwen in dem Schild führen solle, haben zwar einige neuere Scribenten, insbesondere Knichen und Mager, als eine historische Wahr- heit von diesem Lirer angenommen, bey den ältern Historicis aber ist hievon al- tissimum silentium, und vielmehr aus derselben Jahrbüchern und andern be- währten Urkhunden bekandt, daß von solcher Zeit an das Hertzogthum Schwa- ben nicht nur gar nicht cessiret habe, sondern erst recht in Flor gekommen seye.

In folgenden Abschnitten biß zu End dieses Geschicht-Büchleins werden lauter solche Begebenheiten erzehlet, welche sich in Lebzeiten des Lirers und um die Mitte des Xten Jahrhundert zugetragen haben sollen, besonders die seltsame Umstände eines, Nahmens Walthers, Vogts von Wolffeck, und seiner Schwe- ster Söhnen, Arbogast und Andelon, haubtsächlich aber die Grafen Al- brechts von Werdenberg und seiner Gemahlin Elisa, einer Königl. Princessin von Portugall, in substantia dahin gehend: „Graf Heinrich von Werdenberg „verstarb am fünfften May hundert und eilff Jahr nach Christi Geburt (ist „aber ein palpabler Druckfehler, und solte heissen neunhundert und eilff Jahr) „und hinterließ fünff mit Dorothea von Fatz i. e. Vaduz, erzeugte Söhne, „von welchen die beede älteste, Graf Heinrich und Graf Albrecht, nach des „Vatters tod wegen Abtheilung der Herrschafften in grosse Zwistigkeiten zer- „fielen, die aber dahin gerichtet wurden, daß sie 4. Jahr lang gemeinschafftlich „verwaltet, und dem Graf Albrecht immittelst Zehrung und Rüstgeldt, ausser- „halb Landts Ritterschafft zu treiben, gegeben werden solle. Da er nun an den „Königl. Hoff in Portugall kam, entführte er die älteste Princessin, Nahmens „Elisa,

„Elisa, setzte sich heimlich mit ihr zu Schiff, erlösete Arbogast zu Rhodis aus
„der Gefangenschafft, reysete hierauf nacher Jerusalem zu jdem H. Grab, von
„dar nacher Triest und Salzburg, und wurd endlich mit grossem Pomp zu
„Werdenberg empfangen, allwo die Hochzeit vollzogen, und nach der hand eine
„mit Elisa erzeugte Tochter, Margreth, an einen Grafen von Savoyen ver-
„mählet wurde.

Und dieses ist die jenige Geschicht, welche Lirer am weitläuffigst- und um-
ständlichsten beschrieben, „weil er diese ding (wie er selbst von sich zeuget) selbst
„gesehen, und seines herrn von Werdenberg knecht gewesen, mit ihme ausge-
„fahren gen Portugall, und wider heimgekommen ist; und dannenhero auch zu
untrüglichen Merckmal dienet, daß die in das XI. XII. und XIIIte Jahrhun-
dert gehörige, und inconcinno plane ordine immiscirte Geschichte und legen-
den nicht vom Lirer, sondern von jüngern eben so unverständigen als ungelehr-
ten Authoribus herrühren. Alldieweilen aber jene Werdenberg- und Portugi-
sische Geschichte von neuern Historicis aus anderwärtigen Nachrichten auch be-
währet werden, wiewohl etwan mit andern und theils verkehrten Umständen;
wie z. E. *Henninges in Theatro Genealogico* P. I. Cap. 8. & Lib. II. Cap. 56.
n. I. und aus ihme *Frid. Lucæ* in des H. R. Reichs uralter Graffen Saal. sub
Art. Werdenberg. Part. I. p. 712. gethan und erzehlet haben, daß Alberti,
eines von Henrici Encteln, um die Jahre 920. lebenden Tochter dem König in
Portugal, und dessen Sohn Johanni eine Gräfin von Savoyen vermählet wor-
den seye rc. So ist dem Lyrer in hoc passu fides historica nicht wohl abzuspre-
chen, sondern andern neuern Scribenten allerdings vorzuziehen.

Guler von Weineck in Rhætia sive ausführlich- wahrhafften Beschreibung
der dreyen Lobl. Grawen Bündten rc. schreibt L. XIV. fol. 216. „Etliche melden, die
„Veste Werdenberg habe ihren ersten Anfang bekommen, zu den Zeiten des
„Kayserthumbs Ludovici II. dessen Regierung sich von dem 85sten bis in das
„87ste Jahr Jahr erstrecket hat, und soll erbauet worden seyn von Graf Hein-
„richen, Pfalzgrafen in hocher Rhätien, des Geschlechtes derer von Rotenfan. Wel-
ches auch die Authores des Basel. allgem. Hist. Lexici in Art. Werdenberg
dahin bestätigen, daß dem Graf Heinrich die erste Erbauung des Schlosses Wer-
denberg An. 890. gemeiniglich zugeschrieben werde. Welches nicht minder bestä-
tiget, und zugleich bestimmet wird, um welche Zeit sein Sohn Albrecht und folg-
sam desselben Knecht unser Geschichtschreiber Lirer gelebet, von Wolffg. Lazio
de Migrat Gent. L. VIII. de Suevis in Genealogia Comitum Werdenberg pag. 113.
wann er daselbst ausdrucklich anführet:

„1. *Henricus* frater germanus Roderici, Comitis Palatini altæ Rhætiæ,
„unde Montfortii descendunt; item Anshelmi Comitis à Rheyneck & Ro-
„landi Comitis Herrenbergiæ & Tubingæ, Ludovico II. imperante castrum
Wer-

„*Werdenberg* conftruxit. Et ex Comitiffa à Vaducz progenuit liberos, qui
„ad notitiam noftram nondum pervenerunt.

„2. *Albertus* floruit circa annum Domini 920. qui ex Portugalliæ Regis
„filia progenuit Joannem. Huic frater erat Hugo Canonicus.

„3. *Joannes* ex Margaretha Comitiffa Sabaudiæ progenuit liberos, quos
„nondum inveni.

„7. *Albertus* anno Domini 1360. expugnavit Ramswag', Caftrum in
„valle Drufiana, quod Montfortiorum erat &c.

Auffer diefen beeden Graffen Albrechten ex Sec. X. & XIV. findet ſich in gemeld-
ten Lazii Werdenbergiſchen Geſchlechts-Regiſter ſonſt keiner dieſes Nahmens,
und ſetzet Stumpf. *in Chronico Helvet. L. X. C. 19,* den letztern ins Jahr 1311.
Cruſius aber *in Annal. Suevic. P. III L. X C. 1.* biſ ins 1390te Jahr; wohl-
folglich muß Lirer nicht unter dem letzten ſondern dem ältern Alberto (der ums
Jahr 920. floriret, und die Königs Tochter aus Portugall zur Ehe gehabt, auch
mit ihro die Savoyiſche Marggräfin Margaretham erzeuget) gelebet haben. Wo-
mit auch Gulerus angeführten Orths beyſtimmet, wann er daſelbſt ſchreibet:

„Albrecht grünet im Jahr des HErrn DCCCCXX.

Woher aber der Wieneriſche Medicus und Königl. Ferdinandæiſche Hiſto-
ricus Wolffg. Lazius (als deme vielleicht Lirers Geſchichtbüchlein nicht einmahl
bekannt geweſen, weil er deſſelben in ſeinem Werck gar nicht gedenket) die Nach-
richt von dem Werdenbergiſchen Grafen Albrecht und ſeiner Gemahlin, einer
Königl. Portugieſiſchen Princeſſin, und ſeines Sohnes Grafen Joannis Ver-
mählung mit der Gräfin Margaretha von Savoyen genommen haben möchte,
iſt nicht ausfindig zumachen, weilen hievon weder ältere noch neuere, weder
Schweizeriſche noch Rhätiſche noch andere Hiſtorienſchreiber etwas gedencken, es
wären dann in des Joh. Petri Tſchudy Relat. Hiſt. Polit. de Comitibus Wer-
denb. (welche in dem Baſel. Lexico univers. Hiſt. d. l. allegiret worden) ei-
nige Urkunden oder Nachrichten davon anzutreffen, welche Relationes aber noch
zur Zeit nicht aufzutreiben, und zu handen zubringen geweſen. Wiewohl auch
nicht zuläugnen, daß Stumpf d. l. in Genealogia Comitum Werdenb. des
Alberti unter den ältern Grafen gar nicht, des Graf Heinrichs aber ererſt um
die mitte des Seculi X. gedenket, wann er daſelbſt ſchreibet:

„dieſer Grauen namen werdenb viel funden in alten Geſchrifften, als: Ru-
„dolphus, der lädt vmb das jar 935. Wolffgang lädt 940. Jt. Heinrich
„Graf zu Werdenberg rychſinet Anno Dom. 948. Rudolph 1080. zc.

hinge-

hingegen bemerket Gujerus alleg. loc. die Abstammung gemelter Grafen folgender Gestalten:

"Vorgedachtem Graf Heinrich gibt man 4. Brüder. Der erst sol gewest
"seyn Rodericus Graf zu Montfort, der andere Cadalochus Graf zu Bre-
"gentz, der dritte Anselmus Graf zu Rheineck und Feldkirch, der Vierdte
"Rolandus Graf zu Tübingen und Herrenberg. Die Grafen von Beblin-
"gen sollen ouch des Härkommens seyn. Hiemit hätten wir von einer einzi-
"gen Wurtzel sieben Graffschafften ꝛc. Viel namen dieser Grafen werden in
"Schrifften gefunden. Albrecht grünet im Jahr 920. Rudolph lebt um
"das jar 935. Wolffgang im 940. Wolff im 942. Heinrich im 948.
"Heinrich im 1024. Albrecht im 1311. jahr ꝛc.

Es wird zwar in dieser von dem Lirer erzehlten Portugiesischen Geschichte, wobey er seinem Angeben nach selbst zu gegen gewesen, und alles mit angesehen, gehört und erfahren, neben mehr andern Umständen gemeldet, daß der St. Bernhards-Orden damahlen schon seinen Anfang in der Christenheit genommen, und der König in Portugall ein Closter vor 70. Mönch erbauet habe, in welches des Grafen Albrechts Gesährte, der Marquart von Altstetten, der mit ihm und noch ein Knecht, sonder Zweifel der Lirer von Ranckweil selbsten, das erstemahl zu Rhodis gewesen) sich begeben, und daselbst die Flucht der Prin-cessin Elisæ besorget. Herentgegen aber aus der Historie und den Actis Sancto-rum bekandt, daß erwehnter Orden erst im 12ten Seculo den anfang genommen, welchen S. Bernhard An. 1115. in dem Cistercienser Closter zu Clairvaux gestifftet, wolfolglich Lirer derselben in seiner Erzehlung der Portugiesischen Rey-se nicht hat gedencken können, sondern wohlvermuthlich von dem jenigen, wel-cher sein Geschichtbüchlein An. 1133. zum ersten abgeschrieben, der Orden und der Nahmen dieses Portugiesischen Closters interpolirt und eingeschaltet wor-den seye.

π

FELI:

FELICIS FABRI MONACHI VLMENSIS
IN HISTORIA SUEVORUM
L. I. CAP. XX.
ANIMADVERSIONES
IN
VETUSTUM CHRONICON SUEVIÆ
THOMÆ LIRERI RANCKWIL.

Reperi in quodam libro theuthonicè conscripto historiam satis jocundam, sed veritati minus consonam, de origine Nobilium Germaniæ & præcipue Sueviæ, quæ videtur esse composita ad demulcendum aures Nobilium, & signanter Dominorum Comitum de Montfort, quorum originem principaliter deducit. Hoc autem dubium me reddit & suspectam mihi historiam facit, quod annorum numerus & Sanctorum nomina & factorum tempora communibus Chronicis & Sanctorum legendis non concordant, & ponit quod *S. Theonestus* fuerit Romæ, Augustæ & Moguntiæ, ante Constantini tempora, vel ante sanctæ Crucis inventionem, & quod *S. Vrsus* Augustæ & *S. Albanus* Moguntiæ fuerint martyrizati ante sanctæ crucis inventionem tempore Trajani Imperatoris, quod non potest esse. Dicit etiam de quodam Imperatore, Curio nomine, e Roma pulso à Senatu propter fidem, quam susceperat à S. Theonesto. Notum autem est scienti Legendas, quod tempore Theonesti erat translatum imperium in Græcos, & tunc Romæ nec erat Senatus nec Imperator, sed Archadius & Honorius Christianissimi Imperatores Constantinopoli degebant, & Leo Papa Romæ residebat. Insuper tunc temporis erant omnia Idola pene eliminata, sed trucidabantur tunc Christiani propter hæresin Arrianam, quæ per mundum divulgabatur, & multos habebat defensores. Dicit etiam, quomodo per Nobiles fides fuit eorum gladio inducta in Alemanniam & Sueviam, quod non potest stare, cum Suevia jam dudum ante per martyres & alios fuerit conversa. Dicit etiam de quodam Patriarcha posito in Suevia prope Vlmam, de quo tamen Canones nullam faciunt mentionem, nec alicubi habetur, quod in Suevia fuerit aut Patriarcha aut Primas. Dicit etiam quod visio Constantino facta de signo Crucis, in quo vincendos inimicos suos dictum ei erat, exposita

fuerit

fuerit fibi à Duce Sueuiæ, & quod cum Suevis vicerit Maxentium, quod contrarium eft Ecclefiafticæ hiftoriæ & tripartitæ. Mentionem etiam facit de *Ouuia maiori* & *de Vlma* & *de Wingarten* fub alio colore, quam contineatur in antiquiffimis literis Conftitutionum illorum locorum; & procedit ac fi Vlma pertinuiffet ad Ouuiam majorem ante Conftantini tempora, cum tamen conftet, Vlmam datam Abbati Ordinis S. Benedicti Ouuiæ majoris, qui S. Benedictus quafi ducentis annis fuit poft Conftantini tempora, & monafterium Ouuiæ majoris aliquibus annis poft S. Benedictum fuit fundatum. Nifi dicere velimus, quod ante inftitutionem ordinis S. Benedicti fuerit ibi alius ordo vel Clericorum Congregatio, ficut fcriptor præfatus videtur velle, quod tamen demonftrare non poteft.

Præter hæc multa alia incongrua ponit in eadem hiftoria, quam fine correctione Imprimi fecit quidam in Vlma, & jam undique mendacia difperguntur in Alemannia in præjudicium illuftrium Comitum de Montfort, & aliorum Nobilium, quibus confectis mendaciis complacere æftimabant. Continet enim prima riga vel linea apertum mendacium, dicens anno Domini CIV. Romæ *Carlonem* imperaffe, & Senatum fibi confentientem habuiffe, & *Theoneftum* patrem Vrfi & Albani martyrum ipfum convertiffe &c. Conftat autem prædicto anno Trajanum Imperatorem fuiffe, & Euariftum Papam, prope circa tempora Apoftolorum. Sanctus autem Theoneftus Philippenfis Epifcopus ab hæreticis de fua fede pulfus ab Arrianis, cum Vrfo & Albano & aliis duobus difcipulis Romam venit ad Leonem hujus nominis primum, à quo miffus in Alemanniam contra hæreticos difputavit, & Vrfus Auguftæ martyrizatus per hæreticos, Albanus autem Moguntiæ. Fluxerunt autem inter Trajanum & Theodofium Imperatores anni plures quam centum; vel inter Euariftum Papam & Leonem primum inveniuntur mediaffe anni multi, cum Euariftus præfederit A. D. CCCCXLIV. & fub hoc Papa venit S. Theoneftus in Alemanniam.

Multis autem fignis notare poffum, quod hiftoria prædicta non eft omnino conficta & abfolute falfa, fed in rebus geftis eft vera quidem, alium tamen colorem & alia tempora affignat & alias caufas. Æftimavit enim compofitor, quod nemo cum induftria lecturus effet eam; ideo honeftius quo potuit rem facti coloravit alio tempore & caufis, quod ei indulgemus, quia poffibile eft mihi fimile contingere. Saluando autem hiftoriam in facto dicere poffumus, quod translato imperio in Græcos circa tempora Theodofii & Archadii, Honorii & Theodofii Junioris, fuit pax in Oriente, ubi regebant, quia devotiffimi Imperatores erant. Sed Huni, Wandali & Gothi ultra modum Occidentem vexabant, Italiam turbabant, & Romam multipliciter quaffabant. In iftis tribulationibus potentes Romani & alii Italiæ Nobiles cordibus fracti dicebant, Chrifti fidem horum malorum effe

cauffam,

cauffam, & nitebantur reinducere antiquorum idololatriam, fub qua Romam ad priftinas fortunas fperabant venturam. Et ob hoc orta eft graviffima contentio inter fideles, illis in fide manere volentibus, aliis idola patrum refumere & apoftatare contendentibus. Do quibus factis *Auguftinus de Civit. Dei & Orofius* hiftoriographus multa fcripferunt. In his litigiis venit Theoneftus Romam, & facta funt, quæ fequuntur, quæ reperi in vulgari Theutonico multis implicationibus verborum, quibus præcifis nucleum in latinum deduxi.

Cap. XXI. Poft Conftantinum M. & ante Carolum M. anno Domini CCCCXLIV. crefcebant hærefes, crefcebant & mundi profanationes, in tantum ut plerique in fide debiles vacillarent, & melius ac fecurius vivendum fub idololatria æftimarent, erant pugnæ bonorum Chriftianorum extra cum barbaris, circa cum hæreticis, & intra cum malis Chriftianis. Ea autem tempeftate fanctus Papa *Leo*, cui B. Virgo Maria manum, quam fibi abfciderat, reftituit, in fide vacillantes confortauit, cujus adjutor S. Theoneftus Epifcopus fuit. Quidam Romanus illuftriffimæ Nobilitatis homo, *Curio* dictus, non multum diffimilis Curioni, de quo *Cæfar. 2. Comment.* mentionem facit, follicitabatur quottidie à conciuibus fuis relinquere fidem Chrifti, refumere Patrum idololatriam, & reftituere in priftinos honores collapfam Romam. Erat enim Curio ille quafi totius Nobilitatis Romanæ pater, ornatus fratribus & filiis, uxorem habens fidelem nomine Dockam, quatuor fratres, octo filios & tres filias. Porro fratres fui omnes cum aliis Romanis ad inftituta antiqua Gentilium remigrare cogitabant, nec aliquod impedimentum habebant id perficiendi, nifi Curionem, qui omnibus totius urbis Nobilibus eminentior habebatur. Unde videntes eum in fide ftabilem, & foueri confiliis Leonis Papæ & Theonefti Epifcopi, ad ejus interfectionem afpirabant. Perpendens autem periculum Curio conuocatis filiis & amicis omnibus myfterium cordis fui aperuit, dicens, ad alias fedes effe migrandum, & nullo modo Romæ manendum. Captato autem oportuno & quieto tempore multis curribus & ordinatis turmis cum omnibus liberis, uxore & amicis nobilibus & copiofiffima fupellectile Roma derelicta, de confilio Leonis Papæ verfus Alemanniam feu Sucuiam profecti funt, perreptantes nivofa Alpium confragra & vadofa vallium concaua in Rhætiæ montana deuenerunt, de quibus Rhodanus & Rhenus flumina erumpunt.

In ipfis autem montanis populum fidelem dudum per S. Lucium ad fidem converfum invenerunt, paucum tamen & miferum. Loca enim illa tempore illo ut in plurimum deferta erant. Ceperunt ergo ibi in locis munitis caftra conftruere, & domos more Nobilium collibus deferti fuperædificàre. Unde hodie tam in Tamlefco quam in Taphafo ruinæ reperiuntur fortiffimorum murorum, & confequenter ad caput Rheni, ubi primum emanat,

nat, ædificare caftrum ceperunt, & per defcenfum fluminis fe paulatim dif-
fundentes ab invicem divifi funt, & inventum populum fibi fubjecerunt. Ab
his ergo Nobilibus prodierunt Suevorum Nobiles ut in plurimum, nec fo-
lus Curio cum fuis filiis erat, fed multi Romani, & duæ præcipuæ gene-
rationes de Columna & Urfinis fuerunt eis junctæ, & ita vallem illam, per
quam Rhenus defluit primo repleverunt, & quia autem Italici fuerunt, &
Theutonicis nunc propinqui, commixtim loquebantur Italicum cum theu-
tonico, ideo eorum locutio & terra dicebatur *Carovalcben*, & hodie dicitur
Curwalchen à lacu Venetico usque ad montem *Settner*, quamvis jam theu-
tonicum fit totaliter introductum.

Filii autem Curionis divifi caftra ædificaverunt *Starckenberg* vel *Montfort*,
quod hodie eft, & *Hochtreuta*, *Gutenberg*, & ceperunt Caftellum *Bolando*,
quod nominaverunt *Latkirch*, & conftruxerunt *Wartoun*. Porro unus de
filiis Curionis celibem ducens vitam dicebatur *Burgundus*. Hic defcendit
profundius in Sueviam cum fuis, & fibi habitationem conftruxit fupra in
monte longe à loco ubi Ylarus fluvius Danubio jungitur ex oppofito oppi-
di Ulm. Hic Burgundus fuæ habitationi Ecclefiam junxit, & *Kirchberg* no-
minavit, & hodie creditur ftare ad minus pars aliqua Ecclefiæ illius, cui
etiam annorum numerus lapide fculptus confonat iftis temporibus. Nam
in introitu Ecclefiæ ad anguftum finiftrum eft in pariete lapis, qui habet
fculpturam CCCC. XLIV. annorum. Hunc Burgundum dicunt Primatem
Suevorum à Papa conftitutum, & erat tam honeftæ vitæ, quod celebre
factum eft nomen ejus. Unde quotidie Ulmenfes devoti ad eum exibant,
quibus monita falutis dabat. Alii autem de Ulma alterius mentis murmu-
rabant contra eum, & facta fuit in oppido fcifma major. Nam hærefibus
tota Ecclefia deprauata erat illis diebus. Audiens autem Dux Suevorum
Saturninus, qui refidentiam habuit in *Tignopoli*, vulgariter *Ravenfpurg*, divi-
fiones fieri in terra, & Catholicam religionem crefcere, turbatus eft ani-
mo. Erat enim & ipfe Arrianis confentiens, ut opinor, vel Romanis
illis, qui Chrifti ritum deponere, & idolorum culturam refumere cona-
bantur. Congregato autem exercitu defcendit Vlmam, & pacem refor-
mauit, intendens Burgundum & fuos expellere, & Kirchberg deftruere.
Burgundus autem vir pacificus nocte cum fuis per fylvas afcendit, & in
Curwaldiam ad patrem & fratres fuos venit, rem geftam eis exponens,
& hoc facto alium quietis locum quæfivit gyrans lacum Veneticum & Acro-
nium, & ibi inuenta Infula, quæ nunc *dives Oaria* dicitur, eam purga-
uit, & habitationem fuæ religioni congruam in ea fecit, quam poft eum
Domini ordinis S. Benedicti acceperunt, & hodie poffident. Dux autem
Sueviæ Saturninus omnia, quæ fecerat Burgundus circa Vlmam, deftru-
xit, & Præfectum Vlmenfibus præpofuit nomine *Sigwaldum*, virum uti-
que criminofum & malum. Ipfe autem afcendens *Wartbufen* caftrum

ædificare

ædificare præcepit, ibíque cuftodiam vallis totius pofuit. Ideo ei hoc no-
men dedit.

Porro Curio & filii ejus Burgundi expulfionem inultam relinquere no-
lentes, cum exercitu grandi de montanis defcenderunt in pagum Ulmen-
fium, & caftra, villas & omnia, quæ Ducis Sueuorum fuerant, demoliti
funt. Ingreffi autem villam *Ulm* Sigwaldum Præfectum occiderunt, & po-
pulum ad fidem Catholicam ab hærefibus reduxerunt, ponentes Clerum
Romanum & facerdotes. Prope autem Ulmam erat quidam Comes in
caftro refidens Wœlenftetten de fauore & fide Domini Burgundi, nomine
Hercules de Wœlenftetten, quem Curio præfectum in Ulma conftituit, & ei
Kirchberg Ecclefiam commendauit, & cum exercitu univerfo afcendit Cu-
rio ad oppugnandum Rauenfpurg. Audiens autem Saturninus Dux occur-
rit ei, & commiffo prœlio victoria ceffit Curioni, & Ducem interfecerunt,
& oppidum Rauenfpurg ceperunt, quod Curio tradidit Romulo, fexto nato
filio, quem Ducem Sueuorum fecit, & vexillum aureum cum tribus nigris
leonibus tradidit. Poft decurfum aliquoti temporis Dominus Hercules de
Wœlenftetten præfectus in Ulma aliqua emendare & corrigere volens re-
fiftentiam tumultuofi populi inuenit, & nifi præfectus prudenter declinaf-
fet, in eum & in fuos infultum feciffent. Afcendit ergo Hercules ad Ducem
Sueuiæ Romulum, & populi rebellionem ei intimauit. Qui collecto ex-
ercitu defcendit, & caftigatos Ulmenfes emendauit, & oppidum ipfum Domino
Burgundo in Ouuia appropriauit, dans ei omnem poteftatem &
jurisdictionem in temporalibus & fpiritualibus, decimas, primitias, pro-
uentus ex daciis & theloneis. Et ità redegit eos in feruitutem omnimodam,
ne libertate habita juftitiam derelinquerent. Alio tamen modo dicitur Ulma
in Ouuiæ poteftatem deueniffe. Dominus autem Burgundus Ducem Sue-
uiæ rogauit, ut oppidum ipfum in fuam reciperet protectionem, quod &
fecit, & poft eum annis multis in tuitione Ducum Sueuiæ fuit.

Interea Curio in immenfum crefcebat quotidie, & ædificauit fibi do-
mum, forte Caftrum, quod ex nomine uxoris fuæ *Docke* nominauit *Docken-
burg*, & infra Caftrum conftruxit monafterium *Fifchingen*, in quo ftatim poft
fepultus eft, & filius Caftrum in portionem accipiens, *Dominus de Docken-
burg* nominabatur. Et hæc generatio manfit usque ad noftra tempora, quo
eft totaliter extincta, & per Suiceros eorum bona poffeffa. Duo autem
Nepotes Curionis, quos fecum de Roma traxerat, *Jurgo & Hego* terram,
quæ nunc *Hegouuia* dicitur acceperunt, & *Heuua* Caftrum conftruxerunt,
à quibus *Barones de Heuuen* funt, & plura alia caftra in eodem diftrictu fe-
cerunt. Alius de filiis Curionis ædificauit *Werdenberg* Caftrum, & nomen
inde retinuit. Alius *Rifegg*, cui etiam ceffit *Gutenberg* in hæreditatem.
Alius ædificauit *Schellenberg*, a quo Domini de Schellenberg proceffum ha-
bent.

bent. Horum trium Avus fuerat Curio, & erant filii Domini *Ansbelmi de Montfort*, qui fex habuit filios, fcilicet *Wolfrandum* quem hæredem effe voluit nominis & Caftri *Montfort*. Secundus fuit ille *de Werdenberg*. Tertius *Ansbelmus de Rinegg*. Quartus *Heinricus de Schellenberg*. Quintus *Wilbelmus*, & hunc mifit ad Palatinum Rheni, qui ei tradidit filiam uxorem, & partem in Suevia contulit juxta Tubingen cum clipeo aureo & rubro in eo vexillo. Hic caftrum & oppidum *Tubingen* fundavit, & *Palatinus de Tubingen* nominatus fuit. Sextus filius Anshelmi de Montfort erat (*Rulandus*) cui defponfavit filiam Baltafar de Herrenberg unicam. Sicque Baltafar obiit, & omne dominium Anshelmo manfit, à quo *Domini de Herrenberg* fuerunt profufi. Quartus filius Curionis *Wiltprandus Dominus in Lutkirch*, qui duas habens filias cum Uxore Nobili *de Sunnaberg*, unam dedit cuidam *de Roppoltzftein*, alteram Domino de *Roterburg* tradidit. Ædificavit autem caftrum *Hochentan* in valle. Poft obitum Wilprandi ejus cepit hæreditatem Anshelmus de Montfort, eo quod filium hæredem non dereliquit. Pofthoc facta eft contentio inter duos fratres, filios Anshelmi de Montfort, fcilicet inter Wolfrandum & C. de Werdenberg, qui caftrum *Vadus* ædificauit contra fratrem, ut ex eo fibi infidiaretur Oppidum etiam *Tonnenfeld*, quod poftea dictum fuit *Feltkyrch*, contra Wolfrandum fuit, quibus C. de Werdenberg auxilium præbuit. Dominus autem Wolfrandus de Montfort Ducem Sueuorum Romulum patruum fuum de Rauenfpurg aduocauit, oppidum Touuenfeld cepit, ejus nomen mutauit, & Feldkirch appellari voluit.

Deinde Dux Sueuorum Romulus audiens Comitem *de Teck* male de fide Chriftiana fentire, aduocatis fratribus & amicis contra prædictum Comitem proceffit, cui in adjutorium contra Comitem uenit Dominus *de Helffenftein* de caftro ejusdem nominis, quod conftruxerat. Venit etiam *de Tubingen* nepos Ducis Palatinus & Dominus *de Herrenberg* & Baro *de Stoeffel*, & Dominus *de Gerbufen*, & Comes *de Achalm*, factusque eft exercitus magnus in parte Ducis. Ut autem innotuit res Comiti de Teck, advocavit *Wendellnum* Marchionem *de Burgouu* filium fororis fuæ in adjutorium, qui venit cum ingenti multitudine Bavarorum, habens XXXVIII. milia pugnatorum. Dux autem Sueviæ tantum habuit XXIV. milia. Congreffi ergo funt duo exercitus fub caftro *Teck* in campo juxta villam *Hafen*, & victoria ceffit Duci Suevorum. Marchionem ergo de Burgouu captivum cepit, & quatuor *de Rechberg*, qui tunc dicebantur de rubeis leonibus, & refidentiam habebant in Marchionatu Burgouu, & duos *de Ibach*, & unum *de Lamberg*, tres *de Wefterftetten*, duos *de Ringingen* & unum de *Mulbufen*. Capti ergo gratiam Ducis petierunt, quibus non indulfit redire ad propria, fed eis montem grandem tradidit Rechberg dictum, & ædificare caftra licentiavit, tunc ædificatum eft caftrum *bochen Rechberg* & alia caftra in circuitu. A tergo vero montis Rechberg ædificaverunt in nemore curiam in valle pro folatio

Vena-

Venatorum, ne cogerentur tantum montem semper ascendere, & in hac curia tantum gaudium fuit, quod eam *Gamundiam* vocaverunt, i. e. gaudium mundi. de hac curia facta fuit postea Civitas. Sed & Comes *de Teck* in præfato prœlio captus fuit, qui in loco suæ captionis ecclesiam fundavit, & Castellum, eumque *Ecclesiopolim* dici voluit, vulgariter *Kyrchen.* Erat Comes ille vir prudens, & ideo Dux Suevorum eum secum assumsit in Ravenspurg, & Ducem de Teck creavit, qui cum prole careret, filium sororis suæ Wendelinum de Burgouu Marchionem hæredem constituit, & post mortem Ducis Ducatum Teck possedit.

Suevorum autem Dux Romulus adepta undique pace ordinem regium suæ Curiæ fecit, & prope Ravenspurg *Bletenberg* castrum construxit, & inter vineas Ecclesiam S. Johannis erexit, eamque *Wingarten* appellavit, & villam subtus *Altdorff.* Deinde famulo suo Gebhardo in nemore domum quandam vetustam venatorum tradidit, qui eam munivit, & *Waldpurg* nominavit, dictique sunt successores ejus *Dapiferi de Waldpurg.* Cellerario autem suo commisit ædificare castrum *Radracb.* Præfectus equorum suorum ædificavit *Marckdorf,* unde ortum habent *Marckschelck de Margdorf.* Camerarius suus ædificavit castrum *Kemerlang.* Ædificavit etiam Dux ille Monasterium *Wingarten* pro XXIV. sacerdotibus religiosis, & obiit, ut dicit eadem historia, anno Domini CC. XXIV. quod mihi tamen non videtur verum. Hæc & plura alia continentur in Theutonica Historia, quæ omnia transeo. Reperi enim in ea contradictiones multas & mirabiles, quæ quia carent Auctore, ea nolui hic inserere, præter pauca prædicta, quæ etiam non posuissem, nisi de S. Theonesto, Urso & Albano, qui fuerunt temporibus S. Ambrosii, Augustini, mentio facta esset. Dicit etiam illa historia, quod Suevi quondam bellis & duellis creaverint inter se Regem etiam longe post nativitatem Christi post nongentos annos, quod nullo modo potest stare, quia semper post Julium fuerunt sub Romano Imperio, & præsertim post Carolum M. qui Nobilitatem in Sueviam introduxit vel renovavit. Continet etiam quædam Ignominiosa de aliquibus Nobilibus Sueviæ, ut puta de illis *de Friberg,* quæ ponere nolui, & multa indecentia, dequibus transivi.

MAR-

MARTINI CRUSII

Annales Sueuici seu Chronica rerum gestarum anti-
quissimæ & inclytæ Sueuicæ Gentis &c.

Nach der teutschen Ubersetzung

Herrn Johann Jacob Mosers

damahlig-Churfürstl. Cöllnischen geheimen Raths 2c.

Lib. IX. Part. II. Cap. XVI. sub Rubrica:

Viele Schwäbische Begebenheiten aus Thoma Leyrern
einem wiewohl nicht sonderlich wichtigen teutschen
Geschicht-Schreibern.

Einer mit Nahmen Thomas Leyrer aus Rancweil gebürtig, in der Graubündnerischen Herrschafft Feldkirchen wohnhafft, berichtet, es seye in diesem 1133. Jahr die teutsche Schwäbische Chronick, welche A. 1486. den 12. Januar. zu Ulm von Conrad Dinckmut heraus gegeben worden, zu erst an St. Oßwaldstag geschrieben worden. Dieser Leyrer war ein ungelehrter Mann, der geschrieben, so gut er gekont, oder wie er gewolt; übrigens hat er keine Zeit-Rechnung beobachtet, sondern vielmehr alles verwirrt, dahero er in vielen Stücken keinen Glauben meritirt, sondern vor ganz ungeschickt zu achten ist. Weil er aber gleichwohlen vieler adelicher Familien, auch vieler Oerther und Thaten Meldung thut, so hab ich ihn um dieser Ursach willen nicht ganz wegwerffen wollen. Dann man hat sich weiter nichts Böses darburch zu beforchten. Deßwegen ich dann aus demselben die vornehmste Stellen, welche mir beyfallen werden, kürtzlich erzehlen will. Es mag ein jeder dabey dencken was er will, mir fällt der Horatianische Spruch ein:

Tres mihi convivæ prope dissentire videntur

Poscentes vario multum diversa palato

Quid dem? quid non dem? renuis tu, quod jubet alter.

Ein gewisser vornehmer Mann (er nennt ihn aus Unverstand einen Kayser) Nahmens Curius, lebte um das Jahr 104. zu Rom, welcher mit seiner Frau Docca (oder nach unserer Redensart vielleicht Eudocia) acht Söhne und drey Töchtern gezeuget hatte. Dieser wurde von dem heiligen Mann Theom-

nesto

nesto samt seiner Ehefrau zum Christlichen Glauben bekehrt, aber darüber von seinen Brüdern vor dem Rath verklagt. Als er nun vor demselben frey bekandte, daß er der Christl. religion zugethan wäre, und dahero flüchtig werden muste, so begab er sich mit seiner gantzen Familie und andern vornehmen Persohnen Teutschland zu, ließ sich in dem Graubündtner Land nieder, und auf solche Weiß entstund aus der Zusamenkunfft der Teutschen und Lateiner eine vermischte Sprach, so man die Churwelsche nannte. Er breitete sich hernach immer weiter aus, setzte einen seiner Söhne, Wilpart genannt, auf das Schloß Luikirch; den andern, Nahmens Burgund machte er zum Kirchen Vorsteher (Leyrer nennt ihn sehr ungeschickt einen Patriarchen) in einem nicht weit von Ulm gelegenen Flecken, und nannte es Kirchberg (woher nachmals die Grafen von Kirchberg entstanden) welcher die adeliche Söhne treulich unterrichtete. Er wurde aber von einem heydnischen Herrn Saturnino, so zu Ravenau oder Ravenspurg residirte, und auch Ulm innen hatte, hinaus gejagt. Doch jagte Curius den Saturninum auch wider hinaus, und brachte selbigen hernachmals um, brachte Ravenspurg unter seine Bottmäßigkeit, und satzte seinen Sohn Romulum an statt des Saturnini dahin. Zu Ulm baute er eine Kirche, versahe solche mit Priestern, und gab sie dem Herculi von Wullenstetten. Themonestus kam hernach, und predigte denen Augspurgern Christum; rüstte darauf mit St. Albano nach Maynz. Ulm wolte unterdeßen dem von Wullenstetten nicht zu Gebott stehen, auch die Christliche Religion nicht annehmen, doch würde es wider zur raison gebracht, und musten auch den Zehenden der Patriarchen Kirchen (wie sie Leyrer nennt) welche den Nahmen die seelige Reichenau geführt, einhändigen. Hernach wurde ein prächtiges Stifft alda angefangen zu bauen, wo der Fürsten und Grafen Söhne in Wissenschafften und guten Sitten erzogen, biß sie das männliche Alter erreichet, da sie dann entweder daselbst bleiben, oder in die Welt hinaus gehen kondten. Unter den Töchtern Curii hieß eine mit Nahmen Cleopha, welche er, weil er sie mit seinem Capellan in allzuvertrautem Umgang angetroffen, umbgebracht, und von dem Gibel herabgestürtzet hat. Seiner Schwester Kinder waren Hego und Jurgo. Diese haben das Berg-Schloß aufgebaut, welches Hewen genant worden, und die gantze Gegend Hegonis Gaea, oder Heg.au.

Nachdem Curius alt worden, bauete er ein Schloß, welches er nach seines Weibs Nahmen Dockenburg nannte. Schon vorher aber hatte er seinem ältisten Sohn das Schloß Hochenterren aufführen lassen, den er Magnum von Hewen nannte; dem nächsten Sohn, so auf diesen gefolgt, bauete er das Schloß Gutenberg, und nannte ihn Egenolph von Warthau. Einen andern Sohn hatte er, mit Nahmen Starckenberg, welcher sechs Söhne hatte, davon der erste gewesen, Wolfranc, Herr von Rotenfan, der in seinem Schild ein rothes Fähnlein führte; der andere Herr von dem Schloß Werdenberg, der auf rothem Schild ein weisses Fähnlein führte; der dritte Anshelm von Reineck, dem

der

der Thurn, End genannt, erblich zugekommen, welcher auf weissem Schild ein schwartzes Fähulein führte; der vierdte Heinrich, dem die Burg Schellenberg gegeben worden, und auf schwartzen Schild ein weisses Fähnlein führte; der fünffte Wilhelm, welcher ein Eydam des Pfaltzgrafen Romani gewesen, als dessen Tochter Benignam er geheurathet, von welchem er das Schloß Tübingen bekommen, samt einem grossen Strich Landts. Er wurde Pfaltz-Graf von Tübingen genandt, und führte auf blauen Schild ein rothes Fähnlein; der sechste war Ruland, welcher des Herrn zu Herrenberg Tochtermann wurde, und nach dem Tod seines Schwähers Herrenberg bekam, und auf rothem Schild ein blaues Fähnlein führte.

Des Wilparts von Luitkirchen Kinder, so er mit der Gräfin von Summenberg Cleopha erzeugte, waren Hego, so im 12ten Jahr seines Alters verstorben, und Amelia (Nachläßigkeit oder vielmehr Eumelia oder Concinna, wohl gethan) welche mit dem Herrn von Rotenburg vermählt, und Catharina, welche mit dem von Rappenstein vermählt worden, welcher das Schloß Hochentann im Fichtenwald erbauet hat, das er seinem Bedienten Rueland gegeben, welcher sich mit eines adelichen Herrns von Angelberg Tochter verheurathet, dieselbe aber unschuldiger weiß im Zorn umgebracht hatte, und dessentwegen verjagt wurde, und über dem meer umkam. Der obengemeldte von Werdenberg erbaute das Closter Dabutz, und nahm seinem Bruder, den von Rotenfan, Davensfeld hinweg, und dessen Bedienten Albertum von Embs gefangen, und zwang ihn, daß er den ersten Stein von der Kirche abheben muste, welche von seinem Vater zu Ehren St. Johannis erbauet worden. Allein der von Rotenfan nahm durch Hülff Romuli Davensfeld wider ein, und führte die Christliche Religion ein, und nannte solches Feldtkirchen. Romulus und sein Bruder Wilpart bekriegten den Grafen von Weck, deme der Marggraf von Burgau beystund; Sie aber bekamen von einem Herrn von Pilß, welcher das Schloß Helffenstein erbaut hatte und bewohnte, wie auch von dem Pfaltzgrafen von Tübingen, und Grafen von Achalm, und andern Herren Hülffe. Als es nun in dem Hauserthal zur Schlacht kam, wurden die von Weck und Burgau überwunden, und nahmen nachmahls die Christliche Religion an, deren sie vorher nicht zugethan gewesen. Dem von Weck gehörte das Schloß Kirchbeln, allwo der H. Jungfrau eine Kirche erbaut worden, nachdem es der von Burgau so haben wolte, weilen er daselbst in der Schlacht gefangen worden. Die von Weck wurden nachmahls genannt von Deck. Den Marggrafen führte Romulus mit sich nach Ravensburg, und weil er keine Kinder hatte, setzte er solchen zu seinem Erben ein. Er baute das Schloß Blenburg, auch eine schöne Kirche St. Johanni auf dem nachgelegenen Berg, wobey ein grosses Dorff war, und machte sich daselbst mit Gärten und Weinbergen eine lustige Wohnung, welche Er Weingärten und das Dorff Altorff nannte. Sein Jagdthauß, so er, weil es in einem Fichtenwald gestanden Waldpurg hieß, gab er einem von

S 2   seinen feinen Bedienten, wie auch einen Schild mit einer grünen Fichte und güldenen Nuffen von Fichten, und nannte ihn Truchfäß von Waldburg. Einem andern Bedienten gab er das Schloß Rabrach, und regalirte felbigen mit einem Schild, worauf ein weiffes Rad war, und nannte ihn den Schenck von Rabrach. Dem dritten gabe er das Schloß Marttdorff famt einem rothen Schild, auf welchem 3. weiffe Pfeilen mit Hacken waren, und nannte ihn Marefchalck von Marttdorff. Der vierdte bekam das Schloß Remmerling famt einem blauen Schild, fo einen fchwartzen Schlüffel führte; und folchergeftalten ftiftete er 4. Aemter. Diefer Romulus foll nach Leyrers Ausfag A. C. 222. geftorben feyn.

S. Helena Conftantini Mutter fandte, nachdem das Creutz Chrifti und die Nägel zu Jerufalem gefunden worden, durch einen von Trier, Nahmens Emerich (deffen Gefchlecht aus Marpach war) viele Reliquien von dem Herrn und der H. Jungfrau nach Teutfchland, und zwar in die Capelle des H. Creutzes in Schwaben, fo von diefem Emerich erbaut worden. Mit deffen Sohn hat der Herr von Filß feine Tochter vermählt, und an dem Bodenfee das Schloß, Merßburg genannt, aufgebaut, und den Tochtermann dahin gefetzt. Die Herren von Filß waren damals drey Brüder, als Amelon, welcher zu Gmünd; Johannes, der zu Giengen; und Wilhelm, welcher zu Pfullendorff feine Wohnung hatte.

Ein Edler von Kelmüntz, welcher eine groffe Menge Getraid beyfammen hatte, erbaute Memmingen im Allgow, und erhielte alfo das hungrige Volck, welches wegen fehr groffen Hungersnoth fonften hätte müffen umkommen, daher bekam es den Nahmen Memmingen, foviel als: daß fich manchs Menfch allda ernehret. Diefen Herrn, welcher keine Söhne hatte, ließ hernachmahls fein Tochtermann, ein leichtfertiger Mann, welcher zu Dillingen wohnhafft war, durch einen Schreiber, dem er 20. Marck Silbers verfprochen, an einem Abend hinterliftiger Weife von einem Berg herab ftürtzen. Als er aber hernach dem Schreiber nicht foviel Lohn geben wolte, als er ihm verfprochen hatte, fiel derfelbe von ihm ab, und begab fich zu des Kelmüntzens Schwefter Sohn; diefem verfprach er zu machen, daß er feines Vetters Erbfchafft bekommen würde, wann er ihme ein Schloß auf einen Berg aufbauen laffen würde. Als diefes gefchehen, wolte der Schreiber nicht mit der Sprache heraus. Der andere aber fo fich Jacob von Aislingen gefchrieben, nahm feine Freunde zu Hülff, nemlich Bernneck von Rotenburg, Siegfrid von Stauffen, und Wilpert von Eremberg, und zwang den Schreiber, daß er den gantzen Handel fagen mufte. Wie fie nun hierauf den Dillinger in dem Schloß Lauingen bey dem Kopff bekommen, haben fie folchen nach Trier abgeführt, dafelbft durch den Schreiber des Vatter Mords überwiefen, und am Leben ftraffen laffen. Des Schreibers Verbrechen aber wurde nicht mit der Todes Straffe angefehen, weilen man ihm vorhero die Freyheit verfprochen, wann er die Sach anzeigen würde, fondern

α

er wurde zur ewigen Gefängnuß gebracht. Dem noch jungen Sohn des Dillingers wurde auferlegt, sich dem Closterleben zu widmen und niemals sich zu verheurathen, weilen ein solches mit diesem Mord beflecktes Geschlecht nicht vor würdig erachtet wurde, fortgepflanzet zu werden. Von der Mutter schreibt Leyrer in seinem Buch, sie habe das Closter Säflingen gebaut, welches Brusch. erst in das Jahr 1237. setzt. Entweder hat nun Leyrer erst nach dieser Zeit gelebt, und ist die Chronic, an deren End er seinen Nahmen angefügt, schon längst vorher von einem andern, nemlich A. 1133. geschrieben worden, deme er hernach noch etwas beygefügt, oder es hat Söflingen seinen Anfang schon lang vorher, als es meinet, genommen. Schon ermeltes Söhnlein des Dillingers wurde, als er das 14te Jahr erreicht, von einem wütenden Hund gebissen und starb.

Auf einem Reichstag zu Regenspurg (unter Ludwig von Sachsen, wie Leyrer sagt, es muß aber entweder Heinrich oder Lotharius gewesen seyn) gab ein gewisser Graf dem Grafen von Rotenfan oder Montfort mit der Spitzruthe einen Streich, und sagte darbey: Buck dich du langer Mann! der andere aber ergrieff ihn beym Schopff, warff ihn zu Boden und sagte: Streck dich du kurzer Mann. Worüber ein grosser Aufstand worden, und viel Todschläg geschehen. Zu einer andern Zeit wolten auf dem Reichstag zu Hailbrunn zwey nahe Verwandte, nemlich Heinrich von Rotenfan und Werdenberg von Weissenfan mit einander duelliren; es wurde ihnen aber nicht gestattet. Werdenberg hatte zu Secundanten Thoman von Nellenburg, Sigmund von Helffenstein, seiner Schwester Sohn, den Grafen Balthasar von Weck, Bartholomäum und Veit von Rechberg, Seizen von Graveneck und andere. Hingegen Rotenfan hatte Effrem, Arburg, Sifriden, Lutzen, Aschen, Paul von Schwainhausen und andere mit sich.

Der Herr von Bregentz hatte eine Tochter von seiner Gemahlin von Schlüsselberg, in diese verliebte sich des von Rotenfan Bruder Malfierus, und entführte dieselbe in einer Nacht samt der Mutter nach Rauberg. Der Vatter ward darüber sehr erzörnt, und schickte eine Armée wider ihn aus. Als dieses kund worden, so gieng sein Vatter, der Graf von Tübingen, mit seinem Schwager Wilhelm von Helfenstein, und seinem Tochtermann Burcard von Weck, und dem Grafen zu Orteburg Wendel auf Bregentz und das Schloß Lindow mit einer starcken Hand loß, bezwangen solches auch, und nöthigten den Herrn, daß er mit dem von Rotenfan Frieden machen, und im Fall sein Geschlecht mit tod abgehen solte, die von Rotenfan zu Universal-Erben einsetzen muste. Welches alles schrifftlich und durch Zeugen bestätiget wurde. Dieser Herr von Bregentz hatte einen Sohn, mit Nahmen Hugo, der zu Lindau (so damahls nit im See lag) seine Residentz hatte. Dieser hatte sich in eines von Embs schöne Tochter verliebt, und dieselbe geschwängert. Hierauf haben die zu Lindau auf Anra-

S 3

then

then eines Burgers, Nahmens Schönstein, diesen Hugo überredt, daß er ihnen Lindau gegen Erlegung 40. Marck, theils Silbers theils Golds, frey lassen solte, sie wolten hingegen in Erbauung eines Schlosses, darinnen er von den Verwandten dieses Mägdleins sicher seyn konnte ihm an die Hand gehen. Auf solche Manier wurde das Schloß Bodman erbaut. Nach seines Vatters tod hat er das Mägdlein geheurathet, und 3. Söhne mit ihr gezeuget. Er war ein einfältiger Mensch, und bekam von dem von Rotenfan eine Freystatt zu Reichenow, nachdem er ihm Bregentz und die gantze Gegend übergeben. Er hat auch die freye Herrschafft Eglof an Simon von Wolckenberg verkaufft, welche der Hertzog in Schwaben Balthasar (nach Leyrers Bericht) von ihme, da er ohne Kinder verstorben, bekommen.

Zu Augspurg war ein Prediger, mit Nahmen Matthæus Chorsang, durch dessen Predigten der Aufstand der Bauren wieder den Adel erregt worden, und sind in solcher Schlacht viele von Adel geblieben, ohngeachtet die Bauren überwunden, und ihr Anführer Haintz von Stein beym Kopf genommen worden, welchem der Papst Urbanus, welcher um das Jahr 1096. den Päpstlichen Stuhl besessen, wie auch seinen Camerathen Genugthuung auferleget hat. Der Scharmützel gieng am Rhein vor, woselbst auch eine Kirche auferbauet wurde, die den Nahmen Paradieß bekommen. Sie ligt 1. Mteil von Schaffhausen, und wurde von Ulrich, Truchsässen von Diessenhofen, der erste Stein darzu gelegt. Ludwig von Stauffen hat neben Hochenstauffen noch ein kleines Schloß, Stauffeneck genannt, aufgebaut. Er war von Ulrich des jüngern von Helfenstein Tochter gebohren. Seine Gönner waren: Sein naher Anverwandter von Helffenstein, Ulrich von Weck, von Danckzorn, der Schwager durch Theodoricus von Ortenburg, Heinrich von Werdenberg, Heinrich von Justingen, Stoffel Marstain, Wilhelm Rotenfan von Luitkirchen, Hanso Reineck. Sein Bruder war Conrad, der zu Hochenstauffen wohnte. Sie lebten aber in Uneinigkeit gegen einander. Zur selbigen Zeit wurde das Schloß mit dem Hirschhorn, Wurtemberg genannt, Albano, Lucii von Landau Sohne, gegeben, welcher zur Gemahlin hatte Annam, Grafen Clementis von Hohenberg Tochter. Das Schloß Horb wurde von dem Grafen von Hohenberg Rudolph aufgebaut. Dieses wackern Manns Söhne von der Gräfin von Pfirt waren: Ulrich und Rudolph, welche beyde von Graf Eberhard von Werdenberg auf der Jagd gefangen wurden. Der Vater that ein Gelübd, er wolle St. Leonhard eine Kirch bauen, wann er sie wider loß machen würde. Es hat auch solche einer von Westerstetten wider auf freyen Fuß gestellt. Als Eberhard sich zum Krieg rüstete, so legten sich die beyde Helffensteiner Hanso und Ulrich ins Mittel. In folgender Zeit kamen Rudolphs beyde Söhne um das Leben. Rudolph wurde auf der Jagd bey Berselingen von einem Hirsch durchbohrt, und vor ihm starb Ulrich auf der Reiß nach Jerusalem, wohin er von Jacob Embsen, Marco Rhein Schwaben und Rudolph Rosenberg begleitet worden. Wie

nun

num. der Vatter vor sich keine Erben mehr hatte, vermachte er die Oerter seiner Herrschafft andern. Lazius meldet Wezil und Adalberon aus Italien seyen unter dem Kayser Friederich I. zu Erben eingesetzt worden.

Ein Herzog aus Schwaben Ulrich hatte sich dem Herzog in Bayern trozig widersezt. Dahero Kayser Heinrich zu Worms beschlossen, den Herzog in Schwaben nicht mehr mit dem Titul eines Herzogs, sondern mit dem Wort Landvogt zu benennen. Dieser Ulrich wurde nachmahls von seinem Vogt zu Wolfeck, in deßen Schwester er sich verliebet hatte, massacrirt. Der Wolfecker mit Nahmen Walther wurde deswegen hinaus gejagt, und kam mit Arbogasto seiner Schwester Sohn in das Reich Portugall zu dem König, wo er in einer Schlacht geblieben. Arbogastus wurde von des Königs Tochter Elisa geliebet ward aber in einer See Schlacht von den Saracenen gefangen, jedoch von denen Christen wider loß gemachet, und in die Insul Rhodus gebracht. Des Königs Tochter Elisam trieb die Liebe auch dahin, ohnwissend ihres Herrn Vatters, in Begleitung Alberts, Grafens Weissenfan von Feldkirchen Sohns; allwo sie dann diesen Albert zur Ehe nahm, nachdem es Arbogasto also gefallen, der hernach ihre Cammerfräulein Amisa oder von Embs genannt, heurathete. Und wurden beyde Eheverlöbnusse von einem Capellan, Nahmens Joh. Häberlin, bestätiget. Nach diesem kehrten sie wider um in Schwaben, und zeugten daselbst Kinder. Albert begütigte hernach seinen Schwäher den König wegen Entführung seiner Tochter durch eine Gesandschafft. Leyrer sagt, dieses alles seye geschehen da der Orden St. Bernhards erst neu aufgerichtet worden, und er seye bey allen diesen Sachen in Portugall und sonst gewesen als ein Bedienter des Alberts von Werdenberg in Portugall. So viel von diesem.

EXTRACTUS ACTORUM
LINDAVIENSIUM
SIVE
D. DANIEL HEIDERS
Gründliche Ausführung der Reichs = Stadt Lindau
abgelößte Reichs=Pfandschafft betreffend.
In documentis Lit. aaa. p. 611. sqq.

Leyrer bezeugt am Ende seines zu Ulm den 12. Jenner A. 1486. getruckten Chronick-Büchleins, daß er (als Graf Albrechts von Werdenberg gewester Knecht auf einer Reiß in Portigall) die darinn vermeldte ding
den

den mehrern Theil gesehen, und auch viel an frommen Leuthen erfragt und erfahren an wahrhafften Rittern und Knechten, die ihn dessen gar wahrlich unterricht haben, und sey solch Buch zum ersten abgeschrieben worden in dem Jahr Christi 1133. am St. Oswalts Tag.

Ob dann schon nicht ohn, daß viel nahmhaffte Historici als: Felix Fabri *in Hist. Suevic. L. I. C. 10. cum seq.* Gallus Oheim *in MSC. Chronico Divitaug. fol. 1. Ægid. Tschud. in Rhæt. Alpin. Descript. Cap. 15.* Stumpf. *Rer. Helvet. L. V. C. 19. & C. 26. L. X. C. 16.* Goldast. *Rer. Alem. T. I. P. I. in not. ad caf. Ruperti Cap. 2. & in Caf. Conr. de Fabar. Cap. 14. verb. Castrum. & T. II P. II.* solch Cronick-Büchlein für nugas, nænias & gerras germanas, h. e. für lauter gedicht und fabelwerck, so ad demulcendas aures Nobilium Suevorum erdacht seyen, halten; siquidem in universum quævis historia, etiamsi inepte, ut ait *Plinius*, descripta sit, hoc habet, ut lectores atque auditores magnopere capiat ac delectet. So ziehen doch hinwiderum gedachten *Leirer* andere Scribenten, als: Franc. Jrenicus *in Germ. Exeg. L. III. fol. 87. b. in pr.* Achill. Gassar. *ap. Münster. Cosmogr. L. III. C. 243. in pr.* (de Veldkircho quædam ex ipso Litero afferens) Crus. *annal. Suevic. P. II. L. IX. C. 16. passim.* Andr. Knichen. *de jure Territ. Cap. 4. n. 172. & 318.* Mager. *de Advocatia. C. 2. n. 84.* ehrlich genug an, und läßt sich gedachter Fabri neben der reprehension, quod nimirùm annorum numerus & Sanctorum nomina ac factorum tempora communibus Chronicis & Sanctorum Legendis non concordent &c. selbs vernemen;

„Se multis signis notare posse, quod historia prædicta non sit omnino „conficta & absolute falsa, sed in rebus gestis sit vera quidem, alium „tamen colorem & alia tempora assignet & alias causas. Æstimavit enim „compositor, quod nemo ipsum cum industria lecturus esset; ideo ho„nestius, quo potuit, rem facti coloravit alio tempore & causis, quod „ei indulgemus, quia possibile est mihi simile contingere.

Ja der stärckste punct, den man ihme *Liter* aufrucket, nemlich daß ein Kaiser, Nahmens Curio, von Rom vertrieben, in Rhætiam oder die Bünden kommen, und allda der Stadt Chur Verheber gewesen seye re. welches allen andern annalibus zu wider laufft, wird ähnlichermassen salvirt; Indem Jrenicus ex Festo, Rufo, Aurelio Victore & Justiniani Cæsaris enarratore einwendet, daß dannoch Pompeji temporibus CURIO Proconful quidam ad Danubium primus Romanorum Impp. omnium profectus sit. It Crusus *P. I. L. X. Cap. 10. fol. 277.* schreibt, es hab *Liter* das Wort Kaiser abusivè pro Duce, wiewohl etwan anderstwo mehr geschehen, gebraucht. Welches cit. Felix Fabri d. Cap. 21. noch besser auslegt, und des *Leirers* recension mit guter Manier probabiliter also moderirt, daß nach
dem

dem Jahr Christi 444. der fürnemst unter allem Adel zu Rom, Nahmens Curio, mit seinem Weib Docca, vier Brüdern, acht Söhnen und dreyen Töchtern, von dannen in die Bünd gewichen seye x.

Einmal werden mehrerley Puncten in dieser Chronick gefunden, welche an sich selbs (obwol etwan an der Zeit und anderer Umständ halber, wie Felix Fabri obangedeutet verstossen worden) mit andern beglaubten Historicis gnugsam übereinstimmen, als: was er, Leirer, gleich im andern Capitel schreibet von S. Lucio (welches auch Stumpf. *Lib. X. C.* 15. *f.* 580. und Guler *in Rhætia Lib. III. fol. 33.* guten theils erzehlen) It. daß man die Sprach und das Land an der Art, nemlich umb Chur, Churwahlen geheissen, vnd daß solch Land biß an den Bodensee gegangen seye x. So nun Tschudius *in Rhætiæ Alpine Descript. C. 11. & 12. & Guler. de Rhætia L. 3. fol. 26. f.* hierauf ebenmässig bezeugen. Wie dann auch was Leirer von den sechs Söhnen des Herrn von Rotenfahn erzehlet, von Lazio *de migrat. Gent. L. VIII. sub Rubr. Genealog. à Werdenberg &c.* und Gulero *de Rhætia L. XIV. f. 216.* guten theils bestättigit wird. Sonderlich aber ist wohl in notam zunemen, was offt besagter Leirer von dem Ursprung, Wappen und Ampt der Truchsässen von Waldpurg auf die Bahn bringt, daß solches von dem berühmten Historico Herrn Matthæo Erb-Marschalck x. in den Collectaneis MSCr. von dem Herkommen des Geschlechts der Edlen Truchsässen zu Waldpurg x. (allda er in pr. erzehlet, daß selbiges eigentlich in einer alten Chronick zu Alschhausen im teutschen Hauß in Schwaben, desgleichen in der alten Schwäbischen Chronick, auch andern mehr Orten gefunden werd) wie auch von M. Jacob Mercken in der Chronick des Bißthumbs Costanz, gleichsam iisdem verbis erholt, und für rem ipsam angegeben wird. Allermassen auch das jenig, so Leirer daselbst von Radrach, von den Marckschalcken von Marckdorff, vnd von den Khemmerlingen von Kemnat enarrirt, Mynsterus *Cosmogr. L. III. Cap. 23. & Crus. annal. Suevie. P. II. Lib. 5. Cap. 7. fol. 163. & passim*, pro veritate manifesta widerhohlen.

Ferner meldet Leirer von einem Priester zu Augspurg, Nahmens M. Matthæus Korsang, welcher die Schwäbischen Bauren mit seinen Predigen zum Auffstand bewegt hab x. welche Geschicht Crusius ex Achille Gassaro & Marco Hemmingo gleichfalls bestettiget *P. II. L. IX. C. 12. in pr. fol. 285. & C. 16. f. 359.* Vber das narrirt Leirer weitläuffig, wie ein Herr zu Kellmünß von seinem Schreiber ermordet, und daß hernach von seiner Tochter das Closter Seßlingen bey Vlm auferbawet worden seye. Deme sich nun Bruschius *de monast. sub rubr.* Seßlingen *fol. 198.* nec non Crusius *P. III. L. 1. C. 13. f 40 & L. II. C. 12. f. 88.* in der substanz allerdings conformiren. So dann wird von Leirer der Vrsprung des Closters Heilig Creußtal beschrieben, welches mit dem so Bruschius *d. l. sub Rubr. S. Crucis Vallis:* vnd Crusius *P. II. L. X. C. 4. fol. 385. ex MSCt. referirn*, auch genugsam übereintrifft. Allein ist bey diesen

T

letzten

lebten zwegen Exempeln nicht stillschweigend fürbeg zugeben, daß Geßlingen juxta Bruſchium erſt An. 1237. erbawet, und Ꝓ. Creutzſtall primitus 1140. geſtifftet worden.   Dahero Cruſius P. II. L. IX, C. 16. f. 359. nicht ohnrecht ſchlieſſet, daß entwederß des Leirerß An. 1133. abgeſchriebene Chronick ein anderer vor ihm gemacht, und er es erſt mit dieſen und dergleichen jüngern Sätzen (alſdann auch die Erbawung deß Schloſſes Langen Argen, welche erſt ſub Ludovico IV. Imp. juxta Stumpf. L. V. C. 9. f. 333. erfolget iſt) vermehret, oder da er primus Auctor Libri ſeyn ſoll, ein anderer nach ihm dererley argumenta eingerucket haben müſſe.   Inſerunter enim antiquis etiam interdum recentia, dum libri deſcribuntur. B. Rhenanus rer. Germ. L. III. ſub rubr. Baſilea. f. 141. in fin.

Wiewohl nun auch, nebſt dieſem Zweifel, noch viel andere wunderbarliche contradictiones, (quæ carent auctoritate juxta Felicem Fabri) und ohngeſchicklichkeiten in dieſem Chronic-Büchlein zubefinden, ſo iſt doch darumb, wie obgemeldt, dieſer Auctor nicht gar zu verwerffen; nequaquam enim juxta Polybium ſuccenſendum eſt antiquis rerum geſtarum ſcriptoribus, ſi quid vel omiſerint, vel deliquerint, quin potius quod talibus temporibus inveſtigare aliquid potuerint, laudandi atque admirandi ſunt &c.   Certe nec hiſtoricos neque Commentarios varia dicentes, imperite condemnare debemus, ſiquidem antiquitas ipſa creavit errorem ; Sondern weil juxta Ariſtotelem in legendis hiſtoriis neque nimis credulum, neque omnino incredulum eſſe oportet, Kan und ſoll das gut von dem böſen (uti Galdaſt. in præſcript. rer. Suevie. monet, oblitus tamen ipſe iſtius moniti in cenſendo Lirero) durch den unparthegiſchen und verſtändigen Leſer ohnſchwerlich ſeligirt und unterſcheiden, alſo nachfolglich, dieſer Scribent ſo fern paſſirt oder in acht genommen werden, daß man ihm in dem jenigen, ſo nicht lang vor-oder zu ſeiner Lebenszeit ſich begeben.   Semper enim fide dignior eſt Hiſtoricus, quo propius ad tempus & locum, de quo quæritur, accedit.   Jo. Gryphiand. in Præf. ad Tr. de Wickbild. n. 94.   Quemadmodum etiam de teſtibus, quo viciniores ſunt alicujus rei origini, eo melius certiusque de ejus veritate & validitate ipſis conſtitiſſe præſumitur. Gylman, Symph. T. I. P. III. vot. 23. n. 64, fol. 107 col. l. in cauſa Regis, Nurnberg contra Brandenb. Und welches mit einem andern und mehrern glaubwürdigen Scriptoribus der ſubſtanz halber übereinſtimt, allein begflichten. Ità enim Valerius L. IV. C. 1. ſibi credi oportere profitetur, ſi & alii idem aſſeveraſſent; quoniam unius teſtimonio (intellige circumſtantiis aliis & ipſius legalitate non concurrentibus; ſiquidem nota eſt regula, quod in Hiſtoricis unius fide digni aſſertio multorum tacitæ præteritioni ſit præferenda; quo intuitu etiam de teſtibus JCti notant, quod un'us teſtis aſſertioni credatur, quando ea eſt veroſimilis. Meichſn.. T. II. L. 2. Dec. 4 N. 134. Et teſtis unus attentus potuit videre, quod alii conteſtes non obſervarunt, per tradita ap. d. Meichſn. Dec. 33. N. 99. T. III.)

ſimpli-

simpliciter credere peſſimi exempli eſſet.   Quæ ſententia etiam M. Velſero *Rer.* *Vindel* L. VIII. *C. 8. p. 170.* perplacet. E contra teſti alias non idoneo credendum eſt, ſi veroſimilia deponit. Jo. Meichsn. *Dec.* IX. *n. 93* T III. Et fides ejus ſuppletur aliis idoneis conteſtibus aut aliis adminiculis, conjeĉturis & præſumtionibus. Farinac. *Crim. oper.* T. II. de Teſtib. quæſt. 62. N. 331. 332. & 335. Aber des übrigen ſonderlich deren Geſchicht halber, die multis Seculis ante ipſum beſchehen, in denen wol andere mehrere Scribenten, ja auch der Sachſen-und Schwabenſpiegel ſelbſt zu weilen dormitiren, nicht trawen thue.

Wann dann die zwiſchen dem Caſtell Lindaw und deſſen Landherren Graf Hugen von Bregentz fürgegangene Ablauffung nicht lang vor oder etwan bey ſein, Leirers, Lebzeiten beſchehen ſeyn muß, weil der alte ſtifftiſche Rotul mitbringt, daß ungefehr 200. Jahr nach des Cloſters auffkommen (deſſen Zeit nicht ſo genau zutreffen oder zu nemen) die Stadt Aeſchach in die Inſul Lindaw transferirt worden ſey; neben dem auch obvermeldet, daß Lindaw ſchon unter der Schwäbiſchen Kaiſer Regierung eine Reichs Stadt worden, und nun oblauts Lazius bezeuget, daß dieſer Graf Haug ſub Henrico III. gelebet, über das die Annales Lindaugienſes das Jahr 1076. angeben; So dann die ihme, Leirer, oben beygeſetzte Hiſtorici ſeiner Anzeig gnugſam opituliren und unter die Arm greiffen; als iſt dißfalls an ſolcher ſeiner tradition gantz nicht mehr zu zweifeln, auch hierwider gar nicht in acht zu nehmen, daß die Annales Lindaugienſes, juxta varios ſcriptores vel deſcriptores varie hac de re ſcribentes, ebenmäßig temporis ratione, wie der Stiff darwider exclamirt, variiren. Sintemal bey den Hiſtoricis die varietas temporis, ubi non ad ſubſtantiam rei pertinet, weder ſeltzan noch zu attendiren, oder res ipſa darumb in zweiffel zu ziehen; e. g. es iſt nicht gewiß, ſondern hiſtorici certant & adhuc ſub judice lis eſt, wann die ſieben Churfürſten, die Kayſ. Capitulation, die gevierdte Austheilung aller Aempter im Reich ꝛc. ihren Anfang genommen, und iſt doch das Werck an ihm ſelbs ohnlaugbar und verbleiblicher Kundlichkeit. Alſo ſagen etliche, Rottenburg am Necker ſeye A. 1112. andere A. 1212. der dritte A. 1280. reſtaurirt und erneuert worden, juxta Cruſ. *P. L. L. 9. C. 5. f. 319.* und iſt doch darumben wegen dieſer mißhelligen Angebung der Zeit an der Erneuerung für ſich ſelbs kein dubium oder Bedencken.

Es beſtärcket auch des Leirers Erzehlung von Lindau über obiges nicht wenig, daß er der alten Herrn von Bregentz Wappen (ſo die Stadt Bregentz noch führt, und welches von Gulero in *Rhætia Lib. XIV. fol. 219. in medio,* und Hanß Georg Schlehen in Beſchreibung der untern Rhætiæ *ſol. 21. in pr.* auch alſo beſchrieben wird) ſo eigentlich angibt; auch die Urſach, derenthalber die Grafen zu Tübingen in der Herrſchafft Bregentz ſuccedirt, in ſpecie erzehlet, welches ſonſt nirgendt, quod nos quidem ſciamus, dergeſtalt, ſondern allein in genere ſo viel zu befinden, daß die Pfaltzgrafen von Tübingen ſelbiger Zeit
T 2   Inha-

Inhaber der Herrschafft Bregentz gewesen, wie bey Mynstero *Cosmogr. L. III.*
Cap. 249. Crusio *Annal. Suevic.* P. II. L. *9.* C. *13. fol. 345. & Lib. II. C 3.*
f 444. cum seq. . Gulero *in Rhætia L. 9. fol. 128. §. Lotharius. & fol. 132. §.*
im Jahr Christi *cum sq.* Quibus addantur Naucler. *Chronogr. Vol. 2. Ge-*
ner. 39. fol. 766. Aventin. *in Annal. Bojor. L. VI. fol. 640. sq. & Lazius de*
migrat. Gent. Lib. 8. sub rubr. Genealogia Comitum in Caluu fol. 429. & sub rubr.
Genealogia Comitum Brigant. f. 442 n. 23. zu ersehen. In summa ob schon obige
authoritates und mit ihnen selbs und auch mit dem Leirer in etlichen Umständen
über diesem negotio, wie fast über allen etlich hundert jährigen Sachen, etwas
discrepiren, und nicht gleich zu treffen, sintemal sie aber in dem centro alle zu-
sammen kommen, oder in dem principal puncten, darum es alhie zu thuen
(nemlich Aeschach sey ein Castell, Städtlein oder Marckfleck, und den Inha-
bern der Grafschafft Bregentz gehörig gewesen, von denen es sich aus Rath eines
ihrer Mitburger, Schönstein genannt, mit 42. Marck halb Gold und halb
Silber ledig gekaufft, und hernechst sein Stadtwesen, in die Insul Lindaw bey
das Closter verruckt) genugsam übereinstimmen. So hat man es in diesem
antiquissimo & multa Secula excedente facto billich darbey zulassen, und fer-
ner nichts darwider zu moviren. Siquidem sufficit, testes in facto principali,
quantumvis recentiore, concordes esse, etiamsi in aliquibus circumstantiis
varient, laté Meichsner. Dec. Cam. 33. n. 44. 91. in fin. & n. sq.
Tom. III.

Johann Jacob Mosers
BIBLIOTHECA SCRIPTORUM.
DE
REBUS SUEVICIS.

p. 55.

Thomas Lyrer oder Leyrer von Ranckweil ohnfern Feldkirch, lebte ums
Jahr 1200. und schrieb eine Schwäbisch-Teutsche-Chronic, welche A.
1486. zu Ulm gedruckt worden, darinnen er der meisten Grafen und
Freyherren des Obern-Alemannien Ursprung und Herkunfft beschreibet. Es
wird ihme aber wenig Glauben beydemessen, massen Melchior Goldast von ihme
schreibet: Thomas Leyrer, ein Ranckweiler, könnte die Anzahl der Alemanni-
schen Scribenten vermehren, wann er keine Mährlein trüge, mit welchen er seine
gantze

gauge Historie beflecket hat. Und P. Gabriel Bucelinus sagt von ihme: Lyreri Historiam nemo non fabulam credit. Diesem folget Martin Zeiler, und wundert sich an einem Orth; daß der gute Walz in seiner Würtembergischen Stamm= und Nahmens=Quelle sich des Leyrers bedienet, der jedoch von den Gelehrten für einen Fabelhansen gehalten werde. Die Collectores deren Ulmisch. Zufäll. Relat. Iten Samml. p. 37. lassen dieses Urtheil an seinen Orth gestellet seyn. Crusius hält es auch mit jenen und sagt P. I. Lib. 4. Cap. 6. er seye ein ungelehrter Mann gewesen, denn man ủ erall wenig trauen dörffe.

BIBLIOTHECA SCRIPTORUM RERUM
SUEVIC. IN THESAURO DISS. SELECT.
VOLUM. I. SECT. II. PAG. XIII.

In Classe Scriptorum de Suevia Francica locum quoque merito assignamus vetusto Chronico Sueviæ à THOMA LYRERO RANCKUILENSI concinnato, & primum typis impresso à Conrado Dinchmut Ulmæ A. C. 1486. cum formis ligno incisis admodum rudibus & tormentis bellicis, quibus arces & castella jam ante mille & quod excurrit annos verberata esse fingit, ornatis. Postmodum vero an. 1500. in 4to maj. absque dictis figuris Argentorati uff Grünech per Jo. Knoblauch. ad S. Barbaram, sub titulo: Cronica von alten Künig und Keisern von anfang Rom. Auch von viel Geschichten biß ju vnsern jeiten die geschehen seint.

Chronicon hocce dividitur in II. Partes, quarum prior continet rapsodicas, aniles & inconditas narrationes, nullo plane ordine vel temporis ratione rerumque gestarum habita, de Cæsare quodam Kürione ad fidem Christianam converso, ejusque posteris Ducibus & Comitibus in partibus Rhætiæ & superioris Alemanniæ aut Sueviæ, monasteriis, castellis, pagis ac Civitatibus, ab ipsis fundatis & exstructis, de quibus testatur, quod omnia ipse viderit, nec ab aliis fide dignis hominibus audiverit in verbis: Ich Thoman Lirer gesessen ju Ranckweil das do gehört ju dem Schloß und Herrschafft Fellkirch habe dise ding den merern tail gesehen. und auch viel an frumen senten erfragt und erfarn an warhafften herrn Rittern und knechten, die mich des gar warlich underricht habent. Dann ich auch meines gnädigen herrn von Werdenberg knecht bin gewesen, vnd mit ym außgefahren gen Portigal vnd mit ym wider haim kumen. Pars altera vero Chronicon parvum & vulgare à mundo condito ad annum usque post C. N. 1462.

De ipso Authore certo non constat, qua ætate vixerit. Quamvis enim in fine prioris Partis dicatur: ist das buch jum ersten abgeschrieben worden, in

tem als man zalt von der Geburt Christi XI. hundert vnd im XXXIII. jar an
Sant Oswaldstag. Recensetur tamen in eodem Libello historia de ne-
fando parricidio Comitis Ægidii à Kelmünz, quem gener Comes Hartman-
nus de Dillinga occidendum curavit, id quod anno demum 1258. accidisse
Brusch. in Tr. de Monasteriis. sub voc. Seflingen. *fol. 148.* & *Crus Annal. Suevic.
P. III. L. II, C. X. p. 88.* testantur. Ne quid dicamus, quod annexum Chro-
nicon parvum ultra medium Seculi XV. sese extendat, etsi ab eodem Au-
thore ambo Chronica esse compilata videantur. Quare libellus iste vel non
tantæ vetustatis, qualem se mentitur, vel ab interpolatore descriptus & con-
tinuatus omnino censendus est, idque vel maxime quod in vernacula scriptus
sit, quæ nec tantam vetustatem, nec ævum Imperatoris seu Regis Conradi
III. redolet.

Quæmadmodum tamen non omnino spernendum, nec omni fide histo-
rica privandum sit Chronicon hocce Suevicum, maxime in rebus, quæ
vel in vita ipsius vel non adeo longe ante ipsius ætatem in Suevia gesta sunt,
& cum aliis quoque Scriptoribus & Annalibus pro ratione temporis & cir-
cumstantiarum conveniunt, sed hodienum inter libros rarissimos vel plane
deperditos connumerandum sit, quod nec facile in tabernis librariis, nec
Bibliothecis publicis & privatis, nec in Collectione quadam Scriptorum me-
dii ævi deprehendatur, editionem posthac curabimus cum aliis ejusdem
commatis Libellis Chronicis, & probatissimorum quoque Historiographo-
rum Judiciis de fide Literi ejusque memoratorum, Goldasti nempe *T. II,
Script. rer. Alemannic. p. 142.* Felicis Fabri *in Hist. Suerorum Lib. I. C. XX.
& XXI.* Crusii *in Annal. Suevic. P. II. L. IX. C. 16.* Stumpf. *in Chronico Hel-
vetic. L. V. C. XIX. & XXVI. & Lib. X. C. XVI.* Seb. Münster. *in Cos-
mogr. L. V. C. 191.* D. Heider. *in Act. Lindav. Lit. aaa. p. 611.* Jo. Jac.
Moser. *in Bibl. Script. rer. Suevic. voc.* Schwaben. *p. 55. 56.* &c.

Anmerckungen

Tit. Herrn B. von PISTORIUS
Reichs-Hochgräfl. Gesandtens in Regenspurg ꝛc.

Cronica
Von alten Künig und Kaiseren von Anfang Rom. Auch von viel Geschichten biß zu unsern Zeiten, die geschehen seint.

Am Ende stehet: Getrugt zu Straßburg uff Grüneck. Jahrzahl ist nirgends bemercket. Da aber diese Chronick mit dem Jahr 1494. sich schliesset, so scheinet selbige noch in eben diesem Jahr getruckt zu seyn. Auf dem Titul-Blat stehet ein Holzschnitt, auf welchem das Kays. Wappen an einem Baum hänget, und ein geharnischter Ritter mit einer Kays. Crone auf dem Haubte, das Reichs-Panier hält eine Hand aus den Wolcken aber dessen Schwerd mit einem Lorber-Reiß verwechselt. Nach dem Titul-Blat stehet der haupt Inhalt. Man siehet daraus gleich, daß der Author viel Fabelhafftes anführet; Er hat aber doch auch in neuern Zeiten viel particularitæten, welche meistentheils die Schwäbische Historie betreffen, weswegen Hr. Wegelin dieser Chronick mit recht einen Platz in seiner Bibl. Rer. Sueuic. die seinem Thesauro rer. Suev. Tomo I. vorgesetzet ist, p. XIII. eingeraumet hat. Hr. Wegelin gibt das von viele Nachr cht, und gedenckt zweyer Editionen; Einer, welche A. 1486. zu Ulm mit Holzschnitten, und einer andern, welche 1500. zu Straßburg auf Gruneck durch Joh. Knoblauch bey St. Barbara, ohne Figuren gedruckt worden. Nun komt zwar diese Benennung des Orths so wohl als der Titul mit der meinigen Edition überein. Weilen aber in dieser weder Jahrzahl, noch der Nahme des Druckers angeführet ist, so scheinet solche zwischen jenen beeden herausgekommen, und Herrn Wegelin unbekandt gewesen zu seyn.

Zu Ende des ersten Theils dieses Werckgens fol. g. LIII. b. nennet sich der Autor folgendermassen: „Und ich Thoman Lirer ꝛc.

Aus diesen letzten Wortten solte man wohl schlüssen, daß der Autor um das Jahr 1133. gelebet habe. Allein da in eben diesem ersten Theil des Wercks von dem Mord Graf Ægidii von Aelmünz meldung geschiehet, welchen dessen Tochtermann Graf Gu tmann von Dillingen ausgeübet, solches aber nach dem Zeugnuß Bruschii de Monast. sub voc. Seflingen fol. 148. und Crusii Annal. Suev. P. III. L. II. C. X. p. 88. erst A. 1258. geschehen; der zweyte Theil aber sich biß in die Mitte des XV. Sec. erstrecket, und doch von eben dem Autor zu seyn scheinet: So schliesset Hr. Wegelin, daß das Werckgen entweder nicht

so

so alt, als es l. c. angegeben worden, oder von einem andern abgeschrieben und continuirt worden wäre, da es zumal in einem teutsch geschrieben, welches mit K. Conradi III. Zeiten nicht wohl überein komme.

Meines erachtens gehört nur der erste Theil in dieser Chronick dem Lyrer, deme der zweyte in einem MSCt mag angehänget, nach und nach continuiret, und die hieroben bemerckte Geschichte von der Ermordung des Grafen von Kilmünz eingeschaltet, nachgehends aber alles zusammen gedruckt worden seye. Die Gründe dieser Muthmassung sind folgende:

1) Wäre es gar zu ungeschickt, wann ein und derselbe Author, solte er auch noch ein so grosser Idiot seyn, als wofür Crusius unsern Lyrer erkläret, den ersten Theil seiner Chronick von Christi Geburt, den andern aber von Erschaffung der Welt anfangen wolte. 2) Hat der zweyte Theil seinen besondern kurzen Prologum, welcher eigentlich auf die Teutsche Kayser-Historie, gleichwie jener auf die Schwäbische Geschichte überhaupt gerichtet ist. 3) Gehet das jenige, was Crusius Annal. Suev. P. II. L. IX. C. 16. aus des Lyrers Chronick excerpiret hat, nicht weiter als der erste theil gegenwärtiger Chronick; gleichwie sich auch Crusii Urtheil, daß Lyrer die Zeiten nicht unterschiden, sondern alles unter einander geworffen, nur auf solchen ersten Theil sich schicket; der zweyte hingegen nach denen Regierungen der teutschen Kaiser, sonderlich von Carolo M. an, wie auch in neuern Zeiten nach denen Jahren ganz ordentlich eingerichtet ist. 4) Läst sich auch Stumpfens Vorwurff L. V. Chron. Helvet. C. XIX. XXVI. und L. X. C. XVI. daß diese Chronick nur um den Adel zu hofieren erdichtet, gar nicht wohl auf den zweyten theil appliciren. 5) Gleichwie der erste Abdruck dieses Werckgens, so Anno 1486. herausgekommen, natürlicher weise nicht weiter als bis dahin gehen kan; der Meinige aber bis auf 1494. und der dritte von 1500. welchen Herr Wegelin anführet, vielleicht noch weiter continuiret ist: Also mag es wohl nach und nach mit dem ganzen zweyten theil gegangen seyn, welches sich muthmaßlich noch deutlicher ergeben würde, wann das MSCt. nach welchem der erste Druck verfüget worden, ausfindig zumachen wäre. Uebrigens aber jemand die Reyse eines Grafen von Werdenberg nach Portugall und zurück, als welche Lyrer mitgemacht, aus den damahligen historischen Nachrichten ausfindig zumachen, sich die mühe geben wolte.

Herr Wegelin hat an angeführten Ort Hofnung gemacht, dieses Schwäbische Chronicon, weil es unter die aller raresten oder vielmehr verlohren gegangenen Bücher zu zehlen seye, und weder in offentlichen noch privat Bibliothecken, wie auch in keiner Collectione Scriptorum medii aevi gefunden werde, nebst andern dergleichen Chronicken wider zu editen; so auch aus dessen Vorrede zum 3ten theil seines Thes. R. S. zu ersehen ist. Welches dann mit dem vierdten theil zuerwartten stehet. Der Nutzen aber sich nicht allein in denen historischen Nachrichten neuerer Zeiten, sondern auch in der alt deutschen Sprach, als von welcher hier und dar besondere Ausdrücke vorkommen, sich ergeben wird. dat. Regenspurg 14. Novemb. 1759.